講談社文庫

量子人間《クオンタムマン》からの手紙

捕まえたもん勝ち！

加藤元浩

JN053867

講談社

目次

Contents

序章　フィオナ　9
第一章　量子人間《クオンタムマン》　12
第二章　密室殺人　191
第三章　最後の手紙　388

登場人物紹介

Character

七夕《たなばた》菊乃《きくの》　主人公　愛称はキック
三田村《みたむら》知佳《ちか》　菊乃の幼馴染　「ブルースカイG」元メンバー
峰山《みねやま》涼《りょう》　「ブルースカイG」元メンバー

〈警視庁〉
讃岐《さぬき》　警視総監　策士で名高い

〈警視庁刑事部捜査第一課第三強行犯捜査——殺人犯捜査第五係〉
大曽根《おおそね》　係長　第五係のトップ
伏見《ふしみ》　主任　菊乃の師匠
東山《ひがしやま》　巡査部長　柔道の達人
深海《しんかい》安公《やすきみ》　警部　警視庁捜査支援分析センターの捜査官
あだ名は「アンコウ」

〈警察庁〉
古見《ふるみ》　参事官　菊乃曰く「白髪カッパ」

紫《し》崎《ざき》　課長　菊乃曰く「銀縁メガネの悪ギツネ」
古見の甥

〈FBI〉

ジェイムス・ロックウェル　FBI特別捜査官

三条《さんじょう》院《いん》春《はる》彦《ひこ》　外交官一族・三条院家の長男
ハーバード大学へ留学中

シーロ・ゴメス　元海兵隊員　ノーマン・カークの護衛

ノーマン・カーク　上院議員の息子　ハーバード大学在籍

大《おお》須《す》寛《ひろ》人《と》　マサチューセッツ工科大学へ留学中

王秀英《おうしゅうえい》　マサチューセッツ工科大学在籍

クラレンス・ユング　ハーバード大学在籍

スワン・テイラー　シモンズ大学在籍　三条院春彦の恋人

フィオナ・オサリバン　故人　元ウェイトレス

レスタ・マグワイヤ　フィオナの元夫

量子人間《クオンタムマン》からの手紙

捕まえたもん勝ち！

序章　フィオナ

オオ……、オゥ……。

我慢していた涙を流したら、嗚咽《おえつ》まで漏れた。

フィオナにとって、最後の涙だ。

「きっと……ここから出られないんだ……」

破れた壁紙、埃《ほこり》の床、誰も磨《みが》かない窓ガラス。

子供の頃から、こんな廃屋が大嫌いだった。男の子たちは嬉《うれ》しそうに遊んでいたけれど、その気持ちがわからなかった。見ていると、どんどん惨《みじ》めになる。

わずかに首を起こして、自分の体を見る。

撃たれた穴は、もうふさがらない。五分前にはこんな傷跡はなかったのに。頭のイカレタ連中が飛び込んできて、無関係な私をマシンガンで撃ったのだ。

こんなことが起こる前には戻れない。時間は戻らない。

あの子にも、もう会えないのだ……。

モソモソと動く小さな頭を、抱いてあげることもできない。波際で浮き輪を回しながら、ケラケラと笑う姿も見られない。蜘蛛《くも》の足が八本ある理由も、答えてあげられない。

息ができない。寒くなってきた。きっともうすぐ動けなくなる。

この闇《やみ》に吸い込まれて、私の大事なものがすべて取り上げられるんだ。

アデリン。

あの子が生まれたとき、彼女が大人になるまで泣かないと決めたのに。

悔《くや》しい。

こんな悔しい気持ちになるなら、アデリンのことを思い出すんじゃなかった。

嫌だ。あの子にもう会えないなんて。あの子が大きくなるところを見られないなんて。

ひどすぎる。

仕返ししたい。私の無念を、奴《やつ》らに思い知らせてやりたい……。

そうだ、あいつなら。

この悔しさを……あいつなら晴らしてくれるはずだ。

最後のメッセージを残そう。きっと届くはずだ。
あいつは、そう言ったのだから。
「君が信じられないことが、この宇宙では起きるんだ」と。

第一章　量子人間《クオンタムマン》

携帯を必死に振ったら起動した。

反応しないテレビリモコンを床に叩きつけ、気合いを入れたら息を吹き返した。

別に中の仕組みがわかってるわけじゃなく、ただのラッキーだ。幸運が尽きたら、真のトラブルがやってくる。

私の場合も、これに似ている。

中の仕組みがよくわかっておらず、ある日突然、疫病神《やくびょうがみ》に足を掴《つか》まれた。

二月に、その電話はかかってきた。

「七夕《たなばた》警部、マズいですよ〜。内定が取り消しになりそうです」

私の名前は、七夕菊乃《きくの》。二十四歳。

仕事場は東京《とうきょう》霞《かすみ》が関《せき》にある「警察庁」である。

国家公務員総合職試験に合格して、入れてもらった。簡単に言うと官僚になったわけだ。

そして去年、警察学校を無事に卒業し、今年初めには正式に警視庁捜査一課《けいしちょうそうさいっか》に配属されることが決まっていた。刑事ドラマでは殺人事件を追うあの部署である。第一希望の部署だったので大喜びし、友達も食事会をしてくれ、お祝いにマグカップまでプレゼントしてくれた。

その内定が取り消しになりそうだというのだ。

「どういうことです、東山《ひがしやま》刑事？」

電話の相手は東山刑事。

二十八歳の巡査部長。

捜査一課の先輩に当たり、いろいろなことを教えてくれる優しい人である。柔道の達人でもあるのだ。

「どうやら、七夕警部の人事に警察の上層部から強い不満が出たそうです。捜一への配属が保留になったって……」

「そんな前例があるんですか？　何故《なぜ》そんなことに……」

このときは世の中の仕組みが理解できていなかった。後日、組織というものを嫌というほど知ることになる。

「とにかく対策を考えないと。どこかで集まりましょう……」

かくして秘密会議が行われることになり、私は集合場所に、原宿の喫茶店「レ・モマンドゥ」を選んだ。

白に統一された店内には心安まる植物が静かにたたずみ、その合間から小さな陶器の熊が、何が可笑《おか》しいのか笑いかけている。

近所の女子大生がひしめき合い、ふわふわでヒラヒラとしたパステルカラーのオーラを放っていた。

「キック……。なんでこんな場所で、話をしなきゃならんのだ。もっと落ち着いたコーヒースタンドでも、居酒屋でも良かっただろう……」

伏見《ふしみ》主任は、苦行のように紅茶をすすった。

彼は、警視庁捜査一課五係で捜査を指揮する主任である。

身長は百七十五センチで胸板は厚く、太い眉毛《まゆげ》とアゴの下の切り傷がトレードマークだ。

今年四十四歳で、階級は警部。

警視庁内でも頭脳派で名をはせる敏腕刑事で、私の師匠でもある。

もちろん喫茶店の中では、異彩を放って浮いている。

この人は、私をあだ名の「キック」で呼んでいた。警察学校時代に教官を蹴《け》り倒して以来、その名前が広まってしまったのである。

「仕方ありませんよ、伏見主任。警察の上層部の耳に入れるわけにいかない話をするんですから。こういう喫茶店なら絶対に入ってきませんし」

私は選定理由を説明した。

「理屈は正しいよ！　お前は元アイドルだから、華やかな場所には慣れてるんだろうけどな。だが、俺は違うんだ。清潔感に酔いそうだよ……」

暖房が効いているのか、気恥ずかしいせいなのか、顔を赤くしている。

でも、一刻も早く問題を解決しなきゃならない。

「それで……上層部の言ってきた『再テストを受けろ』って、どういう意味です？」

「オレだって聞いたことがねえよ」

伏見主任は顰《しか》めっ面《つら》で応えた。

横に座る東山刑事も深くうなずく。

「我々がスカウトすれば、七夕警部の捜査一課への配属は問題ないはずだったんです。こんなこと、初めてですよ」

話は一昨年に遡《さかのぼ》る。

私は高校の頃のアイドル時代を経て大学を卒業し、警察庁に就職した。

「警察庁」は「警視庁」と名前が似ているが、ちょいと違う。

「警視庁」は、東京を管轄する警察組織のことで、「警察庁」は、国家公安委員会の管理下で全国の警察組織を運営する官庁である。

警察庁に入った私は、警部補の地位が与えられ、まず警察学校に入学した。そこでは「卒配《そつはい》」と呼ばれるお試し期間があり、警視庁捜査一課五係に配属された。伏見主任や東山刑事と出会い、事件捜査に当たったわけである。

この卒配期間の紆余曲折《うよきよくせつ》は、きっと別の場所で目にすることができるので、ここでは省略する。とにかく無事に警察学校を卒業することができ、晴れて、本物の警察官として働くことになったのだ。

働き始めるにあたり、配属先の第一希望に懲《こ》りもせず「捜査一課」と書いた。

もっとも、捜査一課は「入れて！」と言えば「君も仲間だね！」と招いてくれる部署ではない。

入り口にはトロルという巨大な怪物が立っていて、無断で入ろうとする者は棍棒《こんぼう》でペチャンコにされ、ホウキで掃き出される。本当だ。

なぜ捜査一課に入れてもらうのが難しいかというと、警視庁の顔だからである。

捜査一課は殺人事件を扱う場所で、とりもなおさずマスコミに取り上げられることも多い。失敗すれば、メチャクチャに叩かれる。ゆえに、選りすぐりの捜査員が必要となり、伝統的に「スカウト制」がとられているというわけだ。

殺人現場に何年も立ってきたベテラン刑事に「この警官は力がある」と、認められればスカウトしてもらえ、ようやく入ることができるわけである。

試験でいい点を取っても、警部に昇進しても、水中に一時間潜れても、ダメなものはダメなのである。もちろん水中に一時間潜れる人には、きっと別の仕事が向いているに違いない。

とにかく私は、卒配での活躍が認められ、スカウトを受けて、春には正式に捜査一課へ配属される予定だった。

私は嬉しくて、涙が出た。皆の期待に応えられるよう、頑張ろうと思った。

ところが突然、この配属がダメになったのだ。

何故か警察庁上層部の方で奇妙な騒動が起こり、この話はいったん保留となってしまったらしいのだ。

何が起こったんだ？

東山刑事が怒りを込めて、理不尽な決定に抗議してくれた。

「捜査一課のスカウトに、警察庁が口出しするなんて考えられない！　現場の捜査員を信用しないってことですよ。警視総監《けいしそうかん》の讃岐《さぬき》さんは刑事局出身で、その辺のことはよくわかっているはずなのに。なんでこんな判断を許したんでしょう？」

「まぁ、深海《しんかい》の奴も言っていたが、キックが素直で単純すぎるんだよな……」

「私の性格が問題なんですか？」

「いや、そうじゃない。優秀だって言ったんだよ」

とてもそうは、聞こえなかったけれど。

「たとえばお前に何かを教えても、余計な先入観を持たず、単純に理解しようとする。聞き込みをやっても、相手の様子を素直に観察して状況を摑もうとする。そういう奴は成長も早いし、仕事もできる。だから優秀なんだよ」

伏見主任はアゴの傷をなでながら、説明してくれた。

これに東山刑事が食ってかかる。

「優秀だから、内定を取り消されるってどういうことです？　だからスカウトしたんじゃないですか！」

「想像していたより有能だったんで、危機感を持った連中が大勢現れたんだよ。つまりだな、上層部は一昨年の段階で、キックを広告塔として利用しようとしたわけだよ。元アイドルで、見た目がいい。捜査一課で働く姿をテレビで流せば、いい宣伝になるとな。でも連続殺人事件を解決してしまった。つまり花だと思って飾っておいたら、急に手足が生《は》えて、暴《あば》れ出したわけだよ」

その例えは、よくわからない。

「……で、上層部は慌てた。この七夕菊乃って女は活躍するかも知れない」

「ありがたいことじゃないですか！」

「忘れてねえか？　キックは官僚だぞ」

「でも、自分たちと同じ警官ですよ」

「全然違う。オレたちは巡査という階級から勤め上げてきたが、国家公務員のキックは警部補から始まる。ヘタを打たなきゃすぐに警視だ。いや、問題はそこじゃない。官僚組はオレたちとは違って、椅子《いす》取りゲームのような、出世競争をしてるってことさ。警察庁長官に至るまでの生き残りゲームだ」

「それと、今回のことが関係あるんですか？」

東山刑事は納得できない。

「官僚の出世競争には、一つの厳しいルールがある。『自分より後から入ってきたものが、自分より出世した時点で、レースは終わり』だ」

「え？」

東山刑事は驚いた。

そうなのだ。官僚は、入った年が重大な意味を持つ。

もし、後から入った後輩が先に出世すると、上の地位には昇れない。リセットも再ゲームもなく、ゲームオーバーなのである。

「だから方法を選ばず、足を引っ張る人間が現れる。たとえば優秀な新人が入ってきて、警視庁の顔となる捜査一課に配属されたらどうなる。恐ろしく目立つぞ？」

「なるほど……邪魔したくなりますね」

東山刑事は私の顔を見てうなずいた。

そこまで買いかぶられても困る。

「でも、卒配のとき、あの殺人事件が解決できたのは、私の力じゃありません。アンコウ……じゃなくて、深海警部の力があったからです。あの推理力がなければ、事件解決はありませんでした」

「上の連中はそう思ってない。お前を怖がっている」

伏見主任は紅茶をまた一口すすって、香水でも飲んだかのような「への字口」になった。

東山刑事は、残る疑問点を提示した。

「じゃあ、再テストなんて案が出たのは何故でしょうね？　七夕警部にもう一度テストを受けさせて、合格したら、捜査一課への配属を認めるなんて……」

そうなのだ。配属を全く認めないというわけではなく、再テストを受けろと言ってきたのである。何故もう一度チャンスを与えることになったのだろう？

この疑問に、伏見主任が答えてくれた。

「おそらく、この騒動には派閥争いがからんでる。つまり警察庁内の『刑事局』と『警備局』の勢力争いさ」

「刑事局」は強盗や窃盗、殺人事件などを捜査する部門、そして「警備局」というのは世の中の秩序を守る、公安の仕事をしている部門である。

事件捜査ではお互いの縄張りを荒らすことがあって、抱き合うほど仲がいいというわけではない。

「今回の再テストを提案してきたのは、刑事局出身の讃岐警視総監だ。キックが捜査一課に配属されるってことは、自分の側に優秀な人材が入ってくるってことだ。つまり得点を稼いでくれる。逆に面白くないのは警備局側さ。なんとか理由をつけて、キックの配属を阻止したい。だから難癖《なんくせ》をつけて潰《つぶ》しにかかった。そこに策士の讃岐警視総監が妥協案を提示した。もう一度テストを受けさせて、合格すれば捜査一課に配属するってな」

「なるほど。さすがは古狸《ふるだぬき》の異名を持つ讃岐警視総監ですね。相手を黙らせる策を講じてきたわけだ」

東山刑事は感心している。

「要するに、テストに合格すれば、騒いでいる外野を黙らせられる。落ちたらそれまでの人材だ。目をかけるほどのことはないから見捨てようって算段ですかね？」

私は聞いた。

「そうだ」

ずいぶん冷たい話である。

でも、自分の立っている場所の仕組みを、ようやく理解したのだ。

今までは幸運が続いていただけ。トラブルが、突然やってきたと思い込んでいたけれど、起きて当然の問題だったわけである。

伏見主任は、私の顔を見た。

「どうする？　キック」

私は人に利用されるのは大嫌いだ。警視総監だろうが誰であろうが、都合のいいコマになってやる気はさらさらない。

でも、自分の進みたい方向は決まっている。そこになら向かっていける。

「わかりました。受けて立ちましょう！」


再テストの日は、意外と早く来た。

秘密会議の二日後に、警察学校に来るように通達を受けたのだ。

「道着に着替えて、道場の隅《すみ》で待つように」

こりゃ、間違いなく逮捕術の試験だ。

捜査一課の刑事の中に入ると、私は頭二つ分は背が低い。つまり私を落としたい上層部の連中は「この女は絶対に格闘が苦手だ」と、判断したわけである。

冬の道場は、つま先の感覚が消えるほど寒い。けど今日は踏み入れた途端、なぜか暖かかった。見ると、今日に限ってストーブが入れられ、そしてパイプ椅子が並べられている。その横では警察学校の職員が四名、積み木でも喉《のど》に詰まらせたような引きつった面持ちで、直立不動で立っていた。

「見物人が大勢来るんですか？」

私の問いに、彼らは黙ってうなずく。

どうやら余計なことは言わないよう、指示されているらしい。

それならこっちは、勝手にさせてもらう。道場の周りを走り、体を温め、そして入念にストレッチをした。

準備運動をしているところに扉が開き、階級が上の襟章《えりしょう》をつけた人たちがゾロゾロと入ってきた。

讃岐警視総監を先頭に警察庁の刑事局局長、警備局局長、監察官、警視庁の刑事部部長に、捜査一課の大曾根《おおそね》係長もいる。彼らはパイプ椅子に次々と座っていった。

ひな人形の段飾りから華やかさを抜いて、凄みを足した感じだ。中でも古狸の異名を取る讃岐警視総監は、一つ間違えばペルシャ猫をなでながら、世界征服を命じそうなほどの貫禄《かんろく》を見せている。

異様な雰囲気の中で、警視庁捜査一課の大曾根係長が声を上げた。

「七夕菊乃警部補。あ、いや、今は警察学校を卒業して警部に昇進したんだったな。まずは、おめでとう。君は警察官としてのスタートを切ったわけだ。公共の維持のために力を尽くして欲しい」

「ありがとうございます。精一杯頑張ります!」

敬礼して、まずは型通りの挨拶《あいさつ》を交《か》わした。

係長は咳《せき》を一つして、言いにくい話の堰《せき》を切る。

「君は警視庁捜査一課にスカウトされ、本来捜査員として働くことが決まっていた。だが、ここに一つ問題が起きた……」

係長はお偉方を、チラリと見やる。

「つまり、上層部の方で疑問が呈《てい》されたのだ。小柄な女性が、凶悪犯を制圧できるのかと。武器を持った殺人犯と格闘になることもある。取り逃がしたりしたら大問題だ。決して推薦人の伏見主任などの意見を軽く見ているわけではない。ただ、できればどんな犯人が現れても無事手錠がかけられるところを見てみたいという意見が多数出てきたわけだ……。そこで再テストが提案された。こちらの呼んだ教官を倒し、逮捕できれば捜査一課への着任を認めようということになったのだ」

確かに一見、筋は通っている。しかし私は警察学校を卒業し、柔道初段を取っている。文句を言われる筋合いはない。

とはいえ、ここで逃げるわけにはいかない。黙ってギャラリーに承服の敬礼をした。

古狸と呼ばれる讃岐警視総監はニコニコとうなずいた。

そのとき気づいた。

六十歳くらいの男性が、悪霊のような目でこちらを睨《にら》んでいるのだ。

頭のてっぺんは毛が薄くなっているのだが、それを取り囲むように白髪が生えている。唇《くちびる》をとがらせ、頬骨《ほおぼね》が張り、べっ甲メガネの奥の細い目が、気味の悪い光を放ってこちらを見ているのだ。

簡単に言うと、白髪のカッパが怒っている。

知らないうちに、この人の足でも踏んだのだろうか？

そんなことを考えていると、道場の入り口が再び開いた。

そして、あり得ないものが入ってきた。

まず岩石のような大きな顔が、戸口をくぐった。次に団扇《うちわ》のような巨大な手のひらが現れ扉を押さえる。さらには漬け物石のような足が道場の床を踏みしめた。まるで地響きがしたようである。

そして二メートル近い巨体がゆっくりと、こちらに向かってきた。

「ちょ……」

なんだ、このでかい男……。

白髪カッパの横にいた銀縁メガネの男が素早く立ち上がり、大男の紹介を始めた。

「北海道警《ほっかいどうけい》の日熊《ひぐま》教官だ。あちらの警察学校で柔道を教えている。今日は彼の胸を借りるつもりで、精一杯戦ってくれ。なんせ、現場に出ればどんな犯人が現れても、逮捕しなければならんのだからな！」

銀縁メガネは明らかに、倒せるものなら倒してみろと見下ろしている。

年齢は三十代後半であろうか。

癖のある髪の毛を無理矢理なでつけているせいで、妙に頭の上が平らに見える。人を嘲《あざけ》る目はニヤついていて、大きな耳がやたらと目立つ。何かに似ていると思ったが、思い出した。昔読んだ「ピノキオ」の絵本で、いつも彼を騙《だま》す悪いキツネである。

「シャレにならん……」

日熊教官を見上げて、思わず呟《つぶや》いた。

大男はこちらを睨み付け、そしてギャラリーに振り向くと、深々と一礼した。

「本日は、東京の警察学校にお呼びくださり、ありがとうございます！　皆様のご期待に添えますよう、全身全霊を尽くし、戦う所存であります！」

役員の何人かが薄笑いを浮かべている。

「これであの女、脱落だな……」

「これ以上目立たれたら、たまらんからな……」

自分の気に入らない人間が潰されるのを、待ちきれないようだ。

暖房が効きすぎたのか、自分たちの勝利の予感に興奮し始めたのか。皆は着ている制服を脱いで、パイプ椅子にかけ始めた。

「双方、前へ！」

大曾根係長の声が響く。ところが試合は始まらない。

私が前に出なかったのだ。

「ちょっと待ってください」

試合を止めた。

悪いキツネ男が、露骨に不満そうに声を上げた。

「臆病風《おくびょうかぜ》に吹かれたか。だらしがない！」

「もう一度確認しますが、私が日熊教官を倒せば捜査一課に配属され、以後は異議を申し立てないということですね？」

役員たちは返事をせず口をぽかんと開けて、あきれている。どうやら私が逃げて帰ると思っていたらしい。

「そうだ」

讃岐警視総監が直々に答えた。

「どんな方法を使っても、倒せば勝ちですね？」

「もちろんだ。こんな対戦を組んでおいて、後からやり方に文句を言うような人間は、ここにはおらん。約束しよう！」

後ろで、かすかに笑い声が聞こえた。

「あのアイドル崩れの女、勝つ気だよ……」

「今まで、ちやほやされてきたから思い上がっているんだよ。世の中の厳しさを教えてやった方がいいでしょうな～」

勝手なことを言っている。

「では改めて、双方前へ！」

大曾根係長が仕切り直した。

私の目の前に、重戦車のような巨大な体がバリバリと前進してきた。

バスケットボールのような筋肉質の肩をぐっと上げると、ゆっくりと降ろし、静かに息を吐《は》く。巨大ロボットが動き出したような迫力である。

日熊教官の目に闘争心が灯《とも》った。私もにらみ返す。

「始め！」

足が畳を鋭く擦《す》る。

日熊教官はすさまじいプレッシャーをかけながら、一直線に近づき、長いリーチを生かして襟首を掴もうとしてきた。腕が飛んでくるたび、ダンプカーがすり抜けるような風切り音が響く。

私はステップを左右に散らす。

彼は逃げ回る私を、必死で捕まえようとしてくる。

実際のところ、さっさとケリをつけたいなら、体当たりで吹っ飛ばせばいい。それくらいの体格差はあるのだから。

でも、さすがにそんな無様《ぶざま》な勝ち方は狙《ねら》えない。きれいに投げて終わらせる気なのが見え見えである。

手と足を素早く飛ばして、組み合おうとしてくる。こちらだってアイドル時代にダンスのレッスンを受けてきたんだ。動きには自信がある。彼の脇《わき》に潜り込み、蹴りを狙う仕草《しぐさ》を見せた。

慌てて引き下がり、太い腕でアゴをガードする。

どうやら死角から放ってくるキックを警戒している。私が以前、教官を蹴りで倒したことを知っているのだ。

「それでも警官か。早く組み合え！」

悪いキツネ男は、好き勝手にヤジを飛ばす。

私は、日熊教官の原付きバイクが突進してくるような足払いをひたすら避け、相手がじれてくるのを待った。

「そんな戦い方で、犯人が逮捕できるか！」

「恥知らずが！」

「そんな女、さっさと投げ飛ばしてしまえ！」

こんなメチャクチャな再テストを用意しておいて、フェアプレーを訴える精神は、ある意味たいしたものである。

次の瞬間、私は場外に走り出た。あまりの行動に日熊教官はポカンと見ている。

「卑怯者《ひきょうもの》！」

「貴様、逃げる気か！」

その言葉を無視して役員たちにズカズカと近づいた。連中は目を丸くして慌てている。私は讃岐警視総監のそばに近寄ると、パイプ椅子にかけてあった制服を奪い取った。

「お借りします！」

警視総監は子供のような笑顔で、何が起こるのかワクワクしている。

場内に戻ると、日熊教官に向かって制服を投げつけた。

ひらひらと舞う制服。

でも日熊教官にとっては、敬愛する警視総監の大事なお召し物である。

彼は血相を変え、服が床に落ちるのを防ごうとした。つまり頭から突っ込み、両手は突き出して無防備になり、視線はこちらになく、アゴは見事に突き出されている。

もちろん、蹴りを叩き込んだ。

ドスン。

日熊教官は顔面から畳に倒れた。

唖然《あぜん》とするギャラリー。

私は制服を拾い、讃岐警視総監に返した。

「ありがとうございました」

「お見事!」

大喜びで受け取った。

でも後ろのお歴々は、鼻と後頭部から不満の煙をブスブスと吹き出している。

「こんなのはナシだ、汚すぎる!」

「相手の弱点を突くなんて、恥を知らんのか!」

悪ギツネ野郎も、口角泡《あわ》を飛ばして批判に参加した。

「こ、こんな非常識なやり方、認められるわけがないだろう！」

「非常識とは？」

私は銀縁メガネをにらみ返した。

女性一人を倒すために、わざわざ北海道から大男を呼んだ人間の常識というのを聞いてみたい。

「ふん！　バカに説明する暇なんかない。こんな恥ずべき方法を使うなんて、警官としての資質が問われるよ。君への処分は後日改めて考える！」

「いや、結果は出た！」

讃岐警視総監はドスの利いた低い声で、騒ぎを制した。

「紫崎《しざき》君。彼女は試験前に『どんな方法で勝ってもいいか』と確認してきたし、私はそれを請け合った。君は私を嘘《うそ》つきにするつもりかね？」

「い……いえ、私は……」

「彼女は再テストに合格した。そうだな？」

「それは……」

「言っておくが彼女は人気がある。この話は霞が関に広まるぞ。そのとき悪者になるのは誰だと思う？　彼女は合格だな？」

「……はい」

ほかの役員たちは返事もせずに、道場を出て行った。紫崎と呼ばれた男は、悔しそうに歯ぎしりをして後を追いかけた。

「七夕警部。約束通り、捜査一課で働いてくれたまえ」

「精一杯頑張ります！」

私は笑顔で敬礼を返した。

日熊教官は四人がかりで、引きずられるように医務室に運ばれた。


三月に入って、私は「ブルースカイG」の定例会に出た。

「ブルースカイG」とは私の所属していたアイドルユニットの名前である。解散した後も、仲の良かった友人と月一くらいで集まって、仕事の愚痴《ぐち》をぶつけ合っているのだ。

麻布の外苑《がいえん》通り沿いにあるカフェが、私たちの定例会の集合場所の一つだった。

裏手のオープンエアは手入れされた緑に囲まれていて、それがお気に入りだったのが、理由の一つである。さらに言えば酸味のきいたイチゴとナッツを使ったフルーツサラダは絶品で、この時期は特に逃せなかったからだ。

知佳《ちか》ちゃんも涼《りょう》ちゃんも、すでに待っていた。

三田村《みたむら》知佳ちゃんは小学校からの親友で、現在はモデルとして活躍している。栗色の髪には緩《ゆる》くウェーブがかかり、そのきれいな顔は、自然にしていても笑っているように見えた。スタイルも良くて、昔から四季を通してモテていた。

峰山《みねやま》涼ちゃんは、選考会で知り合いになった。知的な顔立ちの美人で、頭も良くいろいろなアドバイスをもらってきた。現在は化学系の会社に勤め、経理で働いている。

湯気の立つお湯の中で、紅茶の葉が気持ち良さそうに広がっている。でも、湯気の向こうに、なぜか知佳ちゃんの深刻な顔があった。

「菊ちゃん、どう思う？」

「どうって……」

私は返事に窮した。

そもそも知佳ちゃんは、「全人類人見知りコンテスト」で、確実に上位に食い込む力を持つ、恥ずかしがり屋だ。

高校のとき、それを克服するためにアイドル活動を始めた。黙々と努力して、それを克服していった。彼女の友達であることを、今でも誇りに思っている。

その彼女が舞台や雑誌に登場し、人目を集める仕事をしている。

で、その知佳ちゃんがこのたび水着写真集『もっと、チカくで』を発売したのだ。

そして自分の出した水着写真集の感想を、この私に求めてきたのである。

これは困った。

ハワイに行って撮影した、そのポートレートはきれいだったたし、知佳ちゃんの透き通るような白い肌が、青い海に映えている。笑顔もかわいかった。大きな書店で、棚に飾られているのも見たし、大学生の男の子たちが買っていくのも見た。

彼女の立派な仕事である。

きっと、恥ずかしがり屋の彼女には、つらいところもあったろう。それでも耐えて、自分の仕事をやり遂げたのだ。抱きしめてあげたいほど、立派だと思う。

でも、友達の水着姿を褒めるとなると、正直何を言っていいやらわからない。

「いいな、ハワイに行けるんだ。私も行きたいな～」

さすが頭のいい涼ちゃんは、上手《うま》い褒め言葉を見繕《みつくろ》った。

「ははは。でも、仕事で行って撮影終わったらすぐに帰ってきたたし」

知佳ちゃんは喜んでみせる。

でも、その顔を見ていると、欲しい答えはこれじゃないらしい。

何か言って欲しそうなのだが、どういう言葉をかければいいのだろう？　できれば知佳ちゃんが喜ぶ言葉にしたい。

「写真集、売れてるんだよね。知佳ちゃん、すごいね！」

「ありがとう！」

喜んだ顔をしてくれたが、この言葉じゃないことが、なんとなくわかった。

この後恒例の、仕事の愚痴大会になり大いに盛り上がったが、心の隅に、見つけられなかった言葉が引っかかり続けた。

知佳ちゃんは、何を言って欲しかったのだろう？


四月一日。

警察庁で辞令を受け、正式に警視庁捜査一課に戻ってきた。

当たり前だが玄関も廊下も、以前来たときとまるで変わっていない。

捜査一課のある、大きな部屋に入っても、その熱気は同じだった。

「外部所見じゃ、ロープが凶器だって言ってたろう！　報告書を書いた間抜けは誰だ！」

「オレが取り調べやるから、横入りする奴の鼻は折れ！」

「これだけ証拠そろえて逮捕状が取れないって、どういうことですか！　検事の野郎と刺し違えてきます！」

チョウの舞う花畑で、ライオンたちが暴れ回るような、心穏やかな風景である。

「よぉ、キック。戻ってきたな」

最初に声をかけてくれたのは伏見主任だった。

「お前、また教官を蹴り倒したんだって？」

日比野《ひびの》刑事や荒畑《あらはた》刑事など、知った顔がハイタッチで迎えてくれた。

「仕方ありませんよ、向こうが熊みたいな教官を倒せなんて言ってくるんだから」

私は肩をすくめた。

「それを本当にやるのがキックだな」

「きっと上の連中の中には逆恨《さかうら》みする奴もいるだろうから、気をつけろよ」

確かにそれは、あるかも知れない。

「今、事件は抱《かか》えているんですか？」

「いや。年末に送検して、今は待機状態だ」

なるほど。五係の机周りはどことなくのんびりしている。

でも、殺人事件が起こり、担当することが決まれば家に帰れないほどの忙しさが襲ってくる。いよいよ捜査一課での仕事が始まるのだ！

そう思ってエンジンを空ぶかししていると、廊下に呼び出された伏見主任が、ドア越しに手招きしている。

「キック、ちょっときてくれ」

初日から任務が与えられるらしい。

ところが行ってみると、そばで東山刑事が心配そうな顔で一緒に待っていた。

嫌な予感がした。

「キック、警察庁から呼び出しだ。隣の合同庁舎《ちょうしゃ》に来てくれと……」

「また私の配属に、文句を言う奴が現れたんでしょうか？」

せっかく張り切っているのに、足を引っ張られちゃたまらない。

「いえ、そういうことじゃ、ないようです」

東山刑事が困惑している。

「実は黒塗りの高級車が何台も、合同庁舎の方に入っていきました。ただならぬことが起きているようです」

「うん。よくは見えなかったが、役人が大勢集まっている。経済産業省や外務省の人間もいたようだ……」

伏見主任も、事態の大きさを否定しない。

経済産業省や外務省の人間？

それが何故、警察庁に集まっているのだろう？

そして何故、私が呼ばれるのだろう？

深呼吸して、私はスーツのボタンを留《と》めた。

「ちょっと行ってきます」


警視庁の隣には第二合同庁舎というものが建っていて、全国の警察を管理する警察庁が入っている。私が実際に所属する官庁だ。

受付に行って名前を名乗ると、すぐに五階の会議室に行くように言われた。

「何の集まりでしょうか？」

とりあえず聞いてみた。

受付の女性は、無言でエレベーターを指さした。

顔にうっすら「行けばわかる」と、書いてあった気がする。

エレベーターホールには、高級官僚と思われる背広の男たちが、深刻な顔で立っていた。

ひそひそ声もする。

「……細かいことは聞いていないが……」

「……それで、官邸の方はなんて言ってるんだ……？」

一台目のエレベーターがあっという間にいっぱいになったので遠慮して、次を待つことにした。すると、立て続けに次のエレベーターが来て、ガラガラの状態で乗ることができた。

「へっへっ。やっぱり残り物には福がある……」

そう思いながらボタンを押そうとしたとき、そこに、駆け込んでくる二つの影が見え、慌てて「開」のボタンを押して、ドアを止めた。

「ゲッ！」

声に出そうになったのを、二十四歳の私はきちんと飲み込んだ。二十二歳だったら危ないところだ。

入って来たのは、道場で悪意に満ちた目をしていた白髪のカッパ男と、延々とイヤミを吐いていた悪ギツネだ。確か「紫崎君」と呼ばれていた。

なんでこの二人に会うんだよ！

白髪カッパはこちらを見て、目を見開いた。

「なっ……、貴様がなんで、ここにいるんだ？」

「えっと……ここに来るように、命じられて……」

「ふざけるな。今がどういう事態かわかっているのか！」

全然、知らない。

すると今度は、紫崎という方が怒鳴《どな》り始めた。

「これは警察庁警備局の事案だぞ。なんで刑事局のお前が出てくるんだ。さっさと自分の部署に戻れ！」

「そう言われましても……」

「いい加減にしろ！　正式に抗議して責任問題にしてやるぞ！」

私だって命じられてきただけで、事情はわからない。

そんなやりとりをしていると、エレベーターは五階についた。

とりあえずドアを押さえて、二人が出やすいように促《うなが》す。そして、自分も出ようとすると、白髪のカッパが私を押しとどめた。

「君はここまでだ。帰りたまえ！」

自信満々の態度である。どうやらかなり階級が上の人らしいが、とにかく事情がつかめない。戻るべきか、とどまるべきか？

「早く帰れ！」

「………………」

悩んでいると、力の抜ける聞き慣れた声が聞こえてきた。

「よお～、キック。久しぶり～。芸能界に戻らなかったのか？　こんなむさ苦しい職場なんか辞めると思ったぜ～」

「深海警部！」

突然、懐《なつ》かしい顔が現れた。

彼の名前は深海安公《やすきみ》。

先に述べたとおり、卒配期間に起きた連続殺人事件を解決に導いた立役者である。

もともとはアメリカの連邦捜査局（ＦＢＩ）に所属し、情報解析の指導教官をしていた。その類を見ない捜査能力を日本の警察が認め、無理矢理警視庁に引き抜いたのだ。

「わざわざ、捜査一課に戻ったんだって？」

「はい、おかげさまで」

ただ、彼はあまりにも頭が良いため、他人の自尊心を傷つけることがある。特に書類ミスには厳しく、「書類刑事」と陰口《かげぐち》を叩かれている。

深い海の底からあぶくを出すようにイヤミを言うため、下の名前の「安公」をもじって「アンコウ」とあだ名されていた。

現在は警視庁捜査支援分析センターというところに所属し、難事件の捜査をサポートしている。

こんな奴でも味方のいない窮地で会うと、涙が出るほどありがたかった。

ところがアンコウは、いつもの調子で余計なことを言い始めた。

「伏見がスカウトしてくれたんだってな〜。で、横車を押して邪魔してきたバカがいたんだって？」

私は小さく指を動かして、後ろの二人を指した。

〝後ろ、あんたの後ろを見ろ！〟

白髪カッパと悪ギツネの顔色が変わり始めた。

「そいつらのおかげで『再テスト』とかいうのが用意されて、お前がその嫌がらせを潰してやったんだってな〜。そういうときは教えろよ。見に行ったのにさ〜」

〝後ろだよバカ、後ろを見ろ！〟

「お前も官僚として入ってきたからには、大変だぞ。出世競争で、いつ後ろから撃たれるか……え……後ろ？」

　怒りで顔を真っ赤にした、白髪カッパがいた。

「深海警部、なぜ君がここに？」

「ああ、古見《ふるみ》参事官。お久しぶりで……、そうそう、イチャモンつけてきたのはこいつらだよ」

　度肝を抜かれた。

　この白髪カッパは参事官だったのか！　次官の上の位で、ヘタをすれば次期警備局局長である。要は恐ろしく上にいる人である。

　でもさらに驚いたのが、アンコウの奴は参事官相手にも全く悪びれる様子がない。確かに会ったときから上司に頭を下げる姿を見たことがないが、ここまで徹底しているとは。

　古見参事官の怒りゲージがさらに上がり、顔が蛍光ピンクに輝きだした。

「私は、捜査一課の体制を健全な状態に維持するために、新人が突然配属されるのは問題があるだろうと、提言したままでだがね。何か文句があるのかね？」

「そういう余計なことをして、現場の捜査員に混乱を与えない方がいいんじゃないですか？」

うわ～。私が言えないことを、こいつ言ったぁ～！

「しっかし、キック。アイドルやって安全に生きていく道もあるのに。なんで危険な警察に戻ってくるかね～。給料だって芸能人やってた方がいいだろうに」

「選んだ道を、途中で投げ出したりしません！」

「ははは、お前がいたくても、こいつらが出て行けって言うかも知れないぜ～」

ヤバい。ここで会話を続けたら、完全に同類だと思われる！

悪ギツネが、たまりかねて声を荒らげた。

「深海警部、参事官の言葉が聞こえんのか。君はここで何をしている！」

「おお、紫崎課長もおられましたか。お二人ともいつもご一緒で。仲がいいことですな～」

こっちは課長なのか。多分警備課なのだろう。

しかしアンコウの社会性のない言動は、異次元の無敵さである。あくまで異次元であって、この世で通用するものではない。

そして彼には言動以外にも、異次元の部分があった。

服装だ。

恐ろしく珍奇なのである。

本来は身長百八十センチのスラリとした体型に、きれいな肩のラインを乗せている。顔はどちらかというと端正だし、その目はどこか野性的な光を放っていて、まぁ、普通にしていれば確実にモテそうである。

だが、破壊的なファッションセンスが、素材を見事に台無しにしているのだ。

さらさらの髪の毛はポマードでバッチリ固め、七三にきっちりと分けている。どこで買ったんだと突っ込みたくなるようなパステルグリーンの背広に、五歳児が絵の具で塗ったような柄のネクタイを決めている。そしておもちゃ売り場で拾ってきたようなピンクのメガネで仕上げているのだ。

間違ったクリスマスツリーである。

本人の美的センスなのだから、止めることもできない。

「君のつまらん冗談に付き合ってる暇はない。これから大事な会議があるんだ。用のない人間は出て行きなさい！」

紫崎課長が声を荒らげた。

でもアンコウは醤油瓶《しょうゆびん》のように、何を言われても動じない。

「別にオレだっていたいわけじゃねぇさ〜。長官の直々の命令で来たんだよ。でもあんたに帰れって言われたし。退散してもいいかな〜」

そう言いながら、ニヤニヤとこちらを見た。

「キック、お前も用がないって言われたんだろ？　一緒に捜査一課に戻ろうぜ。伏見に寿司《すし》をおごらせよう」

「ちょっと待った！」

古見参事官の顔色が、赤から灰色に変わった。

当然である。

アンコウの口から出た「長官」は明らかに警察庁長官を指している。警察内での最高指揮官であり、官僚のゴールだ。

長官の命令をないがしろにしたとなれば、出世レースはここまでである。

古見参事官は、慌てて取り繕った。

「君は長官の命令をなんと心得ているんだ！　さっさと会議室に行け。そして、そこの女。お前はさっさと下に戻れ！」

まぁ、参事官がそう言うなら仕方ない。私だけ戻ることにした。そもそも何かの間違いだろう。

「いや、キック。お前は会議に出るんだ。お前を呼んだのは、このオレだ」

「は？」

「このおっさんの言うことなんか気にせず、会議室に入れ」

おっさん呼ばわりされた古見参事官の顔は、溶接用のマスクが必要なほど、怒りで輝きだした。

ここを丸く収められる人間がいたら、世界中の人を笑顔にできるだろう。

こんなケンカに巻き込まれたら、たまったもんじゃない。

私は混乱しながら、会議室に逃げ込んだ。


体育館のような広い会議室であった。

そこに三十人ほどの背広組が、秘書を従えて次々と座った。

警視庁から讃岐警視総監、刑事部部長、警備部部長、警察庁からも官房長が現れ、上座を占めてゆく。

そのほか、面識のない、どうやら偉い人が並んでいく。

「あれ？」

あの顔の四角い人は、テレビで見たことがある。環太平洋貿易交渉で首席交渉官を任された後藤《ごとう》という人だ。

警察関係の集まりには、そぐわない気がする。

「見ろよ、内閣官房長官秘書官まで来てるぜ。賑《にぎ》やかだね～」

隣に座ったアンコウが、嬉しそうに話しかけてきた。どうやらこいつは、会議の目的を知っているらしい。

「何があったんです。なんで私が呼ばれてるんですか？」

「まぁ、見てろよ」

そう言って無責任に肩を揺らす。

古見参事官の隣には紫崎課長も並んでいる。アンコウの言ったとおり、本当に仲がいい。

「古見参事官の甥《おい》っ子なんだよ。紫崎は」

アンコウが解説してくれた。

「あそこの一族は公務員の一家で、出世頭が古見参事官。若手のホープが紫崎課長ってワケさ。二人で手を取り合って、成功への道を歩いてる」

「でも、あの紫崎って人、やけに私に絡んできますよ。再テストを受けたときも、文句ばかり言って……」

「そりゃそうだろ。お前が捜査一課で活躍して、刑事局の手柄が目立つようになれば、そちら側から出世する人間が出かねない。だからお前が大嫌い。ついでに古見参事官も、お前を嫌がってる。だから難癖をつけて再テストに持ちこんだ」

まぁ、そんなとこだよね。

「嫌がらせなんかしないで、仕事を頑張ればいいんですよ」

「冷蔵庫を崖《がけ》に上げるのと、蹴っ飛ばして下に落っことすのは、どっちが楽だと思う？」

「身も蓋《ふた》もない言い方ですね」

「だからこそ真実なのさ。手柄を立てるより、足を引っ張る方が何倍も簡単だ。気をつけるこった」

気をつけますとも。流れに逆《さか》らわず、波風立てないで生きていきたい。

「それでは説明を始めます」

若い職員がスクリーンの前に立った。

「あいつ警察庁から外務省に出向してる奴だ。北米担当だな」

「外務省北米局……」

アメリカで何かあったのだろうか？

部屋全体が薄暗くなり、正面のスクリーンに映像が映し出された。

若い男性の写真である。

ヨーロッパアルプスを背景に、スキー場で撮られた写真のようだ。スポーツマンらしい日焼けした顔に白い歯を見せ、嬉しそうにVサインを出している。黄色いスキーウエアに身を包み、青い空の下で大勢の友人たちに囲まれて屈託なく笑っている。

やに下がった目と、大きな鼻が少し目立つが、愛嬌《あいきょう》がある顔である。

「三条院《さんじょういん》家のボンボンの春彦《はるひこ》だ……」

アンコウが呟いた。

外務省職員の説明はその呟きを、そのままなぞった。

「三条院春彦、二十五歳。東京大学法学部を卒業後、現在は米国ボストンのハーバード大学へ留学しています」

私はアンコウに振り返って尋《たず》ねた。

「写真の人物と、面識があるんですか？」

「京都に住んでいる元貴族の長男だ。三条院家は代々外交官を務めてる。一度、茶会の席に呼ばれて、話をしたことがあるのさ」

「代々、外交官って……。そんな家があるんですか？」

「あるさ。外交なんて結局は人との付き合いだろ。つまり個人の持っているコネがものを言う。どこの国にも昔からコネを持ってる名門一族ってのがいて、国同士の仲を取り持ったりするわけさ。三条院家はその一つ。いずれあの坊やも、大使になるってわけ」

「はぁ〜」

世間には私の知らない裏路地が沢山あるのだ。

若い外務省職員は三条院春彦の経歴を説明し終わると、いったん呼吸を整え、そして言った。

「実は最近、この三条院春彦氏に殺人予告が出ました」

薄暗い会場がざわついた。

「そっ、それはいつのことだ？」

「信憑性《しんぴょうせい》があるのかね？」

そりゃ慌てる。

スクリーンに映し出された男性は、お使いを頼んだら三歩で道に迷いそうなボンボンでも、日本にとっては重要な外交カードだ。個人への殺人予告はもちろん問題だが、それに加えて国益に関わる話でもある。

「情報は確かなものです。アメリカ連邦捜査局がすでに捜査を始めていて、春彦氏の警護も始めています。大使館員が直接確認をしました。脅迫状が見つかったのは三月二十八日です」

四日前だ。

いったいどういう状況で、そんな手紙が見つかったんだろう?

スクリーンには映像が流れ始めた。

アメリカのニュース番組で、レポーターが後ろの森を指して、「死体が発見された」と解説している。

外務省職員は説明を続ける。

「すでにアメリカでは報道されているのですが、ボストンの州立公園で死体が発見されました。被害者はシーロ・ゴメスという男で元海兵隊員です。凶器は銃。そしてここからは公表されていないのですが、遺体のポケットに犯人からの手紙が残っていたんです」

「手紙?」

「犯行声明か!」

「はい。それによると、七名の人間を殺害すると予告しているのです。その一名に、三条院春彦氏の名前が挙がっているのです」

映し出されたのは、血液で汚れた便箋《びんせん》だった。次に文面がわかるように拡大した画面が現れる。

画像がぼやけている上に汚れているので、よく読めない。だが、確かに七人の名前が挙げられ、「殺す」と書かれている。

そして、手紙の最後には「量子人間《クオンタムマン》より」と、書かれていた。

「『量子人間』だと。何者なんだこいつは？」

誰かがあきれたような声を上げた。

「量子人間？　それは『量子力学』の量子なのか？　あの……物理で勉強する……」

「アメリカのヒーローものみたいだな。ひょっとして犯人はそういう妄想にとりつかれてるのか？」

「ただの愉快犯じゃないのかね？」

会議の参加者は、自分なりの予測を口にし始めた。

確かに「量子人間」と名乗るなんて、子供じみている。

「三条院春彦君は、この事件のことをどう話しているのだね。彼は何か知っているのか？」

讃岐警視総監が厳しい顔で質問する。

「ハッキリしたことは何も。弁護士を呼んで免責特権を与えてくれれば、すべて話すと言っています。それまでは何も話したくないと……」

「こいつ自分の立場、わかってんのか？」

アンコウが小声で吐き捨てた。

確かにそのとおりだ。自分の命が狙われているというのに、その事情を説明したくないとは……。

「彼を帰国させて、安全を図った方が良いのでは？」

古見参事官が提案した。

「そうはいかない理由がございまして。まず一つは、三条院家の希望です。春彦氏は卒業を控《ひか》え、現在論文を完成させなければいけない状況にございまして。つまりアメリカに残り、教授の指導を受けなければならないのです。脅しに負けて中断させるなど三条院家の恥になるとのことで……」

「外聞を気にしている場合ではないでしょう。ご子息の命が狙われているのに」

古見参事官は腕組みをして、口をとがらせた。

「三条院家は『春彦を守ってこその警察だろう』と、おっしゃっております。さらにもう一つ大きな理由がございまして。それが外交上の問題なのです」

外務省職員は手元の資料をめくった。

「実は、春彦氏はハーバード大学において、ノーマン・カークという青年と仲良くしておりまして。そのノーマンもまた、殺人リストに名前が挙がっているのです」

スクリーンの手紙を見ると、確かに殺人リストの中に「ノーマン・カーク」の名前が見える。

「そしてノーマンの父親が、上院議員であり、全米の畜産業者のまとめ役でもあるわけです」

「それで？」

古見参事官は不愉快そうに問《と》いただした。

「つまり、日本が今現在進めている環太平洋貿易交渉に影響があるわけですよ」

「！」

なるほど。

だから、環太平洋貿易交渉の首席交渉官がここにいるわけか。

環太平洋貿易交渉は、中国の急成長が引き金となって、提唱された。

中国の経済力は、安い労働力で世界の生産業を一手に引き受け、それで稼いだお金を順調に技術開発と人材育成につぎ込み、拡大の一途をたどっているのだ。

そこで我が日本やアメリカ、それに中国に地理的に近いアジア諸国や資源国のオーストラリアが、これに対抗する枠組みを作ろうとした。

これが「環太平洋貿易交渉」である。

簡単に言ってしまうと、お互いの国で売買する品物にかける税金をなくして、商売をしやすくしようという計画だ。この税金を「関税」という。

ところがこの貿易交渉が、尋常ではないほど難しいのだ。

たとえば日本だと、安い外国の食料品が大量に入ってくれば、国内の農家や畜産業の商品が売れなくなり困ってしまう。

「商売なんだから、安いものをどんどん入れればいいだろう!」と、いうご意見もあるかも知れないが、でも、ちょっと待って欲しい。

食べ物を海外に依存して、もし入ってこなくなったらどうするのか? 飢え死にする人が出てしまう。

そう、食べ物は国防に関わるのである。

だからこの産業を守るために、大抵の国で補助金が出るのだ。この食べ物の国内生産を守ってきた「関税」を取り払おうという協議なのだから、難航するに決まっている。

日本はなるべく「関税が残せる品目」を残したいわけである。

でも、食料品の関税をゼロにしたいアメリカは、それを許さない。アメリカとの交渉は真っ赤になるほど熱くなり、ヘタをすれば交渉が決裂するほどの危ない状況に陥《おちい》っている。

そんな中での、三条院春彦とノーマン・カークという外交カードなのだ。

ノーマンの父親が全米の畜産農家を束《たば》ねる議員となれば、その影響力は無視できない。

「ご理解いただけると思いますが、三条院春彦氏を帰国させると、環太平洋貿易交渉の窓口を一つ潰すことになります。つまり国益を大きく損《そこ》ねることになるわけです」

外務省職員は静かに諭《さと》し、会議室は静まりかえった。

「とにかく緊急に、事態を把握しなければなりません。特に、三条院春彦氏からの事情聴取は急務です。そこで二名の捜査員をボストンに送ることとなりました。まず、一名が深海安公警部です」

アンコウが面倒くさそうに右手を挙げて、指名に応えた。

パラパラと拍手が起き、古見参事官と紫崎課長は、忌々《いまいま》しそうな目で見ている。

なるほど。警察庁長官がアンコウを呼び出した理由は、これだ。

彼は元ＦＢＩでアメリカ側の捜査員にも顔が利く。おまけに、三条院春彦とは面識もあるし、英語力も問題ない。この任務に最適である。

「もう一名は、紫崎課長となります」

指名を受けて紫崎課長は、すっくと立ち、慣れた手つきで背広のボタンを留める。

「ご指名を受けました紫崎です。日本国のため、この身を賭《と》して本任務に当たりたいと考えております！」

大きめの拍手が起きる。アンコウと比べたら天地の差である。

なるほど。

古見参事官も、身内の重要任務への配属にニコニコしている。多分、この抜擢《ばってき》には彼の力添えもあったのだろう。

まぁ、大変な仕事だろうけど二人で頑張ってきてください。

……あれ……。ところで私、この会議になんで呼ばれたんだ？

そう思ってアンコウを振り返ると、奴は悪魔の笑みを浮かべていた。

そして手を挙げると途方もないことを口走った。

「オレ、紫崎と出張するの嫌だ！」

はあああああああ！

会議室にいた全員が、顔面蒼白《そうはく》で固まった。ゲームを始めたレベル一の状態で、巨大なドラゴンを見たらこんな顔になるだろう。

「な、な、何を言ってるんだ！」

「き、君を選んだのは長官だぞ！　それを断るなんて……」

「な、な、な。そ、そ、そ、あ、あ、あ……」

あまりの常識外れの態度に、言葉にならない人までいる。

そんな中で讃岐警視総監だけは、古狸の笑顔を崩さない。

「深海警部。君のことだから、ことの重大さは十分理解していると思うのだが。なぜこの任務を断るのかね？」

さすがは、落ち着いている。

「重要な任務で行くから嫌なんです。アリバイの裏取りもしない奴なんか願い下げだ」

紫崎課長の顔が引きつった。

「アリバイの裏取りをしない？　何のことだ」

讃岐警視総監は少し驚いた。

「こいつ半月ほど前に、監視カメラに写った犯人の顔を見間違えて、別人の逮捕状請求を指示したんです。ちゃんと裏取りしねえから危うく冤罪《えんざい》事件を起こすとこだ。オレが画像解析して事なきを得たんだが……」

「黙れ！　あの件は適正に処理した。もはやなんの問題もない！」

大勢の上司の前で恥をかかされた紫崎課長が、血相を変える。隣にいた古見参事官も白髪が逆立ち、目に呪《のろ》いの力が加わり始めた。

ヤバいって。もういい。アンコウ、黙れ！

「キック、お前一緒に来い。お前の方が使える」

「なっ！」

会議室中の偉い人の目が、不吉な音を立てて、こちらを向いた。

違う、私は関係ない！

「こいつを部下として使っていいなら、喜んで拝命します」

「君は捜査とデートを取り違えとるんじゃないのかね？」

紫崎課長は、どす黒い笑顔でイヤミを放つ。

「キックの方が、あんたより使えるし」

アンコウは平然と言い放つ。

「バカ……じゃなくて、私は国内で仕事がありますので。深海警部はボストンで頑張ってきてください」

私は笑顔を引きつらせて答える。

「いいじゃないか、深海君の望みを叶えてやろう。助手として七夕警部を連れて行くといい」

このとんでもない提案に、最初に賛同したのは、なんと古見参事官だった。

どういうことだ？　とにかく私は首を振る。

「自分は捜査一課に配属されたばかりです。このような重要任務についていけば先輩方の足を引っ張るのは目に見えています。せっかくですが遠慮させていただきます」

「そんな謙遜するなよ。卒配で犯人を追い詰めたじゃねえか」

「もういい！」

讃岐警視総監が一喝した。

「航空券をもう一枚用意しなさい。七夕警部も派遣する。それでいいな、深海君！」

ちょっと待った。私は良くないぞ！

「これで決まりだ！」

讃岐警視総監はこれ以上の騒ぎは沢山だと言わんばかりに、机を叩いた。

「深海警部、紫崎課長それに七夕警部の三名にアメリカへの出張を命じる！　ボストンのＦＢＩと協力して、三条院春彦の事情聴取を行い、また、周辺を捜査することで事件の詳細を摑み、報告すること。心して任務に当たるように！」

こうして古狸の雷とともに、会議は結論に達した。


「はは～ん。そりゃ、古見参事官の策略だよ」

捜査一課に戻ると、伏見主任はそう言って笑った。

「どういうことです？　古見参事官は、深海警部を目の敵にしていたのに願いを聞き入れるなんて。それのどこが策略なんです？」

私は聞いた。

不思議な話である。いや、それ以上に迷惑な話だ。

「深海は周りに敵を作るが、そいつらを黙らせるほど捜査能力がある。誰も文句が言えないし、古見参事官だって簡単には奴の首を飛ばせない」

「はい」

それゆえに面倒でもある。

「だが、そこに新人刑事がくっつけばどうなる？　ドジを期待できるだろ」

ああ！

「となれば、そのミスを理由に深海を飛ばせるってわけだ。何せ、キックをつけろと要求したのは深海だからな」

「七夕警部。責任重大ですね」

東山刑事が同情してくれた。

「はあ……」

ここは一つ盛大に失敗して、アンコウの野郎を警察から叩き出してやろうか。いや、でもそのときは一蓮托生《いちれんたくしょう》で、私も巻き込まれるに違いない。

とにかく海を渡って、三条院のボンボンに話を聞き、彼が巻き込まれるに至った事件の全容を調べ上げるしかない。

しかも、三日間で。

捜査一課への就任初日は、とんでもない事件の始まりとなった。

四月三日。

アメリカのボストン・ローガン空港に到着した。

羽田《はねだ》空港《くうこう》を出てから十四時間後の現地時間、午後五時である。

ここに来るまで、本当に大変だった。

あの会議が終わった後、申請書類を山ほど書きながら母に連絡。スーツケースの中に、適当な着替えや洗面道具を放り込んでもらった。総務部に行って飛行機のｅチケットを受け取ると、ダッシュでマンションに帰り、荷物を整理。それを引きずるように羽田に向かったわけである。

アンコウや紫崎課長は最初からこの役を引き受けていたので、スーツケース持参で警察庁の会議に出ていたのだ。

アメリカ東海岸、ニューヨークのさらに北に位置していて、日本で言えば札幌《さっぽろ》くらいの緯度になる。だから四月と言っても、コートが必要だ。

「キック、お前機内でずっと固まってたけど、ひょっとして飛行機が怖いのか？」

アンコウが嬉しそうに聞いてきた。

「こ、怖くなんかない！」

信用してないだけだ。そして震えているのはこの気温のせいだ。

「遅いぞ、向こうの捜査員を待たせるな。この間抜けども」

紫崎課長が忌々しそうに、空港の出口で先に待っていた。

自分だけファーストクラスに乗ったので先に降機でき、さらに権限を使って入国審査を楽に通り過ぎたのである。

空港のガラス戸を通り過ぎる。巨大なコンクリートのひさしの先に、少しだけ夕空がのぞいていた。目の前にはひっきりなしに車がやってきて、人と荷物を吸い上げていく。

道の向こう側には恐ろしく広い駐車場があるのだが、その中のワゴン車から黒人の男性が降りて、こちらに向かってきた。

先に手を振ったのはアンコウである。

「よう、ジェイムス。迎えにきてくれたのか〜」

どうやら知り合いのようだ。

名前はジェイムス・ロックウェル。

身長百八十センチは優に超える、長身の黒人男性だ。大きく丸い鼻にフレームの太いメガネをかけた、真面目《まじめ》そうな人物である。さすがに訓練された体つきをしていて、背筋が伸びているのが印象的だ。

「ボスに言われたんだ。深海が来るなら、おかしなマネを始める前に身柄を拘束しておけと……」

言葉が途切れ、アンコウの姿をじろじろと見た。

「なぁ。オレは日本に関しては富士山《ふじさん》と寿司くらいしかわからん。だから、失礼なことを言っちまうかも知れんが聞かせてくれ。そのコートは日本で流行《はや》ってるのか？」

「似合うだろ？」

もっと厳しく叱《しか》ってやれ、ジェイムス！

ブルーの地に黒いカモメのシルエットが何十羽も飛び交うような、この珍奇なコートを！

私はこの異様な風体《ふうてい》に、羽田から付き合わされているんだ！　せめて税関で危険物として接収されれば良かったのに。

「それはコスプレってやつか？　だが、ボストンでは勘弁してくれよ。街を離れれば銃を持った麻薬中毒者もいるんだ。それじゃあ標的になるぞ」

「ちぇっ、しょうがねえな……」

アンコウがコートを脱ぐと、中からパッチワークで縫い上げたような派手なジャケットが現れた。

機内でキャビン・アテンダントが四度見した代物だ。

「もういい……。そのまま車に乗ってくれ。服のことは後で相談しよう」

ついにジェイムスは諦《あきら》めた。

「ん……ゴホ！　初めまして。警察庁の紫崎宗重《むねしげ》です」

無視したことを咎《とが》めるように大きな咳をして、紫崎課長が握手を求めた。

ジェイムスの大きな手が、慣れたように大きな身振りで握手を返す。

「ああ、失礼。ようこそアメリカへ！」

私も握手を求めた。

「初めまして、七夕菊乃です」

「初めまして、ジェイムス特別捜査官です」

温かい握手を返してもらった。


空港から高速道路に入り、ボストンの中心部をぐるりと一通り見せてくれた。

遠くにビル群が見え、港にはコンテナの積み卸しに使うクレーンが並んでいる。

ボストンという街は、アメリカの中では歴史が古い。

一六二〇年にイギリスの移民が「メイフラワー号」に乗って、最初にやってきたのがこのボストンだ。そしてイギリスの植民地支配に反抗して紅茶を海にぶちまけたのも、このボストン。つまり「ボストン茶会事件」だね。

その後独立戦争が起き、イギリスに勝利。「独立宣言」が発表されるのも、このボストンというわけだ。

「だから、マフィアの抗争が古くからあって、本当につい最近まで続いていたんだ」

ジェイムスは港湾地区を見ながら話した。

「何故、古い町だとマフィアの抗争があるんです？」

「最初にイギリス人がやってきて、次にイタリア人もやってきた。その後アイルランドで飢饉《ききん》が起きて、彼らもこのアメリカに逃げてきた。でも、入植が始まった頃は警察の機能が今ほど発達しているわけじゃないから治安は悪い。というか、殺人や強盗が普通に起きる時代だ。当然、自分の身は自分で守るしかない」

「西部劇の世界ですね」

「そうそう。身を守るために銃を持つ。その考えが今も残っていて、オレはどうかとは思うが、まぁそれは置いといて。危険だから同じ国同士の者が集まって、身を守る。この集まりがマフィアになって、お互いが戦い合う仲になったってわけさ」

「日本では考えられない状態だな……」

紫崎課長が、馬鹿《ばか》にしたように呟いた。

「街の中心は安全なんだが、その周辺には治安の悪い場所が今でもある」

この街の中心にはビジネス街や、世界屈指の有名大学が数多くある。ハーバード大学やマサチューセッツ工科大学などだ。でも、その周辺には、観光客にはお勧めできないエリアがあるのだとか。

「それに薬物中毒の死亡も多い」

ジェイムスは肩をすくめた。

「なぜです？」

「そりゃ、勉強が大変だからかもな。毎週分厚い本を読まされて、教授の質問に答えられるようにしておかなきゃならないし、レポートも書かされ続ける。かなりのストレスだろうからな。最近じゃ、大麻合法化の住民投票をやる話も出てるくらいさ。そうすると、危ない地区にいるマフィアのところに行って、麻薬を買うようなこともなく……。おっと、この出口を降りないと」

ジェイムスは高速道路を降りた。

「今回の事件も、その辺の事情が、絡んでるんだよ」

「麻薬ですか？」

「そして、貧困。根が深すぎて誰も手が出せない問題さ」

広い空き地の向こうに、白くスタイリッシュなビルが現れた。

ＦＢＩのボストン支部だ。

ゲートで身分照会をして柵《さく》の内側に入ると、そこにはアメリカ全土を管轄とする警察署があった。

広大な国土の中で起こる犯罪情報を一手に集め、選抜された屈強な捜査官が事件に対処している。

廊下では身長が二メートル近く、胸板の厚い捜査官と次々とすれ違う。

その中の何人かがアンコウに握手を求め、挨拶をした。

こんな奇妙な服を着た人間に頭を下げるのだと、つくづく不思議に思った。普通こんな奴に会ったら、最初は威嚇射撃だろう。

「深海は『ウアジェトの目』を持ってるって言われて、生徒から恐れられていたんだ」

ジェイムスはささやいた。

「ウアジェトの目？」

「古代エジプトにホルスって呼ばれる神様がいるんだよ。そいつは鷹《たか》の姿をしていて『ウアジェトの目』を持っているんだ。ホルスはその目であらゆる真実を見通す。つまり深海はどんな謎も解く力があるって言われていたんだ」

「へぇ〜」

なるほど。青い空を飛び、地上の真実を見渡している気がする。

それに顔も鷹に似ているような。

ジェイムスはまずオフィスに案内し、ボスを紹介してくれた。

次に十畳ほどの小さな会議室に案内してくれて、着席すると三センチほどの厚さのファイルを一冊ずつプレゼントしてくれた。

「早速で悪いが、このファイルを夕食までに頭に叩き込んでくれ。補足の資料は段ボール箱の中にあるはずだ」

見ると確かに段ボール箱が三つある。

「明日の朝十時には三条院春彦が弁護士と共にやってくる。免責特権を与えるという条件で、何でも話すということになっている」

免責特権とは、春彦が今回の事件で罪を犯していても、検察はそれを訴追しないという約束だ。

それにしても、この量の英文を読みこなすのか……。うんざりしながらアンコウを見やると、信じられない光景を目の当たりにした。

英文のみっちり詰まった書類を、一ページ一秒もかからないスピードで読み込んでいるのだ。

おいおい、絵本じゃないんだぞ。本当に頭に入ってるのか？

その様子に気づいた紫崎課長も負けじとファイルを読み出すが、到底そのスピードにはかなわない。

私も書類に目を通す。

気がつくと目の前にドーナッツとコーヒーポット、紙コップが並んでいた。ジェイムスが用意してくれたのだ。頭が甘いものを欲しがっていたので、ありがたかった。

一個手に取ると、アンコウがファイルから目も上げずに呟いた。

「S&Sドーナッツだ」

「S&Sドーナッツ？『S&S』ってお店のドーナッツですか？」

「違う」

アンコウは書類を読みながら答える。

「最初のSはどういう意味です？」

「シュガー」

「後のSは？」

「シュガー。食えばわかる」

一口食べて、言葉の意味を理解できた。

死ぬほど甘い。おまけにパサパサしていた。台所にあるスポンジに砂糖をまぶすとこんな感じであろう。

「どこにも『美味《うま》い』なんて書いてないだろう？　嘘はないさ」

アンコウがクスクスと笑っている。そして笑いながらも、ページをめくる手は止めない。

吐き出すわけにも行かないので、慌ててコーヒーで飲み下す。

私が二十ページほど読み込んだ頃、アンコウはファイルを閉じた。

「ひってえ報告書だな〜」

そう呟くと段ボール箱を漁《あさ》り、目的の資料を次々と見つけては鋭い目で読み込み始めた。

確かに「ウアジェトの目」を持っている。

打ち合わせを始めたのは、午後七時を過ぎていた。

あのファイルを理解したとは、到底言えなかった。

どうやら四人の殺人事件が絡んでいるらしいことはわかった。とにかくジェイムスに質問して詳細を補完しておかないと、明日の事情聴取なんて到底おぼつかない。

紫崎課長は、私よりひどい状態だ。なんせ、ファイルを読むのを途中で止めてしまったのだから。ふてくされた顔をし、腕組みをする。

「こんなもの読めるわけないだろう……」

誰かが懇切丁寧に説明するのを待っている様子である。

部屋に戻ってきたジェイムスは、その様子を見て取ったらしい。事件のあらましを丁寧に説明し始めた。

「空港からここに来る間に、左手に大きな港が見えただろう？　あそこは『サウスボストン』と呼ばれる地区で、アメリカでも屈指の港湾設備を誇ってる。運び込んだコンテナや商品を保管しておく広場や倉庫が沢山あって、そこで三月十二日に奇妙な失《しっ》踪《そう》事件が起きたんだ」

彼は巨大な貸倉庫の写真を見せた。

「この倉庫だ。そこに向かった日本人留学生の大須《おおす》寛人《ひろと》、中華系のシンガポール人の王秀英《おうしゅうえい》、それに元海兵隊のシーロ・ゴメスって三人が姿を消した。不思議な話だが、人が煙のように消えたんだ。まずは各人の資料を見てくれ」

私たちは写真の添えられた資料を広げた。

大須寛人は二十六歳。日本人。

細面で色白の男性で髪や眉毛をきちんと整えているのだが、写真の中の彼は襟のよれたTシャツを着ている。

身長百七十センチの痩《や》せ型。ニキビの残った頰《ほお》が、少しこけている。

福岡《ふくおか》出身で東京都内の工科大学を卒業。その後、港区にある大手安全管理会社のシステムエンジニアとして就職した。一年働いた後、マサチューセッツ工科大学のメディアラボで二年間の留学を命じられ、このボストンに来ていた。

王秀英は二十七歳。中華系のシンガポール人。

刈り上げた頭をきれいにセンターで分け、色白の肌に黒縁のメガネをかけている。

身長は百七十五センチで体重は九十キロとやや太めの体型をしている。

実家はシンガポールにあって、教育熱心な両親に育てられた。シンガポール国立大学を卒業後、マサチューセッツ工科大学の数学科に在籍している。

彼の書類には、医療カルテの写しが添えられていた。

「薬物依存症の治療報告書ですね」

私の問いに、ジェイムスはうなずく。

「麻薬中毒だ。来る途中でも話しただろ？　ここの学生は優雅な生活を送っているように見えて、本当は息の詰まるような空気の中で生きてる奴が多い。だから麻薬の過剰摂取《オーバードーズ》で救急車の世話になる奴も少なくないのさ。秀英もその一人で、そのとき奴の胃袋から溶け残った合成麻薬を吐き出させたときの記録が、その報告書さ」

二日間、意識をなくしたようである。

「王秀英は華僑《かきよう》の一族で、彼らは何より子供に学問を与えることに熱心だ。一族にかなりの額の金を借りて、MITに留学させていた。結果を出さなきゃならないってストレスは相当なものだろうな」

彼は自分のことのように身を震わせた。

「さて、次は事件の発端となったシーロ・ゴメスだ」

シーロ・ゴメス。メキシコからの移民を両親に持つ、ヒスパニック系の三十二歳。もちろん、彼の顔には見覚えがある。警察庁での会議でニュース映像に出てきた。ボストン近郊の州立公園で、射殺死体で見つかった男である。

資料によると十八歳で志願兵として、海兵隊員となっている。二〇〇三年のイラク戦争に従軍。四年後に退役して民間軍事会社に就職した。よほど戦場が肌に合ったのか、イラクとアフガニスタンで傭兵《ようへい》として戦闘に参加している。

しかし激しい戦闘の現場に長期間いたためか、衝動的な暴力が抑制できなくなり、次第に問題が大きくなっていった。二〇一一年にバグダッドで民間人と些細《ささい》なことからケンカを起こし、二人を射殺。優秀な兵士とみられていたため、一時的に後方に下げられ、医師の診察を受けさせられた。だが同僚と酒を飲みにいってケンカを起こし、銃で重傷を負わせて、これで解雇となった。

その後、兵士としての復帰を誓って病院で治療を受けるのだが、思うように回復しなかった。

彼を心配した両親は在郷軍人会のツテを頼って、地元のビル・カーク上院議員に就職先を相談し、ガードマンとして雇ってもらうことになった。

議員の息子のノーマン・カークの護衛となったのである。

「このシーロ・ゴメスが撃たれて殺されたんですか……?」

私は思わず聞いた。

戦場に八年もいて、しかも兵士たちの中でも際だって乱暴だったゆえに解雇された人間を、銃で殺すなんて、相当な腕前である。

「犯人も、元軍人ですかね?」

ジェイムスが苦笑いをした。

「我々も、その点は心配している。ひょっとしたら軍で訓練を受けた人物かも知れないとね。そのときは深海に任せようと思ってる」

アンコウは右手を挙げて請け合った。

「任せとけ。オレが命令するから、お前ら一斉に石を投げろ」

どういう逮捕術だよ。

実はアンコウは、FBIにいたと思えないほど銃がヘタなのである。

「まあ、とにかく失踪事件が起きて、シーロ・ゴメスだけが死体で見つかった。そのいきさつを説明しよう」

ジェイムスは、王秀英の写真を示した。

「今回の事件が発覚したのは、王秀英の両親の通報がきっかけだ。シンガポールに住む秀英の両親は、毎日のように彼に電話をかけていた。大事な息子が薬物依存症治療を受け始めていたからだ。無事を確認するため日に三度は連絡し、そのうちの一度は必ずテレビ電話で姿を確認していた。ところが三月十二日から全く連絡が取れなくなった。三月十六日に両親はシンガポールから飛んできて、友人周りを探して回ったが見つからない。警察に捜索願いを出したが、その日は相手にしてもらえなかった。だが、二日後に捜索に乗り出した」

「何故です？」

「大須寛人とシーロ・ゴメスも失踪していることが判明したからだ」

大須寛人とシーロ・ゴメスの写真を示した。

「王秀英の両親が、自分たちだけで聞き込みをして、その事実を突きとめた。寛人と秀英は仲が良かった。ランチを一緒に食ってたし、ゲームをよくやっていた。その大須とシーロ・ゴメスが一緒に失踪していると聞いてボストン警察は青くなった。シーロは上院議員の息子であるノーマン・カークの警備員だ。もし事件に巻き込まれていて警察が放置していたとなったら、署長の首が飛ぶかも知れない。だから捜査が始まった」

どこも、お偉いさんが絡むと、動きが良くなる。機械のオイルのようなものなのだろう。

「聞き込みが本格化し、この失踪した三人には、ある人物が関わっていることが判明した。大学生が、王秀英の乗った車にもう一人、同乗していたのを目撃しているんだ」

「誰です？」

ジェイムスは見覚えのある人物の写真を示した。

「三条院春彦だよ」

「ああ！」

ここで、お坊ちゃんが絡んでくるわけか。

「春彦はその時点で、どんな釈明をしてるんだ？」

アンコウはコーヒーを口にしながら聞いた。

ジェイムスは首をすくめる。

「『サウスボストンの倉庫に行った後、シーロ・ゴメスが二人を車でどこかへ連れて行った。あとは知らない』だとよ」

「お〜。ずいぶんと怪しい態度だな。春彦が犯人じゃないか？」

アンコウが笑うと、紫崎課長が厳しい口調で咎めた。

「予断を挟むな。まだ何があったかわからんのだ！」

確かに要警護人物に殺人容疑がかかるような面倒な事態は、御免被りたい。とはいえ、今までの説明を聞いて釈然としない部分がある。

「あの。警察が捜査を本格化させたのはいつの時点です？」

「三月二十日の時点だ。大学生の証言から三条院との関係がわかったのが二十二日」

「となると、秀英さんの両親が異変を感じてから十日も経《た》っているわけですよね。その間、誰も捜索願いを出してないんですか？　たとえば大須寛人の友人が異変に気づいたり。少なくともノーマン・カークは、自分の警護が十日近く行方がわからなければ、捜索願いを出しませんか？」

「ふむ、言われてみれば、引っかかるな……」

ジェイムスはメガネを押し上げた。

「大須寛人は独《ひと》り者《もの》だし、田舎《いなか》の両親とそれほど親密というわけでもなかった。それにシーロは傭兵を長くやっていたから、家族とは連絡も取ってない。しかしノーマン・カークが捜索願いを出さなかった理由はわからない。言われてみれば気になるな」

紫崎課長が口を挟んできた。

「うん、私も最初からその点は気になっていたんだ。七夕警部。きちんと調べておくように」

言われなくても調べるよ！

アンコウを見ると、声を殺して爆笑していた。

ジェイムスは話を続ける。

「捜査は進展せず、開始から一週間ほどが経った。ボストンを南に下りたヒンガムというところに州立公園があるんだが、そこでシーロの遺体が見つかった」

「州立公園ですよね？」

人が大勢集まる公園に死体を隠すなんて。どういう神経なのだろう？

そう考えていると、アンコウが何かを察して説明してくれた。

「小さな自然公園じゃないぞ。サッカー場二千個分くらいの巨大な公園だ。森や池があって、ハイキングコースやキャンプ場もある。日本の感覚で言うと、山の中に死体があったような感じだ」

ああ、なるほど。

「要するに犯人は死体を、隠す目的で公園に持ち込んでいるということですね。無計画に放置したわけではないと」

ジェイムスはうなずいた。

「そう。シーロの遺体も、森の中の深い雑草の中に転がっていた。キャンプに来ていた学生が薪《まき》を取りに分け入って見つけたんだ」

ジェイムスはファイルを一枚取り出すと、中に挟まれた十数枚の写真を机に並べた。

検視台に載せられた遺体だ。赤黒い穴が左肩後方に一つ、お腹《なか》に三つ空いている。

「九ミリのホローポイント弾が四発、至近距離から撃たれている」

「ホローポイント？」

「体内に入ると弾頭がひしゃげて体に大きな穴を開ける弾だ。つまり殺傷力の高い弾丸で、最初から殺す予定で準備している」

なるほど。事故や突発的な撃ち合いではなく、計画的な犯行ということだ。

次は遺体発見の現場写真。深い藪《やぶ》の中にシーロが血まみれで横たわっている。

「第一発見者の大学生は、最初に放置された車を発見した。不法投棄かと思ったが、それにしては車体がきれいだった。でもボンネットに落ち葉が積もっている。これは事故かも知れないと思い、あたりを捜索して藪の中に死体を発見したんだ」

ボンネットに落ち葉……？

「遺体は、この状態で発見されたんですか？」

「そうだ。何か気になることでも？」

ジェイムスは興味深そうに問い返してきた。

「こんな藪の中に隠したにしては、土に埋めたり、木や葉っぱで覆《おお》って人目につかないようにしようとは思わなかったんでしょうか？　その方が見つからないと思うのですが……」

紫崎課長が、苛立《いらだ》たしそうに割って入った。

「君はそんな簡単な理由もわからんのか！　穴を掘ろうとしたが、時間がなかったんだよ。たとえば第一発見者の大学生に、見つかりそうになったとか！」

「でも、わざわざ、州立公園に運ぶ時間はあったわけですし、第一発見者の大学生が死体を発見したのは、殺人があってからずいぶん時間が経っています」

「なぜそう言い切れるんだ！」

「シーロの車のボンネットに落ち葉が積もっていたからです。殺されてから発見まで時間が経過している。だから死体を埋める時間はあったと思うのです」

「くっ……」

紫崎課長は、喉に言葉を詰まらせて顔を赤くしている。

アンコウは大喜びで手をたたいている。

ジェイムス捜査官も笑いながらうなずいた。

「興味深いね……」

「七夕警部、下らん質問で話の腰を折るな！　黙ってジェイムス捜査官の話を聞いていろ！」

紫崎課長は怒鳴った。

でも、黙って話を聞いていては仕事にならない。わからないことは聞かないと。

「いえ、もう一つ質問させてください。シーロは警備の仕事をしているのだから、常に銃を携帯していると思うんです。彼が襲われたとき、その銃は抜いていたんでしょうか？」

「いや、その質問は的確じゃないな」

アンコウは、静かに指摘した。

「おそらく銃は抜いてる。そして撃っていない。この事実の方が、重要だ」

「なぜ？」

私は驚いた。

「シーロは後ろから左肩に一発もらってる。これが最初の一発目だ。このあと正面から三発もらっている。間違いなくシーロは、最初の一発目で銃を抜いているだろう。反射的にだ。それを見た犯人は、慌てて三発撃ち込んだのさ」

「シーロが銃を撃っていない根拠は？」

「元海兵隊員が至近距離で的を外すわけがない。ましてやシーロは人を撃つことに躊《ちゅう》躇《ちょ》しない。もし撃っていたら犯人の死体が転がっている」

この説明にジェイムスは、うなずく。

「正解だよ深海。シーロはホルダーから銃を抜いてる。だが、撃っていない。相変わらず『ウアジェトの目』だな」

なるほど。

でも、シーロが撃っていないことが、なぜ重要なのだろう？

アンコウは私の考えを見透かした目を向け、そして首を振る。

「この状況から様々なことがわかるはずだ。そうだよなキック？」

「え？」

「犯人はホローポイントの弾を使っている。殺意は十分あった。なのに背後から撃つ絶好のチャンスの一発目を急所にではなく、左肩に外している。ここからわかることは？」

えっと……。ああ、そうか！

「銃がヘタ！」

「よろしい。なのに、銃を持った元海兵隊員を倒している。何故だ？」

「不意を……襲ったから」

「違う」

アンコウは不満そうに否定した。

え～？　ほかに理由なんかあるだろうか。

でも彼の目は、何か重要な真実を見つめているようだ。

「犯人はシーロが銃を構える前に、腹に三発撃ち込んでる。つまり犯人はシーロが銃を持っていることも、反射的に撃つことも知っていた。だから素早く三発撃って倒せたわけさ」

「ああ！　つまり犯人はシーロのことを、よく知っている人物だ！」

「正解〜！」

アンコウは楽しそうに答えた。

確かにアンコウの言ったとおり。シーロが撃っていないことが重要だった。犯人が彼を知っていなければ、それをなしえないのだ。

やはりすごい。この突飛な服さえなければさらに良いのだが。

「ジェイムス、話を続けろよ。事情聴取は明日だし、ミーティングに時間を取られると、この後飲みに行けねぇぞ」

「おっと、そうだった。とにかく警察が急行し殺人事件としての捜査が開始された。シーロ・ゴメスの車も調べられた。するとトランクの中から、土のついたシャベルが発見された。土を調べるとその州立公園のものと一致した」

て、ことは、シャベルで公園に穴を掘ったということか。

「おまけにトランク内に、被害者のものではない二人分の血液が見つかった。照合してみると、行方不明になっている大須寛人と王秀英のＤＮＡに、完全に一致した」

「その事実をつなげると、大須寛人と王秀英は殺されて、車のトランクに入れて運ばれ、公園に穴を掘って埋められたってことになりますね……」

「そのとおり。警察は引き続き、公園内を捜索している」

もしそうなら大事件である。いったい何があったんだろう？

「明日の事情聴取ですべてがわかるさ。事情を知っているのは三条院春彦だけだからな。残る手がかりは……」

そう言いながらジェイムスは、ビニール袋に入った汚れた紙を取り出した。

「この手紙だけだ。シーロの死体の胸ポケットから出てきた」

警察庁の会議室でも見た「量子人間」からの手紙である。

薄手の便箋で、プロジェクターで見たとおり、ところどころが茶色いシミになっている。

人の死を感じさせる手紙だ。

量子人間からの手紙（一通目）

これは君たちへの殺人予告だ。

こんな手紙を書き残すのを奇異に感じるかも知れない。何故って、こんなことをあらかじめ伝えてしまえば警戒され、その目的を達するのは難しくなるからだ。

でも、どうしても伝えなきゃならない。

これから行われる殺人には崇高な意味があり、それを噛《か》みしめながら、命を差し出して欲しいからだ。

ノーマン・カーク、三条院春彦、クラレンス・ユング、大須寛人、スワン・テイラー、シーロ・ゴメス、王秀英。

君たち七名を殺す。許されない罪を犯したからだ。

自らの欲望のために人を殺したよね。なんの話をしているかわかるだろう？

フィオナ・オサリバンを殺害した。

彼女は一人で娘のアデリンを育てていた。私に言わせれば、君たちの誰よりも生きる価値があった。愛娘《まなむすめ》の成長を見守り、その喜びを感じるべきだったのだ。

そのすべてを奪った。

この手紙を読んでいるということは、大須寛人、王秀英、シーロ・ゴメスの遺体を見つけている頃だろう。

残るは四人だ。君たちを全員抹殺するし、その使命を必ず果たす。

止める方法なんてない。

なぜなら私は「量子人間」だからだ。

存在は粒子であり、確率の波である。だから目を凝らして私を探そうとしても見つけられない。どこにいて、何をしようとしているかを完全に捉《とら》えることはできないのだ。

私の正体を観測できるのは、ただ一度だけ。君の死の間際だ。

確率の波動は収束し、人生の終局という現実が現れる。

どんな壁をもすり抜けて、飛び越えてゆく。そしてどんな経路をたどって侵入するかも、予測できない。どれほどの厚い壁を築き、鉄の箱に閉じこもろうと命を奪う。

今回の倉庫での殺人を見れば、信じられるはずだ。

入り口のない建物に入り込み、そして大須寛人を殺した。

あのシーロという男は間抜けにも、王秀英が犯人と思い込み彼を撃ったが、まぁご愛嬌だね。これも私の手になる仕事と言えなくもないだろう。

とりあえず、シーロも地獄の門までは案内しておいた。その魂は浄化されるまで灼《しゃく》熱《ねっ》の炎にあぶられることだろう。ことの詳細は、車で震えていた三条院に聞くといい。彼を残したのは、私の言葉を証明するためなのだから。

どんな場所に隠れても構わない。恐ろしければ部屋の中に閉じこもり、鍵《かぎ》をかけるといい。

私はその中に入り、君たちを殺す。

量子人間より

この手紙のとおりだとすると、どこかの倉庫で何かしらの密室殺人が起き、その結果すでに三名の人間が死んでいる。

そして、その真相を三条院春彦は知っている。

気になるのは、犯人が動機としている復讐《ふくしゅう》の件だ。

「このフィオナ・オサリバンとは何者です。本当にこの手紙に出てくる人間に殺されたんですか？」

自分が保護しなきゃいけない対象が、殺人事件を起こしているなんて聞いていない。こちらにも厳正な法の対処が必要になる。

「ノー。菊乃」

ジェイムスは首を振って、否定した。

「フィオナ・オサリバンは、全く別の人間に殺されている」

そう言って、段ボール箱の中から別のファイルを出し、一枚の写真を見せた。

フィオナの写真である。

三十歳のアイルランド人。

細身の体にニットのセーターをまとい、疲れてはいるが、美しく青い目をこちらに向けている。長い金色の髪の毛は静かにウェーブしている。その細い手首に、苦労の跡が見て取れた。

「はかなげな女性ですね……」

「そりゃそうだろう。もう死んでるんだから」

アンコウが面白くもない冗談を言い、それをジェイムスがいさめた。

「手紙にあるとおり、彼女はシングルマザーで、アデリンという十歳の娘を一人で育てていた。仕事先はチャイナタウンのレストランだ。そしてウェイトレスのほかに、裏で別の仕事をやっていた」

「別の仕事？」

「麻薬の売人だ。あの近辺の学生たち相手に、大麻や合成麻薬を売っていたんだ」

「え？」

彼女の写真を見ながら、そのあまりのイメージの違いに驚いた。

とても非合法な商売に手を出す人間には、見えなかったのだ。

「若い連中は安い大麻やLSD、合成麻薬に手を出す。フィオナはそれを捌《さば》いていたようだ……」

「でも学生だけじゃなく、危ない麻薬中毒者も買いに来るだろうし。なんでそんな危険なマネを、彼女は続けていたんです？」

「子供のためだよ。喘息《ぜんそく》を患っていたんだ。呼吸が苦しくなったときに絶対必要な薬が一個百五十ドル。それがなきゃ死ぬかも知れない。フィオナは金を稼がなきゃならなかった」

「そんな……」

そういえばジェイムスは車の中で、事件には貧困が絡んでいると言っていた。

「彼女が殺されたのは三月十日。三週間ほど前のことだ。事件現場はロックスベリー地区だよ。強盗や麻薬絡みの事件が頻発する、やっかいな場所だ。フィオナはワシントンストリートを裏手に入った空き家に、コカインを仕入れに行った。別に彼女が使用するわけじゃなく、販売用に仕入れに行ったんだ。ところがその取り引き現場に、イングラムを手にしたギャングが三人乗り込んできたんだ。縄張りを荒らしに来た連中に、銃弾をぶち込んでかたづけた。だが、サブマシンガンから吐き出された弾は売人だけじゃなく、フィオナの腹に五発命中した」

紫崎課長は鼻を鳴らす。

「結局は麻薬の売人同士の殺し合いだろう。自業自得だな」

「でも、銃撃事件が売人の縄張り争いだと何故わかったんです？」

私は聞いた。

「いい質問だ」

ジェイムス捜査官は親指を立ててうなずいた。

「実は、犯人の一人が逃げる途中で銃を暴発させて、自分の脚を撃っちまった。今は牢屋《ろうや》にいて、事件の真相をペラペラしゃべってくれている。だから、共犯者の名前から、生年月日まで、すべてわかってるんだ」

間抜けな話である。

「事件の全容がそこまで判明しているなら、量子人間の殺人リストに挙げられた七人は、フィオナ・オサリバンの死に無関係ですね」

「いや……実は未だに解けていない。奇妙な謎《なぞ》がある」

「奇妙な謎？」

「フィオナの首に、ナイフが刺さっていたんだ」

「ナイフ？　マシンガンで撃たれたんじゃないんですか？」

「ああ。間違いなく撃たれていた。でも、致命傷はナイフで突かれた喉の傷なんだ。そのナイフはフィオナの持ち物で、いつも護身用に腰に下げていたものだ」

「指紋は？」

「フィオナのものだけ残っていた。ほかの人間の指紋はなし」

紫崎課長が馬鹿にしたように指摘する。

「殺人犯が証拠を消すために拭き取ったんだよ。簡単な理屈だ」

ジェイムスは手を振る。

「いや、それはない。ナイフの取っ手には彼女の血が付いていた。拭き取ったなら、その血も拭われているはずだ」

紫崎課長はムッとして、黙り込む。

「そうなると、ギャングたちが手袋をはめてナイフを刺したことになる。でも、自分の脚を撃つような粗暴犯がそこまでやるとも思えないし……。と、なると、ほかに犯人がいるとか……。でも、お腹を撃たれて瀕死の彼女を、ナイフで襲う意味がわからない」

「だから奇妙な謎なのさ」

確かに不可解だ。なぜフィオナの首に、ナイフが刺さっていたのだろう？

私は、現場写真を見た。

その傷口から伝わる痛みは、深い暗闇から届いてるような気がする。

なにかとても大事なことを、伝えているような。

春彦氏に確かめなければならない。

「量子人間が殺人リストに挙げている七人は、どんな関係なんでしょう。友人とか……？」

私は聞いた。

「特別仲のいい、友人らしい」

「特別仲がいい？」

「麻薬仲間だ。七人揃って、大麻や合成麻薬をキメていたらしい」

「麻薬！」

アンコウは、しばらく親指でアゴをさすっていたが、再び口を開いた。

「ジェイムス。フィオナは誰にコカインを売るつもりだったんだろ？」

「さっきも言ったとおり、学生さ。あの周辺は勉強でストレスを溜《た》め込んだ連中には事欠かん」

「しかしコカインは高価な麻薬だ。バイトや勉強に追われている金欠の学生が買うもんじゃない。金持ちが買うもんだ。ひょっとしてフィオナにコカインを発注したのは、春彦やノーマン・カークかもしれんぞ」

「なるほど、そこでつながるわけか。調べた方がよさそうだな」

ジェイムス捜査官は、にやりと笑った。

「冗談じゃない！」

紫崎課長は不愉快そうに割って入った。

「三条院家の息子が、自分から違法薬物に手を出すなど考えられない！」

これには私が反論した。

「いえ。もし春彦が麻薬に関わっていたとすれば、免責特権を持ち出した謎が解けます。事件の話をすると、違法薬物に手を出していたことも話さなくてはならない。だから罪を問わないことを求めてきた」

アンコウは、うなずいた。

「これで明日、春彦に吐かせる内容が見えてきたな」

ミーティングは二十二時過ぎに終わった。

ＦＢＩの建物の外に出て、情報を詰め込みまくって熱くなった頭を冷たい夜風に当てる。

「この後どうします。ホテルのロビーを借りて、明日の打ち合わせをしますか？」

この言葉に露骨に嫌な顔を示したのが紫崎課長だ。

「ふん、そういう細かい作業は君に任せるよ。きっと得意だろうからね。私は自分のホテルに戻って、ゆっくりさせてもらう」

「自分のホテル？」

「そうだ。君たちとは別の五つ星のホテルを予約してあるんだ。明日の事情聴取に備えて英気を養うためだよ。まぁ、そういう心遣いは、君たちにはないだろうがね」

イヤミをたっぷり吐き出した後、タクシーを拾ってさっさと行ってしまった。

「深海警部は？」

「わりい、オレはジェイムスと飲みに行く。久しぶりに会う奴が多くてさ」

「菊乃も来るか？」

ジェイムスは誘ってくれたが、明日の事情聴取が気になって、とても行く気になれなかった。

「案外、面倒な事件になるかもな……」

アンコウがぼんやり呟いた。

「何故です？」

「犯人は偶然に頼ってない。手紙に書いてあるとおりに、ことが進んでいる。てことは、現実的に事態を把握して、計画を立て、先を見通すことができている。『量子人間』て言葉に虚仮威《こけおど》しはないかも知れない」

「手紙に書いてあるとおりに、どんな場所にも入り込んで、見つかることがないということですか？」

「ヤングの二重スリットの実験を知ってるか？」

「いえ。聞いたことはあると思うんですが、正確には理解していません」

高校の頃物理の教科書で見た気がするが、よくはわからない。

「量子力学が生まれた頃、量子が粒子なのか波なのか、どちらかがわからなかった。

両方の性質が実験結果から導き出されたからだ」

「はぁ……」

今聞いても、ピンとこない話である。

「そこでヤングという物理学者は実験をやってみた。二重スリットを使って、量子が波なのか粒なのか見分けようとしたんだ」

「ほぉ」

「出てきたのは、粒子であり波でもあるという答えだった」

「両方？」

やはり、わかりづらい。

「この実験では、さらに奇妙な事実が判明した。我々が量子を『観測』すると、不思議なことに波の性質が消えて、粒子が現れる。奇妙なことだが、何故かそうなるんだ。量子の本質である波の部分を、我々は捉えることができない。ただ、予測するしかないんだ」

なんだか、ややこしい。

「つまり、量子人間はそういう霧のようにボンヤリとして、捉えることのできない存在だということですか？」

現実主義のアンコウらしくないことを言う。犯人がなんと言おうと、実際に存在する人間であって幽霊みたいなものじゃない。

「そうじゃない。犯人は人間の行動を読み切って、計画犯罪をやり遂げるほど頭が切れる。そんな野郎が量子人間なんて名乗ってるんだ。そう断言するほどの確信があるのさ」

「ただの妄想かも知れませんよ」

「かも知れん。だが、一杯やって、考えをまとめないことには、やってられないよ」

なんだか、酒を飲む口実のようにも聞こえる。

とりあえず、私は助手としてついてきたのだから、邪魔しないでおこう。

ホテルにチェックインした後、自分の部屋でもう一度、資料を広げた。

量子人間が殺人リストに挙げた七人のことを、もう少し詳しく知りたかったのだ。

部屋に据えられた、電気湯沸かしポットに、ペットボトルのミネラルウォーターを注ぐと、スイッチを入れた。

現在、生き残っているのが四人。

三条院春彦、ノーマン・カーク、クラレンス・ユング、スワン・テイラーである。

まず、ノーマン・カーク。

二十三歳のアメリカ人。

父親はアイオワ州の上院議員ビル・カークで、巨大食肉会社のカークカンパニーの会長の娘婿《むすめむこ》にあたる。

ノーマンは長男で、将来は政治家になって、カーク家を守っていくことが期待されていた。その期待に違《たが》わず、ハイスクールではレガッタの選手として活躍し、オールAの成績をひっさげて、ハーバード大学に入学し、現在はビジネススクールに在籍している。

「絵に描いたようなエリートだよ……」

写真のカークは、真っ白な歯を誇るように笑っている。スーツの着こなしも見事で、赤いネクタイが決まっている。

ブラウンの髪をきれいにセンターで分けていて、鼻筋は通っている。男前だ。アゴが少しとがっているのが特徴かも知れない。

この春にはホワイトハウスのインターンシップに参加して、プラム・ボート通商代表の補佐をする。

沸いたお湯で、ティーバッグの紅茶を入れ、一口する。

次はクラレンス・ユング。

二十五歳のドイツ人。

「おお〜プロレスラーか？」

そう思わずにいられないほどの、胸板と肩の筋肉を誇っていた。首は太く、顔は引き締まり、何度も頭突きを繰り返したかのように額の骨は厚く見えた。身も蓋もない言い方をするとゴリラに似ている。

短く刈り上げた金色の髪の毛を威嚇するように立てて、青い目は不敵な余裕をたたえている。

書類を読むと、高校までレスリング部に所属していた。

両親は公立高校の教師である。

身長百八十五センチで格闘家のような体つきだが、大変な秀才で十二歳のとき測定した知能指数は百五十八だった。順調に進学し、現在はハーバードのメディカルスクールに在籍している。

ヘラクレスとヒポクラテスを足したような人物だ。

研究内容は免疫学。

最近発表した自然免疫に関しての、タンパク質が凝固する作用の新しい論文は注目され、製薬会社は彼の力を高く買っていて、すでに資金を出し始めている。

「へえ〜、すごい！」

次はスワン・テイラー。

二十一歳のカナダ人。

豊かな金髪を品良くなびかせた、目の大きな美人である。どこか小動物を思わせるようなかわいさを潜ませていて、少し強気に見える眉毛も愛嬌がある。

写真の中の彼女は白いコットンのシャツに、黄色いカーディガンを上品に着こなし、白い歯を見せて微笑《ほほえ》みかけている。

シモンズ大学の教養学部に通う。

彼女の父親はワシントンで大きな会計事務所をひらいていて、政界には恐ろしく顔が広い。

そして、三条院春彦の恋人でもある。

「へぇ！　この二人が付き合ってるんだ。お似合いだな〜」

あのお坊ちゃんとスワンの二人が並んでるところを想像すると、妙に収まっている気がした。

資料を元に戻し、紅茶を飲み干して、背もたれに体を預けた。

「変だな……」

アンコウの推理どおり、殺人予告をされた七人がフィオナ・オサリバンにコカインを注文したとする。

フィオナは彼らのために危険な地区にコカインを仕入れに行った。その結果、ギャングの縄張り争いに巻き込まれ、殺されたとする。

量子人間は手紙の中で、フィオナの復讐のために七人を殺害すると宣言している。

なぜ量子人間は、フィオナを撃った犯人には仕返しをしないのか？

事件現場から逃げた犯人もまだ一人を除いて捕まっていないし、私が敵討ちを考えるなら、絶対にサブマシンガンを振り回した連中に向かう。

何かおかしい。

この事件にはまだ、この書類に書かれていない深い闇がある。

朝の町外れの寂《さび》しさは、音にあると思う。

人の声もまばらだし、ましてや木の葉が揺れる音もしない。

一番聞こえてくるのは、車のタイヤがアスファルトを擦る音である。

しゃー、という無機質な音が、繰り返し聞こえてくる。

楽しくも、なんともない。

そんな冴《さ》えないBGMを聞きながら、FBIの支部に向かった。

今日は三条院春彦の事情聴取だ。気合いを入れて、事件の全容を見極めないと！

勢い込んで会議室に向かうと、まず紫崎課長が青い顔をして廊下に座り込んでいた。

「どうしたんですか？　風邪でも引いたんじゃ……」

「何でもない！　私に……」

途中まで言いかけて、トイレに駆け込んでいった。

そこにジェイムスがやってきた。

「昨夜《ゆうべ》オイスターバーで、生牡蠣《なまがき》とシャンペンを頼んだんだとよ。そこでバッチリ当たったらしい。とりあえず、病院に行った方がいいな」

何をやってるんだ！　今日は大事な事情聴取があるんだぞ。

「悪い知らせはもう一つある。会議室を見てみな」

ドアを開けると、酒のにおいがした。

見ると椅子を四つ並べた簡易ベッドの上に、アンコウが赤い顔をして寝ている。どう見ても二日酔いだ。

「さっき、紫崎ってのが体調悪そうに会議室に入ってきてな。深海から酒のにおいを嗅《か》いだ途端《トタン》に悪化して、トイレに駆け込んだんだ」

地獄絵図である。

「深海警部、事情聴取はどうするんです！」

「大声出すなぁ～頭に響く～。……お前に任せる……」

そこに救急車の音が聞こえてきた。

紫崎課長が病院に運ばれたと、知らせが入った。

午前九時四十五分。

約束の時間前に、三条院春彦は弁護士二人を伴ってやってきた。

まだ二十代だというのに、人を従えて歩く様や、初対面の人間と握手を交わす態度が堂々としている。常に胸を張り、白い歯を見せて笑顔を絶やさない。

さすがは外交官一家に育っただけはある。

「初めまして、警視庁の七夕菊乃です」

私も挨拶をした。

「あなたの事情聴取を担当させていただきます」

春彦は私の顔をまじまじと見た。

「警官？　君が警官なの？　こんなきれいな女性が……。あれ、どこかで見たことがある。昔アイドルグループにいなかった？」

春彦は、余計な記憶を掘り起こそうとしている。

「そうですね。十代の頃にそういう活動をしていました」

嘘をついても混乱するだけなので、正直に応えた。

「だよね、嬉しいな。こんなところで会えるなんて」

どうやら、第一印象は良かったらしい。これで警戒心を解いてくれるなら、話が聞きやすいってもんだ。

しかし、春彦の油断した態度に、弁護士の男が割って入った。

「ご存じと思いますが、春彦君は容疑者ではありません。たとえ彼の話す内容に違法行為が混じっていたとしても、罪には問われない。免責特権を認められて、事情聴取に応じるのです」

「わかっています。ですので、何があったかを正確に話してください。犯人はこれからの犯行も予告していて危険です。これを防ぐことが第一と考えています」

心なしか、春彦の顔が緩んだ。

朝日の差し込む、小さな会議室が割り当てられた。

六人掛けのテーブルに、窓を背にして私とジェイムス捜査官。向かいに春彦と弁護士が並ぶ。

そのテーブルの横にビデオカメラが立てられ、記録がとられた。別室ではアンコウが、濡れタオルで頭を冷やしながら、音声を聞いている。

「まず、量子人間と名乗る容疑者がリストに挙げた七人。あなたと、スワン、ノーマン、クラレンス、寛人、秀英、シーロ。このグループの関係を教えてください」

春彦は、質問の初っぱなから戸惑い、弁護士を見やった。

「遊び友達です」

「遊びの内容を、教えてください」

「一緒に海に行ったり、食事をしたり、飲みに行ったり……」

「違法薬物の使用は？」

「……。ありました。でも、僕が言い出したんじゃなくて……」

別に誰が言い出そうと関係はない。でも、言い訳を許した方が話しやすいのかも知れないと思い、促してみた。

「誰が言い出したんです。あなたを、そそのかしたのは？」

「ノーマンだよ。アメリカじゃ普通だって言って。それで、最初は大麻をやって……」

「どうでした？」

「そのときはストレスがなくなった気もする。だって、こっちの大学は本当に勉強の量がすごいんだよ。予習も課題も山のようにあって、それを怠けるとすぐに落第させられる。夜に寝る時間もないんだ。メチャクチャだよ……」

「でも、薬をやっても、課題も予習も残ってますよね？」

「そう、だからまた薬に逃げることになる」

「大変ですね」

「そうなんだ。でも、ノーマンは慣れていて。こういうのは隠れて一人でやらない方がいい。仲間と一緒にやった方がいいんだって」

「なぜです？」

「体調を崩したり、バッドトリップでおかしくなったときに、仲間同士で止められるからだって……。オーバードーズで救急車が必要になったときも、仲間がいれば呼んでもらえる。一人だと死ぬって」

なるほど。王秀英が病院に運び込まれたときも、仲間が救急車を呼んだわけだ。

「でも、だんだん強い薬が欲しくなるんですよね？」

「うん……。ＬＳＤや、合成麻薬も買うようになった」

「それをフィオナ・オサリバンから買っていたんですね」

「そう、彼女は仲間内で有名な売人だった。ただ、自分は会ったことがないんだ。いつも寛人が買いに行っていた」

「大須寛人ですか」

「彼は社会人としての経験があって、そういうことがそつなくこなせた。だから任せていたんだ」

それはどうだろう。

このお坊ちゃんたちが、社会人だった彼を、アゴで使っていたんじゃないだろうか。でも、危ない橋を渡る役なら、元海兵隊のシーロの方が適任じゃないか？

「そういう役ならシーロ・ゴメスの方が良かったのでは？　彼の方が、危険な仕事をやってきたわけだし」

「あいつはダメだ！　絶対にダメ……」

春彦は、何かを思い出したように目を伏せた。

「あいつはカッとなると、見境がなくなるんだ」

「軍隊の訓練を受けているのに？　常に冷静な判断を求められる職業だと思っていました」

「よく知らないけど、戦場に行くと信じられないくらい暴力的になることがあるんだって。シーロが会社を首になったのも、酒を飲んで仲間を撃ったからだって聞いた。心的外傷後ストレス障害だったかな……。それで治療を受けてたんだ。それが治ったって言って、ノーマンのガードマンになったんだ……」

「そんな問題のある人を、警護として雇ったんですか？」

「普段はすごくいいヤツなんだ。陽気な性格で。でも、カッとなるとヤバいんだよ。あいつは銃をいつも腰に着けていて、いつも僕たちはそいつを外せと言ってたんだ。危険だからって。でもシーロは『怖い』って言って、手放さなかった」

「怖い？　何がです」

「いつ敵に襲われるかわからないって言うんだ。時々そういう衝動に襲われて、パニックになりそうになるんだと。そんなとき銃があると安心するんだって言ってた……」

よく銃の携帯が許されたな……。

「確かにそんな人物に、秘密の買い物を任せるわけにいきませんね。王秀英は買いに行かなかったんですか？　ＭＩＴの学生なら優秀な人でしょう」

「無理。あいつは一番ひどいヤク中だった。大学で数学をやっていたんだけど、かなり神経をすり減らしたみたいで、バイトで稼いだ金を残らず薬に使っていた。あいつに買い物に行かせたら、間違いなく持ち逃げする。だから寛人しかいなかったんだ」

さて、ここで事件のポイントになる質問を挟ませてもらおう。

アンコウが推理した部分だ。

「あなたたちはフィオナから、安い合成麻薬や大麻を買っていた。けど急に、コカインを売ってくれるように頼んだわけよね？」

ハッタリである。

でも効果は、てきめんだった。

「え……？」

春彦はかなり動揺した。

「ど、どうしてそれを？」

「フィオナはあなたたちに頼まれて、コカインを仕入れに危険な地区に行った。そして、ギャングの抗争に巻き込まれて殺された……」

「そ、それは……。でもそれを言い出したのは、ノーマンなんだ。自分たちも将来があるから、いろんな事を整理しなきゃいけないって。僕は止めた方がいいって止めたんだけど……」

ちょっと待て。聞き捨てならないことを言い出したぞ。「将来があるから、いろんなことを整理」だと？

横にいるジェイムスも、目つきを変えた。

弁護士も、このセリフに慌てて反応した。

「つ、つまり……。今までの安い麻薬を使っていたら、将来に関わる体の変調を起こすから、質のいいコカインに替えた方がいいんじゃないかということだよ」

麻薬に良いも悪いもあるもんか。

いったいフィオナに、何をさせたんだ？

量子人間が手紙の中で、七人は許されない罪を犯した。だから殺すのだと記していた。

でも、春彦は重要な事実を隠している。

弁護士は警戒心をあらわに、これ以上依頼人の不利になるようなことは許さないという目だ。

質問を変えないと、正確な情報が引き出せなくなる。

「わかった。じゃあ本題に入りましょう。この三週間ほどの間に大須寛人、王秀英、シーロ・ゴメスの三名が姿を消して、一人が遺体で見つかった。三名が失踪する直前にあなたは一緒だった。知っていることを教えてください」

「…………」

春彦は明らかに動揺し、警戒し始めている。

「あなたを警護するために必要な情報を提供してください。わかりますね？」

春彦は弁護士を見やり、そして促された。

「ノーマンの命令だったんだ……」

また、ノーマンか。

さすが有力議員の跡取りは、色々な意味でリーダーシップを発揮する。

「フィオナが殺される事件が起きて、僕たちが薬を仕入れさせようとしたことがバレたら、きっと捜索を受ける。だから隠している薬を、全部始末しようって言い出したんだ」

なるほど。警戒心も強い。

「その隠している場所が、サウスボストンの倉庫だった」

資料の写真で見た建物だ。

「もともとは、ノーマンが私物や車を放り込んでおくために借りていた。そこなら警察も目はつけないってことでね。その倉庫の棚には、買った大麻や合成麻薬が保管してあった。それを持ち出して、海に捨てようってことになったんだ」

「なるほど。それはいつ頃のことか覚えている？」

「よくは覚えていない……。でも、フィオナの事件が起きた翌々日だよ」

フィオナが殺されたのが三月十日。となると、十二日か。

「それで？」

「ノーマンはいつものように、使いっ走りとして寛人を使った。でも、一人じゃ怖いと言って聞かなかった。警察に見張られているかも知れないから、心細いって。だから秀英とシーロも一緒に行くことになったんだ。シーロが車を運転して、倉庫に薬を取りに行くことになった」

「シーロも王秀英も、あまり信用できなかったんじゃないの？」

「そうなんだ。寛人も嫌がった。秀英はヤク中で薬を持ち逃げするかも知れないし、シーロは突然暴れることがあるってね。だからノーマンは、僕にも一緒に行くように言ったんだ」

このノーマンて男は何者だ？　人に命令ばかりして。

「ノーマンは、自分で行こうとは言わなかったの？」

「あの吹きさらしの凍《こご》えるような場所に、自分から行くもんか……」

春彦は皮肉を込めて笑った。

彼の話は、事件の全体像に一致している。

この四人が麻薬を捨てるために車に乗っているところを、ほかの大学生に目撃されたというわけだ。そして王秀英の両親が、連絡を取れなくなったのが三月十二日だから時期も一致する。

「それで、倉庫に行ったわけね？」

「着いたのは、お昼頃だったと思う。コンクリートで固められた港に、似たような倉庫が沢山あって、しばらく道に迷ったんだ。ようやく貸倉庫に着いたときは、シーロはすっかり不機嫌になっていた。自分が道を忘れたせいなのにさ。正面のゲートを通って警備員の許可を得て中に入った」

「その倉庫は警備員がいたんですか？」

「ああ、四方を高いフェンスで囲ってあって、警備員が常駐してるんだ。厳重な貸倉庫で、きっと貴重な荷物を預けておく場所なんだよ。正直、ここに薬を隠しておけば、絶対に見つからないと思うんだけど。でも、ノーマンが絶対に処分しろと言うんだ」

この場所は、あとで確認しよう。

「敷地《しきち》内には十以上の倉庫があるんだけど、客は自分たちだけだった」

「なぜそんなことがわかるんです？　十も倉庫があったら、敷地は広いし、死角もあるでしょう？」

「ああ、警備員がそう言ったんだ。暖かい警備員室から不機嫌そうに出てきてさ。『今いるのは、あんたたちだけだ』って」

なるほど。

「それで僕たちは、ノーマンの借りている倉庫の前に車を止めた。警備員のいる場所から一番遠い建物だった。倉庫の正面には大きなシャッターがあって、その脇には人が出入りできる小さな鉄の扉がついている。寛人が薬を中から持ち出してくれれば、このお使いは終わりだった。でも……、それじゃ終わらなかったんだ……」

春彦は、うつむいた。

「なんで、あんなことになったのか……」

ここで、異変が起きたようだ。

「最初の予定じゃ、寛人が倉庫にある薬の量を確かめて、一人で運び出せるならそのまま持ってくる。もし量が多かったら、そのまま車に戻ってきて秀英が手伝うということになってたんだ。でも寛人は十分経っても戻ってこなかった。秀英が様子を見に入っていったんだ。その直後だった……銃声が聞こえた……」

「銃声？」

「そう。寛人と秀英がいるはずの倉庫の中から、パンていう破裂音だ。僕は怖くなった。けど、シーロは自分の銃を抜いて、倉庫の中に飛び込んでいった。そしてまた銃声が二発響いた。もう、このまま車で逃げようかと思ったけど……どう考えても僕一人が逃げるのを、警備員に見られてしまう。もし、倉庫内で事件が起きていたら、僕が犯人にされてしまうだろ？　だから怖かったけど……倉庫の中をのぞいてみたんだ」

「そしたら？」

「寛人と秀英が血の海で死んでいて、寛人は頭を撃たれて顔半分がひどい状態で……。それに秀英は首と胸を撃たれて、目を見開いてピクリとも動かなくて……。そのそばでシーロが銃を持って立っていた……。自分は秀英を殺したって言ってた。秀英が寛人を殺して、薬を持ち逃げしようとしていたから……だから撃ったって……」

春彦は、後悔のにじむ涙を見せ始めた。

「何故そんなことが、起きていたの？」

「わからないけど、シーロの話によると、自分が入ったときすでに寛人は頭を撃たれて死んでいたって……。そして秀英の手には麻薬の入った箱があって……。銃声がしたってことは、秀英は銃を持ってるってことだ。そう判断したシーロは、秀英に銃を捨てるように言った。でも、従わない。そのやりとりを何度か繰り返した後、突然秀英が逃げようとしたんで撃ち殺したと言うんだ」

量子人間の手紙のとおりだ。

「今回の倉庫での殺人を見れば、信じられるはずだ。入り口のない建物に入り込み、そして大須寛人を殺した。あのシーロという男は間抜けにも、王秀英が犯人と思い込み彼を撃ったが、まぁご愛嬌だね。これも私の手になる仕事と言えなくもないだろう」

春彦の証言は、手紙と完全に一致している。

となると、大須寛人は量子人間に殺されたということか。シーロ・ゴメスはその犯人が王秀英だと思い込み、撃ってしまった……。

ジェイムスも目を丸くして、私を見た。

私は小声で、ジェイムスに尋ねた。

「春彦は、量子人間からの手紙を読んでいますか？」

「いや、まだだ」

「見せましょうか？」

春彦に真相を知らせて、自分の置かれた立場を理解させた方が、本当のことを話すかも知れない。

ジェイムスはしばらく考え、そして呟いた。

「いいだろう」

量子人間からの手紙のコピーを、春彦に見せた。彼は弁護士と一緒に手紙を読み、そして震えだした。

「……こ、この手紙はどこに？」

「シーロ・ゴメスの死体と一緒にありました」

「そ、そんな……量子人間って……。こんなふざけた奴が僕のことを狙っているのか？　寛人も殺したって書いてある……。何者なんだ？」

「わかりません。ただ犯人の告白が、あなたの証言と一致しています。つまり、あの倉庫の中に量子人間がいたはずなんです。何か気づきませんでしたか？」

春彦の顔が青ざめた。

「あ……あの倉庫に犯人が？　そ、それはあり得ない。絶対ないよ。だって僕たちは倉庫の中を隅々まで見たけど、誰もいなかった！」

「なぜ、隅々まで調べたんです？」

「シーロが『秀英が銃で寛人を殺した』とわめくからだよ。でも、秀英の手に銃なんかなかった。だから倉庫の中を探し回ったんだよ。……それに、死体を運ぶためのケースを探すためにも、もう一度見て回ったし……」

なるほど。

「では、量子人間はすでに逃げた後ってことでしょうか」

「それもあり得ない。ドアは一つで、周りはコンクリートの壁だ。中にいる奴が出ていく隙《すき》なんか、ない」

どういうことだろう？

この手紙にあるとおり、量子人間は壁を抜けるということだろうか。いや、考えが飛躍しすぎだ。きっと何か、倉庫を抜け出すトリックがあるはずだ。

後で自分の目で確認してみよう。

「とりあえず、この謎は保留して先に進めましょう。シーロが秀英を撃って、現場には二つの死体があるわけですよね。その後どうしました？」

「僕はパニックになってしまって、詳しくは覚えてない。倉庫の隅で目をつぶって、二人の死体を見ないようにしていたんだけど……生臭い血のにおいがしてくるんだ。けどシーロは落ち着いていた。倉庫内を探し回って大きめのスーツケースを二つ用意すると、二人の血まみれの死体をそこに放り込んでた。床に流れ出たり、スーツケースに付着した血を秀英の上着できれいに拭《ふ》き取ると、それもスーツケースに放り込んだ。とにかく慣れてるんだよ。そして倉庫内を徹底的に調べて、証拠になりそうなものをかたづけた。最後に二人の死体を車のトランクに乗せ、そのまま倉庫を出たんだ」

確かに手際が良い。

「そのとき警備員は、何か言った？」

「さっきも言ったとおり、倉庫は警備員室から一番遠かったから、何も気づいていなかった。暖かい警備員室でうたた寝してたよ。シーロの奴、調子に乗って警備員室でトイレを借りようとしたくらいだ。奴の上着の裾《すそ》に血がついてるのにさ。本当にあいつ、バカなんだ」

「その後は？」

「チャイナタウンで僕は車から降ろされた。『ノーマンになんて説明する気だよ？』

って、聞いたんだ。そうしたら『あの二人は麻薬を持ち逃げして、姿を消したって報告するさ』って、言うんだ。そんな言い訳通るわけない。でもシーロはそのまま、死体を隠しに行った。誰にも見つからない場所に埋めるって。ところが二週間後にヒンガムの州立公園で、シーロが死体で見つかったことを教えられたんだ。もうわけがわからない……」

なるほど。シーロは寛人と秀英の死体の入ったスーツケースをヒンガムの州立公園に持ち込み、そして埋めた。

そしてそのあと量子人間に、ホローポイント弾を四発撃たれたのだ。

「ジェイムス。少なくともシーロの車が見つかった地点を中心に、死体を探した方がいいみたい」

「あの州立公園は恐ろしく広くて、深い森もでかい川もあるからな。近くに埋めててくれればありがたいが……」

この公園の大きさについて触れられた途端、疑問がわいた。

量子人間はどうやって、シーロを見つけ出したのだろう？

彼がヒンガムの公園に死体を隠すことを、量子人間は知らなかったはずだ。と、いうことは、犯人はシーロの後を尾行していたことになる……。

「死体を運んでいるとき、誰かにつけられていなかった？」

春彦は首を振った。

「そんなこと、気にする余裕なんかなかった」

そりゃ、そうかも知れない。

「自分が殺人リストに入っているなんて……。なぁ、僕もあんなふうになるのか？銃で撃たれた寛人や秀英みたいに。体から血がいっぱい流れ出て死んでいた。絶対に嫌だ。あんな姿にはなりたくない……」

両手で顔を覆い、嗚咽と言葉が混じった声を上げた。

「絶対に嫌だ……」

「わかっています。我々は絶対にそんなことはさせません。なので犯人逮捕に協力してください」

彼は何度もうなずいた。

「あなたを守る最善の方法は、この殺人事件の犯人を捕まえることです。そのためにまず、正確な情報が大事です。わかりますね？」

「……はい」

「量子人間を名乗る犯人は、あなたたちを狙う理由を、フィオナ・オサリバン殺害事件にあると綴《つづ》っています。理由はわかりますか？」

さっき、春彦が「将来があるから……」と言いかけたところを、ようやく確かめられる。

三条院春彦の事情聴取で一番確認すべき内容だ。

犯人の動機は、ここにある。

でも、その空気を察した弁護士が割って入ってきた。

「それは、さっきも申し上げたとおりです。ノーマンがコカインを手に入れようと言い出して、その結果フィオナが殺された。だから恨んでいる」

「でも、フィオナを撃った犯人に対しては、復讐しようとしていません。七人が特に狙われる明確な理由があるはずです」

「……僕が言い出したんじゃない……。ノーマンが言い出したんだ。もうじきホワイトハウスでのインターンシップも始まる。過去のことは清算しておかなきゃって……」

「清算とはどういうこと？」

「つまり……フィオナが『あいつらに麻薬を売っていました』と言い出したら、マズいだろうって。だから……いなくなって……くれた方がいいって……」

私は固まった。

いなくなってくれた方がいい？　何かとんでもない計画を立てたのだ。

この金持ちの息子たちは麻薬をやりながら、何かとんでもない計画を立てたのだ。

「いったい、どういうこと？」

「ちょうど噂になっていたんだ。ロックスベリーで新手のギャングがコカインを売り始めていて、地元の連中が縄張りを荒らされて怒り狂ってるって……。いつか襲撃してやるって、わめいていたって……」

頭を抱えた。

「つまり、あなたたちは襲撃事件があると知っていて、フィオナにわざとコカインを仕入れさせたのね？」

「い、いや、僕は止めたんだ！　でもノーマンは、殺されるとは限らないって……。本当にやるとは思わなかったんだ！」

春彦は、自分で信じてもいない言葉を並べ続ける。

私は反射的に、春彦の襟首を掴んで引き寄せた。

「私の目を見て。私の話を聞きなさい！」

「………」

「どんな都合のいい予定だったかは、もはや関係ないの。実際に十歳の女の子の母親が殺されたのよ。あなたには、状況を隠さずに説明する義務があるのよ！」

弁護士が慌てて、語気を荒らげる。

「なんて言いぐさだ！　故意にやったわけではないし、その態度は暴力行為そのものだ！」

「勘違いしないでください。私は春彦さんの命を守るために、話を聞いているんです！」

全くなんてことを……。

でも、これでハッキリした。犯人はフィオナ・オサリバンの関係者だ。そして七人の計略を知り、復讐に燃えている人物だ。

「今の話を知っている人間は？」

「七人以外には知らない。話せるわけないだろ！」

彼の言葉は、汗がにじんでいる。

「本当ですか？」

「そ、それは……。自分の知らないところで、誰かが漏らしたとしても、僕にはわからないよ！」

そうだと思った。仲間内のいい加減な思いつきから杜撰《ずさん》な計画を立て、人を死なせた。

そこで生まれた秘密など、穴のあいた袋に入っているに決まっている。

「お、お願いです、ここまでしゃべったんだから、きっと犯人を捕まえてください。死にたくない！」

春彦は、すがるように訴えた。

「もちろんです。市民の生命と財産を守るのが、警察の仕事ですから」

フィオナはコカインを仕入れに行って、ギャングの抗争に巻き込まれたんじゃない。意図的に殺されたのだ。

ふと、彼女の死体だけ首にナイフが刺さっていた事実を思い出した。

銃撃された死体の転がる中、彼女だけ首に自分のナイフが突き立てられていた。

この謎に、一つの答えが見えた気がした。

自分は巻き込まれて死んだのではない。殺されたのだ。

そう訴えるために、自ら首にナイフを立てたのではないだろうか？

春彦の事情聴取は、昼過ぎに終わった。

会議室に戻ると、アンコウは歩けるくらいには回復していた。

「オレが悪いんじゃない。ジェイムスが勧めてきたカクテルで、尋常じゃないほど悪酔いしたんだよ。ありゃいったい何が入ってたんだ？」

「テキーラがグラスに半分ほど入ってたな。後は知らん」

ジェイムスは苦笑いで答えた。

「でも、深海が倒れている間に、菊乃がバッチリ事情聴取してくれたぜ」

「わかってるよ。音声を聞いていた……」

「彼女、優秀じゃないか。ＦＢＩにくれよ！」

「おいおい、甘やかさないでくれよ。いろいろ聞き逃してるんだからよぉ」

「え？　何か質問し損ねてますか？」

「まず、フィオナにコカインの仕入れを頼んだとき、彼女はどういう反応をしたか？　あとは、自分の周りで『量子人間』なんて変わったペンネームを使いそうな人物に、覚えがないか？　現場にあった手紙とは別に、脅迫を受けたりはしてないか？」

うっ、確かに聞けば良かった。後でフォローしておこう。

「まぁ、いいや。ところであのイヤミ……じゃなくて、紫崎課長の様子は？」

「脱水症状が少し出てるんで、点滴をしてしばらく眠らせるそうだ」

「いいな。いっそ点滴にアルコール混ぜとけよ」

「お前がやれよ」

しばらくは、落ち着いて捜査できそうだ。

「とりあえず、科学捜査班がもう一度、現場の倉庫に向かった。春彦の話を聞いて、倉庫の壁に出入りできる場所はないか、弾痕《だんこん》は見逃していないか、もう一度調べ直すと言っていた」

さすがはFBI。仕事が速い。

「では、私たちもこの後、殺人現場の貸倉庫を検分して、そのあとフィオナ・オサリバンの勤め先を回りましょう」

「OK！　オレが運転しよう」

ジェイムスが引き受けてくれた。


午後一時を過ぎて、サウスボストンに向かった。

高層ビルの並ぶビジネス街を抜けて、大きな川を渡ると港湾地区に出る。

急に空が開け、周りにはコンテナを並べる広場、巨大な倉庫、そして潮風でさびついたフェンスが目につき始める。

「あれが、ノーマン・カークが借りていた倉庫だよ」

ジェイムスが指さした方を見ると、広大な敷地に高さ三メートルほどのフェンスが張り巡らされている。

「なんとも寂しい場所だね〜」

そう呟くアンコウの服装は、この雰囲気とは対照的だった。

実地検分に付いてくると言うので洋服を替えさせたのだが、これが失敗した。

上下を真っ白のスーツでキメ、シャツは赤、ネクタイはオレンジだ。悪いとは言わないが、時代がズレてる気がする。さっきまでの服は玄関マットにされそうだったが、今回の服はステッキを持たせれば、フライドチキン店の前に立てる。

倉庫の敷地の南側に、警備員室と入り口があった。

「広さは二万平米ほどです。百メートルほどの長い建物が四棟建っていましてね。その一棟の建物は六区画に分けられているんです。つまり全部で二十四の倉庫があるというわけですね」

そう言いながら警備員の男性は、ノーマンの借りた倉庫に案内してくれた。

アスファルトで固められた道を進んでゆく。

倉庫の壁もシャッターもまだ新しく、建てられたばかりのようだ。

「科学捜査班の報告は？」

アンコウが聞くと、ジェイムスは紙を一枚見せた。

「まだ簡易の結果だが、床から寛人と秀英と同じ血液型の血痕《けっこん》が発見された。それに三月十二日の監視カメラの映像もチェックした。これも証言どおりだよ。最初に大須寛人が倉庫に入り十分ほど経って王秀英が入っていった。次にシーロ・ゴメス、最後が三条院春彦だ。その三十分後には大きなスーツケースを抱えてトランクに放り込む、シーロと春彦の姿が写っていた」

これで証言は裏付けられた。この倉庫で殺人事件があったのだ。

「別の人影が写り込んだりはしていませんでしたか？」

「さすがに、あれば報告してくるよ。怪しい人間は記録されていなかった。だから量子人間て野郎がどうやって入り込んだのか、全くわからん」

現場は一番北側の棟の右端《みぎはし》だった。今も現場を封鎖し、鑑識活動が行われている。

確かに警備員室からは一番離れている。距離は百メートルほどであろうか。ここまで建物が遮蔽《しゃへい》されていると、銃声がしても届きづらいだろう。

倉庫はトラックを横づけして荷物を運びやすいように、六十センチほどの段差がつけられている。土台はコンクリートでがっちりと固められている。

正面には横幅五メートルほどのシャッターが降りていて、その横には人が出入りする鉄のドアがつけられていた。

中に入ると冷気に触れた。

広さはバスケットコートを半分にしたくらいだ。

壁の三面はコンクリートで、頑丈に守られ、シャッターはまだ新しく、外部からの侵入を許すようなものではない。ただ、天井はガルバリウム鋼板が張られているだけの簡単なものであった。

「天井から出入りできるかしら。犯人は鉄柱を伝って上り下りしたかも」

その言葉にジェイムスが反応して、そばにいた捜査官に、天井の作りはどうなっているのかを聞いた。

「天井の板はすべて隙間なく固定されていて、上から出入りするのは不可能ですね」

その答えを聞いて、アンコウが笑った。

「となると完全な密室ってわけだ。まぁ、金をとって他人様の荷物を預かる場所を提供してるんだ。そう簡単に出入りできたら、商売にならねぇだろうな」

確かに出入りできたら、ここは泥棒天国になってしまう。

でも、ここに量子人間が入り込んで、薬を取りに来た大須寛人を銃で殺したのだ。

倉庫内にはノーマンの私物がいろいろと放り込まれている。一番大きなものは黒いオープンカーだ。車種はわからない。

「ほぉ〜。アストンマーチン・ヴォランテだ」

うらやましそうに呟いたのはジェイムスだ。

「高そうな車ですね」

「そりゃもう」

ほかにも水上バイクや、小さなボート、キャンプ道具などなど。カエルの姿をした得体の知れないオブジェもあった。いったいなんのために買ったんだろう？　とにかく金持ちなのはよくわかった。

ジェイムスは腕組みをして、考え込んだ。

「確かに人の隠れる場所はないな。ここに入り込むとなったら、超能力でも使って壁抜けするしかなさそうだ……」

「確かに、壁抜けできるとすりゃ、量子人間なのかもな」

アンコウが笑いながら答えた。

「犯人はなぜ『量子人間《クオンタムマン》』なんて名乗っているんでしょうね？」

私は聞いた。ここがどうしても引っかかる。

どうして『怪物X』でも『ジャスティスマン』でもなく『量子人間』なんだろう？

「例えば量子力学を専攻した学生とか、科学者とかが犯人ですかね？」

「本名がクォンタムさんかも知れないぜ。そもそもなんで『量子』って言うか知ってるか？」

「本名が量子って人が、考えたんじゃないですか？」

私は言い返した。

「アホ。飛び飛びの値をとるから『量子』なんだよ。原子の周りを電子が円を描いて回ってる図を、物理の時間にでも見ただろう」

確かにそれなら、先生が黒板に書いていた。

「昔ラザフォードって科学者が、金箔《きんぱく》にアルファ線をあてて、原子の作りを解き明かした。原子核の周りを、まるで太陽の周りを回る惑星のように、沢山の電子が円を描いている図だ。あの電子の軌道は飛び飛びの値をとる。なんでそうなるのか考えるところから、この力学が始まった。だから『量子力学』なんだよ」

なるほど、なるほど。

「量子力学の中で起きる現象は、今自分たちが見ている世界とは全く違う。たとえば、原子核の周りを回る電子は昨日も話したとおり、粒子と波の両方の性質を持って

倉庫の見取り図

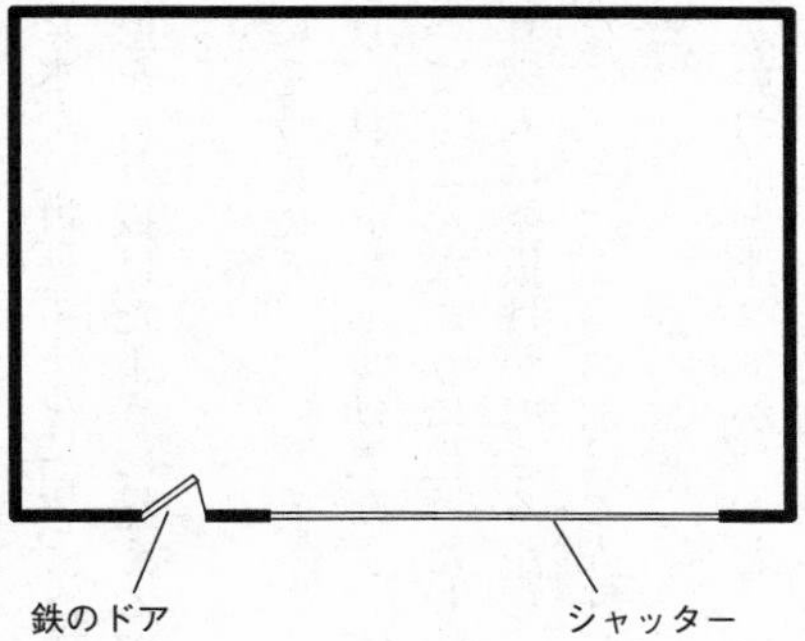

いる。現実の世界ではなかなか想像ができない奇妙な性質だ。実はそのことが、電子が飛び飛びの値をとる理由でもあるんだが。そして粒子と波の両方の性質を持っていることで『壁抜け』なんてことも、いとも簡単にできてしまう」

「壁抜けができるんですか？」

「トンネル効果ってやつだ。わかりやすく説明するとだな、まず頭の中に丸いボールを思い浮かべてみろ。こいつは硬い玉でもあるが、海に起きてるような波に変身することもできる」

私は頭の中に、目のついたボールのキャラを想像して、そいつが攻撃するときに水になって波を起こすところを想像した。

「そのボールが巨大なお椀《わん》の中に入れられて

るところを想像しな。縁がとても高く、ボールはこの壁を越えられない」

ふむふむ。

「そこでボールは水に化けて、波を起こす。波はお椀の縁を越えて、外にこぼれる。こぼれた水が、再びボールに戻って壁を越える。このボールだけが見えてるとしたら、まるで壁をすり抜けたように見えるだろ？」

「はい」

確かにそう見える。

「つまりこれがトンネル効果だよ。実際は、ボールと波は常に重ね合わさるように存在していて、こんなふうに化けたりするわけじゃないけどな」

「つまり犯人は壁抜けができるから『量子人間』と言ってるんですか？」

「あのなぁ、キック。お前はお人好《ひとよ》しか？」

「はい？」

人の悪いお前と比べてか？　と、アンコウに言い返してやりたかったが、ぐっとこらえた。二十四歳の私は立派である。

「どういう意味でしょう？」

「ここで大事なのは、そんな事実じゃなく犯人の考えだ。奴の手紙は明らかに、そう思って欲しいと伝えている。つまり犯人は『量子人間』という存在を警察に伝えたがってるわけさ」

アンコウの真意が見えなかった。その考えが私の顔に出たらしく、アンコウは首を振った。

「もういい。きっと、いつかわかる」

彼の奇妙なメガネの奥にあるウアジェトの目が、どこか遠くを見ている気がした。

午後三時過ぎ。

港湾地区からチャイナタウンへは、すぐに行けた。

「天下為公」と書かれたゲートを抜けると、時代を思わせるビルが建ち並び、漢字の看板が目立ち始める。

「東洋人の学生が、故郷の味を懐かしんでやってくるよ。野菜も手に入りやすいからね」

ジェイムスは、街を見回しながら説明してくれる。

私たちはフィオナ・オサリバンが住み込みで働いていた飲食店を目指した。

フィオナ・オサリバン三十歳。

アイルランド系移民で、ボストンに住む叔母を頼ってやってきた。十年前の二十歳のとき、四つ年上のレスタ・マグワイヤと結婚。同年に長女のアデリンが生まれている。

三年後に離婚。裁判所の記録では夫の暴力が原因となっていて、懲役二年をくらっている。その後、接近禁止命令も出ている。

離婚後に養育費は払われず、夫のレスタ・マグワイヤは西海岸の方に逃げた。そのためフィオナは一人でアデリンを育て続ける。だが、喘息を患っているため、金銭的な負担は大きかった。

「彼女、大変だったんでしょうね」

「別に珍しいことじゃないさ」

ジェイムスの答えに「冷たい奴だな」と、思った。でも、彼の顰っ面を見て、それが違うことがわかった。事件の捜査をしていると、貧困が原因であるケースに嫌というほどぶつかるのだ。警官の彼にとって、慣れてしまったつらさなのだ。

細い路地の中に「黄海酒店」の看板を見つける。店の前の道路はひどく傷んでいて、水たまりができていた。

「気の回る、いい子だったよ」

長い沈黙の後、店の老婆はそう答えた。

顔のしわの中に表情をしまい込んで、にんじんの皮をむく作業に再び集中する。

八畳間ほどの広さの部屋にカウンターと厨房《ちゆうぼう》。そしてテーブル席が二つある。

「彼女が給仕とは別の仕事をしていたのは、ご存じですか？」

「しらない。あの子が悪いんじゃない。フィオナの悪口はね、私が許さない」

こちらを見ずに、ピーラーをせっせと動かす。

「その椅子は？」

アンコウが厨房の隅に置かれた木の椅子を指した。赤い座布団がのり、小さな熊のぬいぐるみがのっている。そばにはボロボロの子供用の絵本が積んであった。

「娘のアデリンが、寂しくなると、ここでお母さんを待っていたんだ……」

「ただの従業員に、ずいぶん親切にしてあげてたんだな」

ジェイムスは皮肉気味に尋ねた。

でも、客商売で忙しい厨房に子供が待っている場所を作ってあげるなんて、確かに親切である。

彼女は目をつぶって深く溜息をつき、そして笑った。

「今の生意気な言葉は、年をとったとき恥じることになるよ。そんなことより、何を聞きたいんだい。あの子を殺した犯人を長く刑務所に放り込んでおく証言なら、いくらだってしてあげるよ。でも、あの子の名誉に関わることなら私は知らない」

優しい人である。

「ごめんなさい、変なことを言ってしまって。実は彼女が親しくしていた人の話が聞きたいんです」

「知らない」

量子人間はフィオナの復讐を誓って殺人を重ねている。となれば、つながりの深い人間が犯人だ。

「実はフィオナの死に、非常に憤ってる人物がいるようで。仕返しを臭わすような脅迫状が見つかったのです。だから、その手紙を出した人間を探したいんです」

「フィオナのために、仕返し……」

老婆は考え込んだ。

「あなた、三月十二日の昼頃に、何していたか覚えてますか?」

と、アンコウが具体的な質問に切り替えた。

「私? こんな老人を疑ってるのかい?」

「だって彼女のことに親身だったたし。犯人を憎んでるし。おまけに何も話してくれないでしょう？」

「そうだけど……」

アンコウの指摘に納得したのか、彼女は態度を少し和らげ、カレンダーを見た。

「十二日の昼だよね。この店に朝六時に来て仕込みを始めて、あとは夜九時までこの店にいたよ。客に聞いてもらえればわかる。常連もいるから。店を閉めたりしたら覚えてると思うよ」

これくらいの裏取りなら、後日に客に聞けばできるだろう。

アンコウは私に目配せした。質問を続けろと言っている。

「フィオナが仲良くしていた友人なんていますか？　そんな手紙を送るような」

「話をする女友達は、そりゃいたけど……。脅迫状を送るような、執念深い人間は知らないね……」

「彼女は、ボストンに住んでる叔母を頼りに、この国に来たんですよね？　その人との仲はどうだったんです」

「疎遠だと思うね。その人は確かもうすぐ六十八歳だし、生活に困っていたフィオナを援助するわけでもなかったし。彼女は働きづめだし。自然に付き合いは、なくなったんじゃないかね……」

そう言って、ふと、アデリンの座っていた椅子を見た。

「フィオナが死んで、アデリンは、その叔母の家に引き取られているんだよ。この国に知り合いはその人だけだからね。でも、年も年だし。今言ったみたいにそれほど親しかったわけでもないし。じきにアイルランドの実家に送られるだろうね……」

本当に悲しそうである。

私は自分のメモを見て、「コカインを買いに行ってくれと言われたときの、フィオナの反応」という書き込みに目をとめた。

アンコウが指摘した、春彦に事情聴取で聞き逃した項目だ。

これを老婆に尋ねてみよう。

「フィオナが亡くなる三月十日から数日前までの彼女の様子は、どんな感じでした?」

「……いつもと、変わらなかったと思うけど……」

予想していなかった質問だったのか、少し戸惑って考え込んだ。

「あ、でも……。コップを拭いてたね」

「コップ?」

「ここに積んであるコップだよ」

食器棚にある、飲み水を出すためのガラス製のコップを指さした。

「ずっと使っていて、曇ってたんだよ。でも、うちに来る客はそんなこと気にしないから、そのまま使ってたんだ。でもそれを急に丁寧に拭き始めて、いったいどうしたのって聞いたら、『なんとなく』だって答えてたよ……」

死の予感がして、気になっていたことをかたづけていたのだろうか。

「事件の日に、娘のアデリンは店には来ていたか？」

アンコウが質問した。

「いえ、来てないわ。叔母の家に預けてあるって言ってた」

間違いない。フィオナは自分が危険な取り引きに向かうことを知っていた。自分が殺されたときのために、娘を叔母に託していたのだろう。

悲壮な思いで、彼女は取り引きに向かったのだ。

そしてその死を、復讐の火に変えた人物がいる。誰だ？

「前の旦那《だんな》さんとの仲はどうだったんでしょう？　ヨリを戻したりとかは……」

ここは、前の夫のレスタ・マグワイヤとの関わりも疑っておかないと。

老婆は大きく首を振った。

「それはないね。知ってるかい？　あの子は旦那に、腕と鼻を折られたんだよ。裁判に持ち込んでようやく別れたのに。レスタをどれだけ怖がっていたかわかる？　それだけは絶対ないわ。そうねぇ……奴の人格が、完全に変わったりしない限りね」

そこまでひどい暴力を振るっていたのか。

よく懲役二年ですんだものだ。

裁判所の接近禁止命令が出ていたとしても、レスタがフィオナを深く思っていれば、西海岸からここに、戻っている可能性もある。おまけに暴力性もある。

容疑者の一人として、考えておいた方がいいだろう。

私はさらに、関係者を尋ねた。

「フィオナが付き合っていた男性はいますか？」

「いや……。そんな様子はなかったと思うけど。まぁ、詮索《せんさく》するつもりもなかったけど。そういう男が現れて、彼女を助けてくれるのは理想だったかも知れないねぇ。でも、娘の面倒を見るのに忙しかったし、そういうチャンスはなかったんじゃ……」

そう呟いた老婆の、ピーラーの手が止まった。

「そういえば……」

「何か思い出しましたか？」

「あ、でも……。関係ないかも知れないんだけど……」

「構いません」

「あの子が『奇妙な男』って奴の話を、面白そうにしてたわ。あんまり笑わない子なんで覚えてる」

「奇妙な男？」

「そいつは『宇宙には、君が信じられないことがあるんだ』って、言ってたって……」

「信じられないこと？」

「そう。それに『私の話を聞いてくれる、奇妙な男だ』って」

私はアンコウを見た。

彼は、珍妙なメガネの奥にある鷹のような目を細めて、考え込んでいた。

ＦＢＩの支部に戻ったのは、午後七時を過ぎていた。

会議室に戻ると、奇妙な物体が転がっていた。

紫崎課長が机に突っ伏して黙り込んでいたのである。明らかに具合が悪そうだ。

「紫崎課長。無理しないでホテルで休んでいてくだされば……」

「うるさい、私は遊びに来たわけじゃないんだ！　ごちゃごちゃ言ってないで、今日あったことを報告しろ！」

面倒くさいこと、この上ない。せっかく五つ星ホテルに泊まっているんだから、料金分ベッドで寝てればいいのに。

私は、大須寛人が殺された倉庫がコンクリートの壁で囲まれた密室であったこと。監視カメラには何も写っていなかったこと。量子人間がどうやって入り込んだか見当もつかないことを説明した。

「ふん、私がいないと集められる情報もそれっぽっちか。全く役に立たん……」

体調が悪いのに、よくここまで強がれるものだ。

そこにジェイムスが入ってきた。

「レスタ・マグワイヤのことが、少しわかった。奴は妻のフィオナを殴って、ブチ込まれた後に出所し、四年前から何故か行方不明になっているらしい」

かなり、怪しい。

「レスタは最有力容疑者だろう。なあ、深海」

ジェイムスは嬉しそうに呟いた。でも、その言葉にアンコウは異議を唱えた。

「まだ、判断できない」

「どこが気に入らない？」

「レスタって野郎は妻を殴って、重傷を負わせてぶち込まれてる。とても『量子人間』って名乗ったり、それに併せて密室殺人を計画するタイプに思えない」

確かに、言われてみれば。

「さらに言えば、犯人は殺人リストに挙げた七人の行動にやたらと詳しい。フィオナにコカインを仕入れさせたことも、彼女が殺された後、麻薬を処分しようとしたことも、犯人に筒抜けになっている。レスタがそんな情報を得ていたとは思えない」

「ああ！」

私は声を上げた。

言われてみれば、そのとおりだ。

フィオナが殺されてから、麻薬が処分されるまでわずか二日しかない。この情報が耳に入る人物しか、大須寛人を倉庫で殺せないわけだ。

「でも、こういう考え方はできないか？」

ジェイムスは、別の見方を示した。

「レスタはフィオナのことをまだ愛していて、周りをうろついていたとする。ストーカーのようにな。当然、麻薬を買いに来る大須寛人の存在にも気づいたはずだ。だからまず、寛人を倉庫で殺害した。次は腕に覚えのあるシーロを撃ち殺したってわけだ。後に残るのは鼻息でも倒せそうなエリートだけ。楽に仕事ができるって寸法だ」

「なるほど」

私はうなずいた。筋は通っている。

でも、いかんせんレスタの凶暴さと、今回の計画殺人がどうしても重ならない。何かが違う気がする。

「もういい！」

仲間外れになっていた紫崎課長が、怒りを爆発させた。

「忘れてもらっちゃ困るぞ。殺人事件捜査はＦＢＩの領分だ。私たちは三条院春彦さんを守るのが仕事だ。レスタの詮索より、彼を守るための情報を集めることに全力を注ぐんだ！」

そう言うと、胸を押さえながら、自分のホテルに引き上げていった。

ジェイムスは肩をすくめて言った。

「ＯＫ、とりあえず夕飯にしよう。オレの知り合いのやってる美味いダイナーがあるんだが、誰か来ないか？」

翌朝。

ＦＢＩのオフィスに向かいながら、昨晩のことを後悔した。

アンコウが「ビール飲んだ方が、頭が回るんだ」と、言い出したとき、殴ってでも止めるべきだった。

ジェイムスが知り合いのジャズの店を紹介しようとしたとき、体当たりしてでも制止するべきだった。

店の雰囲気の良さと演奏にうっとりしている間に、ウィスキーのボトルが二本空いていたのに気づかなかったのは痛恨だった。

その夜の絵面は、棺桶《かんおけ》を二つ引きずって、復活させてくれる何かを探し回る主人公であった。

ＦＢＩの支部に着き会議室のドアを開けると、アンコウもジェイムスも紫崎課長もいない。

若手捜査官が、気の毒そうな顔で一人たたずんでいた。

ゲームだったら、話しかけると重要なヒントをくれる奴である。

「ジェイムス特別捜査官、深海教官、紫崎さんは、そろって病院で点滴を受けておられます」

私、一人かよ！

愚痴っていてもしょうがない。今日は殺人リストに挙げられた七人のうちの、残り三人に会う約束を取ってあるのだ。

ノーマン・カーク、クラレンス・ユング、スワン・テイラーである。

「あの、お願いがあるんですけど……」

私は言った。

「なんでしょう？　お役に立てることでしたら」

若手捜査官は、同情に堪えないという表情で言ってくれた。

「連中の点滴を、残らず抜いてきてください」

この街はチャールズ川沿いに学園都市が広がる。

ハーバード、マサチューセッツ工科大学、ボストン大学それにバークリー音楽院もある。

スワン・テイラーの通うシモンズ大学も、すぐ近くだ。

川辺にはジョギングする学生が、大勢行きかっていた。

彼女とはボストン図書館で落ち合い、近くのカフェで話を聞くことになった。

「初めまして。七夕菊乃といいます」

「日本人？　ＦＢＩの捜査官の方？」

彼女はかわいらしい目を瞬《またた》かせて、名刺をのぞき込んだ。

大手会計事務所を営む父親を持つ、お嬢様である。

綿の白いシャツに、薄紫のセーターを形良く着こなし、長い髪を後ろで束ねている。

「私は日本の警察官で、三条院春彦氏を守るために来ました」

「ああ……。その話は伺っています」

どうやら事情を聞かされているようで、目を伏せ黙ってしまった。

「心配はいりません。春彦氏も、それにあなたたちも全力でお守りしますから……」

彼女は顔を上げると、目を潤《うる》ませて私の手を握った。

「殺人鬼が皆の命を狙ってるって聞いたんですけど……。本当なんでしょうか？」

「はい。大須寛人、シーロ・ゴメスを殺した犯人の残した殺人リストに、あなたたちの名前がありました」

隠して事態が好転するとは思えなかったので、正確な情報を伝えることにした。

現場責任者がそろって病院のベッドで寝ているんだから、私が判断するしかないのである。

「とても不安なんです。どこかの島に逃げようかとか、ボディーガードを雇う話をしていて……。いったいどうしたら？」

「よそに避難するのは、ＦＢＩの担当と相談して決めてください。ただ、国を離れてしまうと、こちらの警備や法律が届かなくなる恐れもあります。ボディーガードをお雇いになるのは構いません。ですが、身元調査はしっかりされてください。警察の警護を増やすことをお望みでしたら、私の方から話してみます」

「ぜひ、お願いします！」

スワンは、少し落ち着いたようだった。

「でも、この事件を根本的に解決するには、やはり皆さんの協力が必要なんです」

「春彦は、免責を受けて証言をしたと言っていました。私が変なことをしゃべれば罪に問われるんじゃないですか？」

麻薬を使用したことを、気にしている。

「私は日本の警官で、ここでは逮捕権を持ちません。あくまで、春彦氏の警護をするために来ました。話を聞く以上のことは誓って何もしません。でも、余計なことを言うようですが……」

「なんでしょう？」

「薬物中毒の専門家に、ぜひ会って欲しいと思っています」

「……ありがとう」

スワンは複雑な表情になった。

少し話題を変えよう。

「三条院春彦氏とは、いつ頃出会われたんです？」

少し笑顔になった。

「一昨年の大学一年目のとき、父にパーティーに出るように言われたの。経済界主催の集まりで、シェールガスの日本への販売促進をするんだって。そこで紹介されたの」

「そのときから、話が合った？」

「そうね。スキーが二人とも好きで。あと、二人ともボストンに住んでることがわかって、とても気が合ったの。去年のクリスマスは、家族そろってスイスに行ったのよ」

うらやましい〜。

「それじゃ、ノーマンたちと知り合ったのは？」

急に彼女の表情が沈んだ。

「去年の春です。春彦が紹介してくれました」

「それで……、麻薬を？」

「私はそういうことは反対したし、興味もなかったんです。怖くて。でも春彦が面白いからやってみようって……」

「あなた達が大麻とかを買っていた相手は、フィオナ・オサリバンという女性でした。彼女のことを知っていましたか？」

「いいえ。薬はいつもノーマン・カークが用意していて。大須寛人という日本人が買いに行っていたと思います。とても落ち着いた人で、信用されていました」

「なるほど。そのフィオナ・オサリバンが殺された事件は知っていますよね？　ノーマン・カークが彼女にコカインを仕入れさせようとして、事件に巻き込まれた……」

「……。はい」

「フィオナにコカインを仕入れさせようって話が出たのは、知っていましたか？」

「私はその場にはいませんでした。あとで春彦から聞いたんです。ノーマンがコカインを買うって言い出したって……」

「フィオナをあえて、危険な取り引きの場所に送り込んだ。そのことは知っていましたか？」

「………」

「自分たちの将来が見えてきたので、過去を消し去るために彼女を葬ろうと……」

彼女の目に涙が溢《あふ》れ始めた。

「……私はその場にいませんでした。全部、春彦から聞いたんです。本当に何も知りません……」

「でも、殺人犯はそうは思っていない。フィオナの死に、あなたが関わっていると確信している……」

「……本当に知らないし……。そんなのダメだって、ちゃんと言いました。……言ったような気がします」

おそらくスワンは沈黙で同意したのだ。

そして犯人は、この事実を知っている。

「フィオナにコカインを仕入れさせる決定をした場所に、同席したのは誰です？」

「……おそらくノーマン、クラレンス、春彦、シーロだと思う。ひょっとしたら王秀英もいたのかも。でも、あそこで意見を決めるのはいつもノーマンとクラレンスだから、ほかの人は聞いていただけだと思う」

なるほど。そういう力関係なんだ。

「仲間以外に、誰かいましたか？」

「まさか」

そうなると、このときの話し合いの情報が犯人に漏れたことになる。

「あなたは、その決定を誰かに話しましたか？」

「とんでもない。そんなことしません！」

まぁ、そうだよな。

「ほかの誰かが漏らした様子は、なかった？」

「わからない……。でも、怪しいと思う人はいます」

「誰です？」

「王秀英」

これは意外な名前が挙がった。

「なぜ彼が？」

「だって彼、薬のやりすぎでフラフラしていて、理性が利く状態じゃなかったから……。それに、薬の仕入れ先をなくすって話だから、秀英はこの計画を嫌がったと思うんです」

なるほど。

フィオナを葬る計画が持ち上がると困るのは、麻薬を必要としていた秀英か。

フィオナを生かしておくため情報を漏らした。あり得ない話ではない。

「犯人は不思議な力を持ってるって、春彦が言ってたんですけど、本当ですか？」

「不思議な力？」

「コンクリートで囲まれた倉庫の中に入り込んで、寛人を殺したって……。自分のことを『量子人間』って名乗っていて、どこに隠れようとも無駄で、どこにでも入り込んでお前たちを殺すって言ってるって。本当ですか？」

「そう手紙に書いてきたのは本当です。でも、人間が壁抜けできるとは思えません。きっと何かのトリックです」

「どうやって、入り込んだんです？」

ずいぶん痛い質問を、ぶつけてくる。

見当もつかない。ひょっとしてアンコウの頭脳なら、すべての謎を解き明かしてくれるかも知れない。でもあいつは病院のベッドで、ひっくり返っている。

「犯人が密室に入り込んだ方法は、正直見当もつきません。でもきっと解き明かしてみせます」

「何か……、怪物のような相手なんでしょうか？　量子人間というのは……」

怪物……。

いや、そんなことはない。この謎が解ければ、もやの中から人間が現れるはずだ。

「亡くなったフィオナには、お子さんがいたそうですね。もし、その子のために援助をすれば、この騒ぎを収めることはできるのかしら。その子が困らないくらいの生活費を用意するくらい、父に頼めばなんとかしてくれると思うんです……」

その見込みは、甘いと思った。

けれど、それで事態が少しでも良くなるなら、止めるべきでない気がした。

「事態が収拾するかどうかはわかりませんが、アデリンのために何かしてあげることはあると思います」

「そうですね……」

私ができるのは、時を戻すことではない。最善の未来を作ることだ。

午後一時。

「ランチの時間になら話ができると思う」

アポイントを取るとき、そう答えたクラレンス・ユングがカフェに現れたのは、約束の時間を一時間過ぎた頃だった。

私は約束のカフェに座り、ミルクティーをちびちびと飲んでいた。

窓の外を睨んでいると、行き交うビジネスマンより頭一つ飛び出した筋肉質の男性が、早足で近づき、店のドアを鳴らした。

「こんなに遅れる予定じゃなかった」

それは言い訳ではなく、事実を説明したという色合いである。

横にいたウェイターの襟首を捕まえ、サーモンサンドとミネラルウォーターを素早く注文し、椅子に座った。

どうやら本当に忙しいらしい。その証拠に彼は白衣のままである。事情聴取が終われば、研究室にとんぼ返りする気満々だ。

「ずいぶん……」

「そのとおり、忙しいよ。まずは、身分証明書を確認させてくれ」

言葉を先回りして答えてきた。

私は警視庁のバッジを見せる。

「警視庁？」

「日本から、要人警護のための捜査に来ました。ご協力をお願いします」

「要人警護？　殺人事件の捜査ではないのか？　あんた捜査権はあるのか？」

「ＦＢＩとの合同捜査の形を取っています。つまりお互いが協力関係にあります」

「なるほど。時間がないので質問は簡潔にお願いしたい」

そう言いながらレスリングで鍛《きた》えた太ももを小刻みに揺する。露骨に時間の無駄を焦っている。

よく見ると、白衣は着ていても身なりには気を遣っていた。

シックなネクタイを隙なく締め、腕には高級時計をつけている。履いている靴もブランド物で、きちんと磨き込んでいる。

「了解しました。挨拶抜きで伺います。あなたたちはフィオナ・オサリバンをわざと危険な場所に行かせて、その結果死に追いやりましたよね？」

クラレンスは貧乏ゆすりをピタリと止め、青い目でこちらを見た。怒っている様子も焦っている様子もない。

「何を言ってるんだ？」

「もうすでに、複数の人から証言を得ています。七人のグループでいつも麻薬を使用していたこと。フィオナ・オサリバンからいつも薬を手に入れていたこと。将来のことを考えて、彼女を危険な取り引きの場所に行かせ、死なせたことを。時間を大切にされているようなので、手短に質問したつもりですが。答えを引き延ばされますか?」

クラレンスは考え込んだ。サーモンサンドとミネラルウォーターが運ばれてきたが、脇にやって、手をつけない。

「これは弁護士に相談した方が良いと思う。今日の話は、これで終わりだ」

彼はサンドイッチをナプキンでくるむと、白衣のポケットにねじ込んだ。

「待ってください。私たちもFBIも逮捕したいのは、大須寛人とシーロ・ゴメスを殺害した犯人です。この人物は『量子人間』と名乗って次の殺人を予告しているのです」

クラレンスはまた動きを止めた。立ち上がりかけたのを椅子に座り直し、ミネラルウォーターを一口飲んだ。

「次の殺人?」

「これはあなたの安全にも関わる情報なのでお話ししますが、周りには伏せておいてください」

「誓って」

彼は右手を挙げ、胸に当てる。

「犯人は、フィオナを陥れた人物を殺すと予告していて、具体的に七名の人物を挙げています」

「その中にオレがいると？」

「そのとおり」

「……つまり我々の会話を知っていた人間……七人の中の誰かが漏らして、それを聞きつけた奴というわけか。しゃべった人間が最初に殺されている可能性が高いな。誰だ？」

さすがに知能指数が百五十八は、事態の飲み込みが違う。余計にあがくより、最短距離で自分の身を守る道を探している。

「大須寛人です」

「と、なると見当がつかないな。あいつは薬を買いに行く係だった。フィオナの周辺にいた人間と接触してるだろうし、そこで情報をしゃべったと考えられる。でも、オレはそのあたりのことがわからない」

なるほど、頭が良いということは、余計な力を使わないということだ。

「大須寛人は、どういう人物でしたか？」

「オレの目から見てということか？」

「ほかにありますか？」

「もちろん。病歴とか、身体的特徴のような客観的なデータがあるだろう？」

「それはこちらで調べます。あなたの目から見た印象です」

「オレが嘘や間違いを言うかも知れないのに、それを聞くことに意味があるのか？」

「はい、嘘や間違いも手がかりになることがあります」

クラレンスは笑いながら、うなずいた。

「あんた、なかなか面白い。彼は平凡な生活を送る素養に溢れた人間だったよ。とても頭が良くて真面目で。命じられたことを理解し、行動する能力があった。部下にするなら彼がいい。どこの組織に行っても、出世しただろうね。でも、トップじゃない。彼もその地位を望まない」

「彼を評価していたんですね」

「あの七人の中じゃ一番いい奴だ。オレは好きだったよ。誰からも信用されていて、だから大事なことは彼に頼んだ。つまり……」

「麻薬の購入とかですね」

「そのとおり」

クラレンスの評価基準というのは、仕事をうまくこなせるかどうかからしい。

「王秀英は、どういう人物ですか？」

「頭はいいけど、使えない」

彼は残念そうに首を振った。

「ＭＩＴの数学科に入るんだから、その理解力は並外れている。つまり無意識に、幾何学模様を見て中に隠れている方程式を探したり、作業を見るとアルゴリズムが見え始めるんだ」

「なるほど」

よくわからない。

「天性の作曲家みたいな人物を想像するといい。感性が豊かで繊細だ。整った環境の中で仕事をさせれば創造力を発揮する。でも、悪い環境の中に放り込まれれば破滅的な行動をし始める」

「その悪い環境が、麻薬だったわけですね」

「そのとおり。オレは止めたよ。お前はここに来るなってね。でも、秀英は大学の厳しい環境に音を上げて薬に手を出し、その量が増えていった」

「なるほど。じゃあ、コカインを購入することになって、秀英は喜んだでしょうね。いい薬が手に入るわけだから」

「それは、一面的な捉え方かもな」

「そうですか？」

「オレたちの中で、一番薬を憎んでいたのは案外、秀英かも知れない」

ああ。自分の人生を一番破壊したのだから、そういう考え方をしてもおかしくないわけだ。

クラレンスは腰を落ち着けたのか、ポケットに入れたサーモンサンドを再び取り出して、食べ始めた。

「シーロ・ゴメスはどんな人でした？」

「あいつは怖いよ。いつ銃を撃つかわからない」

「それで海兵隊や民間警備会社を解雇されたとは聞いています」

「いや、そんなレベルの話じゃなく普段の生活でも、いつ銃を抜くか想像がつかないんだ。去年の夏にヨットに乗ったとき、あまりにも楽しくて、雄叫《おたけ》びを上げながら弾倉が空になるまで海にぶち込んだんだ……」

マジでヤバいじゃん。

「シーロが殺された状況をニュースで言っていたけど、未《いま》だに信じられない。奴に近づいて、至近距離で銃を撃ったって言うんだから……。ヒグマをハンドガンで至近距離から撃つ勇気がよくあったよ。きっと、シーロのことをよく知らない奴が殺したのさ」

いや。この分析は間違っている。

アンコウの説である「犯人は、シーロをよく知っている」の方が、正しいと思う。

でも、クラレンスの人物分析は面白い。もう少し聞いてみよう。

「春彦やスワンは、どういう人ですか?」

「春彦は見てのとおりだよ。人が好くて考えがちょいと甘い。育ちのいいお坊ちゃんだよ。スワンもその辺は似てるな。二人が付き合っているのを見るとお似合いとしか言い様がないね」

激しく同意。

「ただ、スワンは意外と残酷な面がある」

「そうなんですか?」

意外な話だ。

「たとえば、五百ドルのバッグと一万ドルのバッグが並んでいたとすると、スワンは間違いなく、一万ドルのバッグを手にする権利があると考える。ほかの選択肢は考えられないし、それをしてくれない人間を彼女は切り捨てる。彼女に悪意があるんじゃなくて、それこそスワンの視界から消えてしまうんだよ」

「そんなことしたら、友達をなくしませんか？」

「一人去っても、後から候補が三人現れるさ」

なるほど。彼女を的確に表している気がする。そして残酷である。

「ノーマン・カークは？」

この質問に、クラレンスの動きは止まった。頭の回転の速い彼にも、少し難しい質問だったようだ。

「ノーマンは……そうだな……。義務に追われてる男だよ」

「義務に追われている？」

「父親が政治家で、その後を継ぐ期待を一身に集めている。彼はその期待に見事に応えている。だが、世の中はうまくいくことばかりじゃない」

「と、いいますと？」

「たとえばシーロ・ゴメスだよ。あれほど乱暴な奴を、ノーマンはなぜ警護に雇わなきゃならないのか。どう考えてもトラブルの元だ」

「確かに。なぜです？」

「親父《おやじ》に言われたからさ。在郷軍人会の有力者がシーロを紹介してきたんだ。就職先を頼まれて、ノーマンの警護に雇ったってわけさ。つまり狂犬の首輪を押さえてる役を命じられたわけだ。彼は生来のリーダーだ。でも最高のスタッフがもらえるわけじゃなく、現状をなんとかしなきゃいけない。そういう意味で、いつも義務に追われている」

なるほど。

「ノーマンの中では、すべてコントロールしなきゃいけないことだったと？」

「あいつは義務を感じていただろうし、それをやり遂げることが、彼の誇りだったろうね」

生粋《きっすい》の政治家である。

「ほかに誰のことを知りたい？」

クラレンスは時間を気にしながら質問を催促した。確かに結構時間を取らせている。でも、この男からなるべく情報を引き出した方がいい気がする。

「では、あなたのことを教えてください」

「は？」

「あなたのことを、自分で分析してみてください」

興味がある。頭のいい彼は、自分のことをどう分析するだろう。

クラレンスは白衣のポケットに両手を突っ込んで、考え始めた。

「成功することを望んでいるし、失敗することを何よりも恐れている」

「でも、免疫の研究で大きな結果を出しているんですよね。恐れることはないんじゃないですか？」

「自分の見つけた真実が、普遍的なものになるとは限らない。むしろほとんどは逆の結果になって、人生から撤退する羽目になる。何が起こるかはわからないさ」

クラレンスは肩をすくめた。

「オレの親は、金持ちでも政治家でもないからね……」

この言葉を聞いて、彼が身につけている高そうな時計や靴が浮き上がって見えてきた。社会に、威厳を示す高級品を選ぶことは、今の彼を表している気がする。

「改めて伺います。今回の事件の犯人で思い当たる人物はいませんか？」

彼は目を閉じ、静かに深呼吸した。

「いや、いない。何か思い出したら連絡する。連絡先をくれ」

私は名刺を渡した。

「研究が忙しいんですか？」

「もうじき発表があるもんでね。日本でも発表をやる予定だ。良かったら見に来てくれ」

「喜んで」

私たちは握手を交わして別れた。彼の話を聞きに行ったところで、私には到底理解できないだろう。

クラレンスも、百も承知だと思う。


ノーマン・カークとの約束は午後五時。

ハーバード大学近くのホテルロビーが、待ち合わせ場所だった。

全体が赤いレンガで覆われていて、このあたりの歴史的な建物はこの外観である。

アールデコを基調にしたデザインの空間に、大きなシャンデリアが重厚感を与えていた。

まぁ、私の感想を一言で言えば、「うわ、値段高そぉ〜」である。

彼は時間ぴったりにやってきた。

芥子色《からし》のセーターに、グレーのジャケットを着こなしている。黒のズボンにイタリア製らしき靴。腕時計までコーディネートされている。

隙がない感じだ。

「初めまして、ノーマン・カークです」

背筋を伸ばし、笑顔で握手をキメてきた。

私の着席をきちんと促し、ボーイを呼んでから着席。二人ともコーヒーを頼んだ。

「今回の悲劇の責任はすべて自分にある。できるだけの補償が行えるように、各所に指示を出してある。本当に申《もう》し訳《わけ》なかった」

ノーマンは神妙な顔で、私をまっすぐに見た。

彼は間違いなく、政治家への道を確実に歩んでいるようである。

「警察は、これ以上被害者を出したくありません。どうか情報面でのご協力をお願いします」

「もちろん。喜んで」

ホテルには、小さな中庭があった。ロビーの窓からは、その木々が揺れるのが見える。

冷たそうな風が吹いているようだ。

「クラレンス・ユング、スワン・テイラー、三条院春彦、シーロ・ゴメス、大須寛人、王秀英。この六人はご存じですよね。これにあなたを加えた七人で、グループを作っていた。この仲間で普段どんなことをされていましたか？」

「……旅行に行ったり、飲みに行ったりする仲間です。親しくしていました」

「一緒に違法ドラッグをやったことは？」

「それは大事なことですか？」

「とても。先に断っておきますが、私は日本の警官で、三条院春彦氏の警護のためにやってきました。あなたたちの不法行為を調べるためではありません。あくまでシーロ・ゴメスと大須寛人が殺害された事件に関して、調べているのです」

「なるほど」

「この事件の犯人は手紙を残していて、今挙げた七人を全員殺すと予告しているのです。そしてこの手紙には七人のつながりに麻薬があったと書かれていたのです。だから確認のため伺っています。使用はありましたか？」

「……。では、仮にあったとして、警察はどのような捜査を進めるつもりですか？」

いっそ免責でも与えて、知っていることを吐かせたい気分だが、越権行為なのでそれもできない。

質問の形を変えて話しやすくさせる方が賢明だ。

「犯人の特定が第一だと考えます。実は犯人は、あなたたちがフィオナ・オサリバンを殺したと記しています。その罰を与えるために殺すのだと……」

「ほお」

ノーマンは驚いたふりをしているが、目はこちらの真意を探っている。

「あなたたち七人がフィオナを、わざと危険なコカイン取り引きの場に送り込んだと考えているようです。彼女を殺すために」

「なぜ私たちが、そんなマネをしなければならないんです？」

「自分たちの将来のためですよ。これからキャリアを築いていく中で、違法薬物に手を出していたことがバレるのはまずい。だから、取り引きしていた売人を事件に巻き込ませて、死なせれば良いと……」

ノーマンは深くシートに座り直すと、人差し指でしきりと、とがったアゴをなでた。自分が考えていた以上に警察が事実を摑んでいることに戸惑っているようだ。
一、二分は考え込んだ。
「フィオナを死なせるために、コカインを頼んだというのは誤解だ。あの頃、合成麻薬の中に記憶を失うような危ないものが出回り始めたんだ。ストレスを発散するための薬で、後遺症が出てはかなわない。少し高くても、安全性を買おうということで、コカインを選んだ。彼女には、すまないことをしたと思っている。あんなことを頼むんじゃなかった」

ノーマンは、うなだれてみせた。

なるほど。

殺人の嫌疑をかけられるくらいなら、薬物に手を出したことは認めるというわけだ。

「犯人は、あなたたちがフィオナにコカインを頼んだことを知っている人物です。心当たりはありますか？」

ノーマンは再び考えた。

「……思い当たらない。いつも私の下宿先に集まるんだが、仲間以外には誰もいなかった」

「犯人は自らを『量子人間』と名乗っています。この言葉から連想される人物は、いませんか？」

「物理はひどく苦手でね。そっちの方は、まるでわからない」

「あなたは、フィオナが殺された直後に、所持していた麻薬類をすべて処分するように大須寛人に命じましたよね。サウスボストンの貸倉庫に隠してあったものです」

「事件を聞いて、慌てたんです。無関係なことに巻き込まれたくなかったもので……」

あくまでフィオナの事件とは無関係を通す気か。

「その処分中に、大須寛人、王秀英、シーロ・ゴメスの三名が亡くなりました」

「三名？　それは聞いていない。ニュースでは、シーロが公園で死体で見つかったとだけしか……」

「春彦氏が、目撃しました。王秀英だけは、シーロ・ゴメスが撃ってしまったのですが、ほかの二人は『量子人間』を名乗る犯人に殺されています。その中で大須寛人は、コンクリートの壁に囲まれた倉庫の中で、出入りした人物が目撃されない状況で撃たれている。犯人はどんな壁があろうとすり抜けると、手紙で豪語しています」

ノーマンは、かなり驚いている。

「ずいぶん変わった奴だね！」

「はい。特徴があると、考えることもできます」

「つまりそういう派手な殺人を行い、奇妙な名前を名乗るような人物を知らないかということだね？」

「そうです」

「そうだな……。我々は競争の中で生きている。だから、その中で足を引っ張ろうとする人間もいるわけだよ。とても奇妙な方法でね。そういう人物が思い当たらないかと聞かれれば、沢山いるとしか答えられない。自分たちに殺意を持つものより、奇妙な恨みを抱いて、奇妙な行動を取りそうな人間は、逆に沢山思いつくよ」

そうかも知れない。

「でも、こうは考えられないだろうか？　犯人が残した手紙はすべて嘘なんだ。動機はフィオナの仕返しではなく、もっと別のところにあるというのは？」

「どんな動機です？」

「麻薬の横取りだよ」

ふむ。それは考えていなかった。

「倉庫の麻薬を処分しないで独り占めするために、大須寛人と王秀英を殺害した。でも、その犯人には共犯者がいて、埋める予定の州立公園で待っていた。ところが犯人は、そこで仲間に撃ち殺された。この犯行を誤魔化すために、フィオナの事件を持ち出した」

「つまり犯人はシーロ・ゴメスだということですか？」

「ああ。彼は麻薬が欲しくなって、寛人と秀英を殺した」

なるほど、つじつまは合っている。

確かに倉庫から持ち出された麻薬は見つかっていない。死体と一緒に埋められたと考えていたが、誰かが持ち逃げした可能性もあるわけだ。

でも、この推理には引っかかるところがある。

「あなたから見てシーロ・ゴメスは、どういう人間だったんです？」

すこし面食らった顔をした。

「何故？」

「あなたがその考えに至るということは、とりもなおさずシーロ・ゴメスを信用していなかったということですよね」

「まぁ、そうだね」

「その信用できない人物に、よく薬の処分を任せましたね？」

一つ間違えば、仲間を殺して麻薬を持ち逃げしそうだと疑う人物に、薬の処分を任せたのは腑に落ちない。

「いや、任せたのは大須寛人にだよ。彼はすべての仕事をそつなくこなしてくれる。シーロ・ゴメスと王秀英は助手につけたつもりだ」

なるほど、そう来るか。

「でもシーロはすぐに銃を撃つかも知れないし、秀英は麻薬中毒の傾向があった。大変不安定な取り合わせでしたよね。その二人を助手につけたんですか？」

「今考えるとそうかも知れないが、ほかに頼める人間がいなかった」

「三条院春彦やスワン・テイラーは、どうなんです？」

「無茶だよ。警察に追いかけられたら、すぐに証拠の品を手渡すだろう」

ノーマンは軽く首を振った。

確かに、あの二人には汚れ仕事は無理だ。

「それじゃ、クラレンス・ユングはどうなんです。彼なら頭も良いし、行動もしっかりしているでしょう」

「彼が引き受けるものか。あのブルーの目で睨みつけられるよ」

「私には、そんなふうには見えませんでしたが」

「そりゃそうだろう。君には敵意を持ってないだろうし……」

「敵意？」

「私や春彦が、彼を下に置くと激怒するんだ。まるで私たちを憎んでいるように。だから命令なんて、とてもできない」

クラレンスは「両親が金持ちでも政治家でもない」と、言っていた。

クラレンスにとって家庭が裕福でなかったことが、このグループに所属している中でコンプレックスになっていたかも知れない。

だから、ノーマンや春彦からの命令は決して受けなかったのだろう。

「つまりほかに方法がなく、シーロ・ゴメスを使うしかなかったと……」

「大変な失敗だった」

彼は本当に悔やんでいるようだった。

「私はシーロが犯人だと思う。彼ならフィオナ・オサリバンの件も知っていたわけだし、外部に話すこともできた。警察が捜すべきは、シーロの共犯者だ」

「フィオナを危険な取り引きに向かわせた件は、この事件とは無関係だということですね？」

「……これ以上の証言は、弁護士と同席じゃないと答えられない」

彼は居住まいを正すと、シャッターをパタンと閉じ、店じまいの札をかけた。

「なるほど。ご協力ありがとうございました」


翌日。

アンコウとジェイムスは、アルコールから復活していた。

私は書き上げた報告書を見せ、昨日の事情聴取を説明した。

やはり、ノーマンの唱えた「シーロ犯人説」が議題に上った。

「なるほど。シーロ・ゴメスに共犯者がいたというのは、あり得るな」

ジェイムスは共感した様子だ。

「あの倉庫で起きたのは、密室殺人でも何でもない。シーロが、寛人と秀英を射殺しただけ。慌ててやってきた春彦には『秀英が寛人を撃ったので、射殺した。きっと麻薬を持ち逃げしようとしたのだ』と説明した。シーロは二人の死体をスーツケースに入れて、車のトランクに積む。そして仲間と待ち合わせをしていた州立公園へ向かった。ところがそこで仲間に裏切られて、殺された……。悪くない筋書きだよ」

この説は、事件で謎とされている部分を、解いてくれてはいる。

「確かにこの説なら、元傭兵のシーロが至近距離で撃たれている理由も説明できます。近づいてきた犯人が仲間だったからというわけです」

「うん、悪くない」

ジェイムスは、大きくうなずいた。

「だが、ジェイムス。銃声はどう説明する気だ？」

アンコウが口を開いた。

「銃声？」

「春彦が証言しているだろう。最初に寛人が倉庫に入り、あまりに遅いので、次に秀英が入った。その後に銃声がして、次にシーロが倉庫に飛びこんだ。そして二発の銃声だ。シーロが犯人とするなら、最初の一発目は誰が鳴らしたんだ？」

さすがアンコウ、この説の欠点に気づいた。

「私もその点は考えたんですけど……。実は銃声は、なかったんじゃないでしょうか？」

「ふむ。その考え方は、面白いな」

アンコウは満足感をたたえた笑顔を見せた。

そして私の説明を、期待のこもった目で待っている。スイカ割りが始まるときの、少年の目だ。

「つまり銃声なんて全く聞こえなかったわけですよ。シーロが『銃声がした！』と言って、ただ倉庫の中に飛び込んでいった。そして春彦はシーロにそう強く主張されたものだから、銃声が聞こえたと思い込んだ」

「いいね！」

「すべてはシーロの計画通りだったわけです」

アンコウは後ろに手を組んで、何度もうなずいた。どうやら二日酔いもどこかに消えたようである。

「計画通りというなら、肝心なものが消えてる。そこがおかしい」

「肝心なもの？」

アンコウが手で、引き金を引くマネをした。

「銃がない」

「どういうことです？」

「その計画でシーロが主張したいことは『王秀英が、大須寛人を撃った』ということだろう？　だからシーロはやむなく秀英を撃った。この状況を作れれば、三条院春彦に見られても問題ないし、警察にバレても無罪を主張できる。秀英が危険だったから撃ったと言えば正当防衛が成り立つからだ。でも、その主張には大事な証拠がいる。つまり、秀英が銃を持っていなきゃならないのさ」

「ああ！」

確かにそのとおりだ。

シーロが二人を殺して無罪を主張する工作には、秀英の持っていたとする銃を用意しなければならない。少なくとも現場に一緒にいた春彦には、それを示さなければならない。

なのにその銃は、なかった！

「変だろう？」

アンコウは勝ち誇ったように笑った。

しかし二日酔いの頭で、よくそのことに気づくな……。さすがはウアジェトの目の持ち主である。

「この事件はもっと奥に、隠れた謎がある」

「隠れた謎？」

私は聞いた。

「犯人が『量子人間』なんて突飛な名前を使っているところだよ。ここに鍵がある気がするんだ」

「深海警部は、その言葉にこだわっていますね。そんなに引っかかるんですか？」

「犯人の心理が表れてる気がするんだ。無骨なまでの殺人の中で、たった一つ見せた外連味《けれんみ》というか。灰色に塗られた絵の中で、『量子人間』という言葉だけは別の色が塗ってある感じなんだ」

「ああ……」

なんとなくだが、アンコウの言っていることがわかった。

そう言われると『量子人間』という言葉が浮き上がってくる。薄暗い荒野の中にただ一つ犯人が残した、足跡のような。

そのとき会議室のドアが開いた。

「君たち、捜査は進んでいるか」

青い顔をした、紫崎課長であった。

「紫崎課長……。お加減はよろしいんですか？」

心配するフリをしてみた。

「なんだ、人を病人扱いして！　私を中傷する気か！」

だって、今まで病院にいたじゃん。

「明日には日本に帰るんだから、迅速に行動したまえ！」

風船のように左右に揺れているわりに、口だけは元気だ。

「参考人の事情聴取は、ほぼ終わりました。あとは書類にするだけです」

とりあえず答える。

「警視庁には、私の指揮の下に君たちが奮闘していると報告しておいたので、安心して欲しい！」

この野郎、倒れて動けなかった間、指揮を執っていたことにしやがったよ。

「それから、本庁からの新しい指示が出たので伝えておく」

彼は居住まいを正すと、厳《おごそ》かに途方もない命令を下した。

「深海警部。君はアメリカに残り、ＦＢＩと協力して捜査をするんだ」

「はぁ？」

アンコウが、あきれたような声を出した。

「フィオナ・オサリバンの夫のレスタ・マグワイヤを捜索しろとの命令だ。犯人はフィオナの関係者だということを臭わせている。どう考えてもレスタが最有力容疑者だ。だからＦＢＩと繋《つな》がりの深い深海警部がここに残って、レスタを捕まえる任に当たれとのことだ！」

「おいおい、本気か？　この広いアメリカで行方不明の人間を探せってのかよ。どう考えても、地元の警官に任せた方がいいぞ？」

全くそのとおりだ。アンコウの得意技は集められた情報の整理と分析だ。人を動かして捜査することではない。

それに、ここに置いておいたら、ジェイムスと飲み歩くに決まっている。

「お言葉ですが、私も深海警部は、その任に向いていないと思います」

紫崎課長は、アンコウへの嫌がらせに、この仕打ちを図ったのだろう。

「もう決まったことだ。警官たるもの、与えられた任務を命がけで全《まっと》うすべきだろう！」

話にならない。私はアンコウを脇に呼んだ。

「私が日本に帰ったら、直接上層部に頼んで日本に帰れるように頼みます」

「無駄だと思うが、頼む……」

雨の降り始め。地平線には、まだ厚くて黒い雨雲が見える。

日差しが見えるのは、まだ遠い。

今はその時なのに、傘を取られてしまった。

第二章　密室殺人

環太平洋貿易交渉は、見事に暗礁に乗り上げていた。

叩き台を作っては、舞台に上げる。

担当大臣がリングに上がり、大乱闘をやっては、ご破算になる。

再度徹夜で、交渉内容を詰める作業が続く。

米や食肉の関税は守れるか？　知的財産権の期間延長を阻止できるか？　自動車部品の関税を安くできるのか？　マスコミの報道も過熱してきていた。

世間では、この貿易交渉は、ダメかも知れないという観測が流れ始める。

そしてこの運命を決める舞台が、日本に移されることになった。

アメリカの通商代表プラムも五十人以上のスタッフを連れて来日。大規模な交渉が都内で行われることになったのだ。

日本の命運をかけた大事な会議が、行われようとしていた。

「三条院春彦が帰国するとは、どういうことだ？」

讃岐警視総監は驚き、会議室にはざわめきが広まった。

「彼には環太平洋貿易交渉を補助してもらう」

内閣官房の政府対策本部首席交渉官が、こちらの都合など関係ないといった風情で冷たく言い放った。

政府の意向で、なんと三条院春彦の帰国が決まったのだ。

「この貿易交渉は、日本経済の命運がかかっています。そして、春彦君はアメリカとの重要なパイプ役となってくれる人材です。どうしても帰国させて、手伝ってもらいます」

「しかし、彼は得体の知れない殺人犯から、殺害予告を受けているんだぞ」

「警護は警察に一任します」

「待ってくれ。交渉会議には、都内に五十人以上の要人がやってくるんだ。そこに最重要保護の対象が来るなんて……警備するにも人数が足りない。とても責任が持てんぞ！」

警視庁警備部部長が机を叩く。

今回の貿易交渉を良く思っていない人は、大勢いる。関税が撤廃されれば、商売で損をしたり、仕事を失う可能性だってあるのだ。そういう敵意を見せる人は、国内だけでなく海外にだっている。

つまり、テロを警戒しなければいけないわけだ。

その中で、三条院春彦を守れという無茶ぶりなのである。

警察側の反応に、首席交渉官が声を荒らげた。

「我々がこの協定にどれほどの時間を費やしているかわかるかね！　薄氷を履《ふ》む思いで交渉を重ね、二年をかけてようやく頂上が見えてきたんだ。しかもここからが難所だ。ここでまとまらなければすべてが水泡に帰す。使えるコマはすべて使わせてもらう。官邸の意思も同様だ！　君たち警察は自分たちの仕事をすればいいだろう！」

かなり苛立っている。

まあ、そうだろう。

アメリカのプラム通商代表はかなり強気の姿勢で、関税撤廃を要求してきている。

今や出口が見えない状態だ。

使えるコマは何でも使う。それが三条院春彦というわけだ。

「しかし、春彦君を狙う犯人というのが、まるで得体が知れんのだ。七夕警部、説明してやってくれ」

うお？

偉い人たちのケンカに巻き込まれないよう顔を伏せていたのに、名指しかよ。

仕方なく立ち上がり、手元のファイルを適当に開いた。

「え〜、三条院春彦氏に殺人予告を出している犯人は、その犯行手口が未だわからず、犯人像もつかめません。コンクリートの壁で囲まれた密室に入り込んだり、元海兵隊員を正面から射殺したりしていて、得体が知れません。警備は大変困難だと思われます」

私も帰国には、反対の立場を示した。

命は一つしかない。何かあってからでは遅いのだ。

「私はちょっと、違う考えを持っているよ」

そう言ったのは、古見参事官だ。

「世界に冠たる日本の警察だ。ほかのどの国にもない治安を維持してきた実力がある。多少の事態でも完璧《かんぺき》にその仕事をこなせるはずだ」

「そうだよな、古見君！」

首席交渉官は喜びの声を上げた。

「きっと、首相官邸の要望にも応えられる。心配はないと考えます！」

そう答えると、バカにしたようにこちらを見た。

「警備局と刑事局は、仕事の質が違いますからな……」

手厳しいイヤミである。

まぁ、そう考えるなら、そちらで勝手にやってくれ。警備は警備局の仕事だ。私は警視庁捜査一課で、管轄外である。

そんな算段を頭で巡らせていたら、首席交渉官からさらに特大の爆弾発言が投げつけられ、炸裂《さくれつ》し、飛び散った。

「ちなみにプラム通商代表は、君たちの事件の参考人となったノーマン・カークという人物も連れてくるそうだ。それに、春彦君はスワン・テイラーという許嫁《いいなずけ》を同伴するそうだ。さらにもう一人……。クラレンス・ユングという研究者も同行すると聞いている」

「な、なぜクラレンスまでが？」

私は聞いた。彼は今回の交渉と無関係だ。

「ちょうど日本で開かれる学会で、自分の論文の発表をやるのだとか。今回の交渉会議には製薬会社のスタッフも参加するので、ついでに彼の渡航費用も出してやろうということらしい」

「そんな、無茶な！」

殺人リストに挙がっている四人がそろうなんて、危険な匂いしかしない。

要人が大勢やってくるということは、全体の警備は厳重になるが、人手が取られて個人にまでは手が回らなくなる可能性もある。

全員で部屋に閉じこもってくれるなら、こっちだって守りやすい。でも、うろちょろされたら保証できない。

「彼らを命に代えても、守り切ってくれたまえ！」

「ちょっ……！」

警察関係者は、残らず息をのんだ。

大盛りラーメンの専門店で、初めての客がいたずらに特大盛りを頼んで、想像の三倍の量が出てきたときの顔である。

「百人単位の増員が必要ですよ」

「他所《よそ》の県警に応援を頼むしかない……」

ここで古見参事官が、とんでもない提案をしてきた。

「ここは、捜査一課の動員も考えてはどうでしょう？」

は？

日本国内で殺人事件が起きたわけじゃない。どう考えても管轄外だ。

「まさか、彼らを動かすわけにはいかん」

讃岐警視総監は筋を通した。

しかし古見参事官は、余裕を見せて応える。

「三条院春彦君が殺人予告を受けた事件に関して、捜査一課はFBIと共同で捜査をしています。その情報を調べてきたのは彼らなのだから、今回の警備には彼らの力が必要です。もちろんすべての捜査員を使えということではなく、人材を回してもらうことは可能だと考えます」

明らかに、私への意趣返しだ。

それと同時に、紫崎課長が声を上げた。

「ボストンでの捜査で私は多くの証言を集めて参りました。この情報を日本国のために生かせると思います！　そもそもこの殺人犯は、アメリカのボストンにいた人物であり、日本の地理には疎《うと》いはずです。もし、襲ってきても我々が有利と考えられます」

何を根拠に、そんなことを……。

「うむ……。背に腹はかえられないか……」

警視総監の目に、諦めの色が浮かんだ。

でも、ことは人命に関わる。発言しないわけにはいかない。

「我々の視察した範囲で言えることは、犯人の行動はこちらの予想を超えています。三条院春彦氏の安全を考えれば、やはり警備の手薄な場所に呼ばない方が良いと思います」

この言葉に紫崎課長がキレた。

「日本の警察は優秀だ、失敗などあり得ない！」

別に国籍で失敗しないかどうか、決まるわけじゃない。このままだと、ひたすら崖下に転がってゆく気がする。

「ではせめて、深海警部を帰国させてもらえませんか？　今回の事件解決には、彼の力が必要です」

アンコウと約束した帰国を要求した。ほかに打開策が思いつかない。

しかし、古見参事官に一蹴される。

「彼は米国で大事な捜査に携わっている。今帰国させる必要はない」

こうして結論は出てしまった。

私の反論は一切無視され、四人の来日は決定してしまったのだ。

こうなったら人手をかき集め、警備態勢を完成させるしかない。

だがこの窮状において、古見参事官は更なる足かせをくっつけてきた。刑事部の応援部隊の指揮官に、紫崎課長を指名してきたのだ。

「紫崎君はアメリカのボストンに直接赴いて情報を収集してきた。春彦君を狙う犯人を捕まえる上で、彼ほど指揮を執るのにふさわしい人物はおりません。捜査一課の皆は、紫崎君の指示に従って頑張ってくれたまえ！」

最悪だ～！


四月九日。

量子人間に狙われている四名を守るため、特別対策本部が設置された。

警視庁内の大きな会議室に捜査一課五係と二係、そして所轄から集められた二十名の警官が顔を揃えた。総勢六十名ほどだ。

伏見主任や東山刑事は、慣れない警護の仕事に戸惑っている。

「なんでオレたちが、管轄外の仕事を……」

不満の声が漏れる。

私も不安になり、東山刑事に聞いてみた。

「捜査一課で殺人事件を追ってきた刑事には、警護の仕事は難しいんでしょうか？」

彼は笑顔で答えた。

「いえ、心配には及びませんよ。僕らは捜査一課に入るまで、いろんな職場に配置されていますから。要人警護もすれば、鑑識にも行くし、留置場で管理官をやったこともあります」

「管理官も？」

「そうです。被疑者を捕まえた後、どういう状況に置かれるのか知っておくのも刑事の勉強だって」

なるほど。

自分は警察庁から出向して捜査員をしているが、叩き上げの刑事は様々な体験を経てここにいるのだ。

「まぁ、警察庁警備局のお偉方が指揮してくださるんだから、大船に乗った気持ちでいればいいんじゃないか？」

伏見主任は苦笑いして、正面に立って訓示を垂れている紫崎課長を皮肉った。

「日本の国益を守る一端を、この場にいる我々は託されたのだ！　敵は得体の知れない殺人鬼ではあるが、君たちの日頃の鍛錬とそれにより磨かれた精神は、そんな不埒《ふらち》な犯罪を阻止できる！　私はそう確信している！　どうか、この警備を見事にこなし、日本の警察がここにあることを世界に発信して欲しい。期待している！　そもそも私が警察庁に入ったときは……」

演説は続くのだが、具体的な警備計画が始まらない。じれた伏見主任がキレそうになっている。

「いいから、どういう手順なのか説明しろよ……」

小声で呟く伏見主任に呼応するかのように、演説が終わった。

「で、あるからして……任務の重大性は十分伝わったと思うので、ここで警備計画を伝える。伏見主任、始めてくれ！」

「は？」

捜査一課五係の刑事全員の目が、埴輪《はにわ》のように丸くなった。

「警備計画を……自分が？」

伏見主任は完全に面食らっている。野球のピッチャーが第一球目で、ボウリングの球を投げてきたようなものだ。

「当然だろう。私は計画に沿った指示をするだけだ。立案は現場の君がやりたまえ。

もちろん問題があればビシビシ指摘するからそのつもりで」

そう言うと、横に置かれたパイプ椅子に腕組みをして、反《そ》り返るように座った。

「さぁ、始めてくれたまえ」

「冗談じゃねぇよ……」

そう言いながら、伏見主任は六十名の捜査員の前に立った。

「あ～。まず、手始めに皆は仲間の顔をよく覚えてくれ。不審な人物に紛《まぎ》れ込まれないよう、仲間意識を持ち、問題があれば即座に報告し合えるよう心がけて欲しい！今からここにいる捜査員を二組に分ける。今日から十日間は、十三時間態勢で交代し警備に当たるのだ。十二時間交代としない理由は交代時刻を狙われる可能性があるからだ。一日で一時間ずつずらして交代してゆくことにしよう！」

さすがは伏見主任！

「別に二十四時間ずつ警備すればいいんじゃないのかね？」

紫崎課長が不満そうに言った。

「いえ、睡眠を確保しないと集中力が途切れますので……」

「そんなもの、精神力があればなんとかなる！」

じゃあ、お前だけ起きてろよ。

多分会議室に集まった全員がそう思っただろう。

「移動や会議の間は警備の連中と合同で警備になるのでそれほど心配ないと思うのだが、問題は夜の宿泊している間と、プライベートでの移動の時間だ。保護対象の中にスワン・テイラーという女性がいる。彼女の保護は女性警官が必要となる。キック、ここにいる四名の女性警察官を指揮し、警護に当たってくれ」

「わかりました！」

この緊急事態を乗り越える対策が、始まったのだ！

Ｔｏ　深海警部
件名　近況
深海警部様へ
量子人間に狙われる四人の保護対象者が全員日本に来ることになり、大変な騒ぎになっています。
特に捜査一課が駆り出されるのは予定外で、伏見主任が懸命に計画を練っている状況です。

会議では、深海警部の帰国を申し出てみたのですが、見事に却下されてしまいました。申し訳ありません。

明日は彼らの宿泊するホテルに視察に行き、警備計画を立てる予定です。

そちらの様子はどうでしょう。レスタ・マグワイヤの足取りは摑めたでしょうか？

七夕菊乃

To　キック

件名　面倒くせぇ～

現在、ロサンゼルスにて捜査中。

フィオナ・オサリバンとレスタ・マグワイヤは、十年前にこの土地で結婚をした。

その三年後に離婚をしている。レスタはフィオナへの暴力で有罪となり、刑務所で二年を過ごした。その後ノースリッジの国道沿いのダイナーで料理人をしていたようだ。

ところが半年後に事件が起きた。

バイクで転倒事故を起こして入院。左足脛骨《けいこつ》を骨折。それに頭部を打撲し、三日間ほど意識がなかったそうだ。

そのときに店を首になったんだが退院と同時になんと、行方不明になっている。

現在はジェイムスと、町中を走り回って聞き込み中だ。

ハリウッドの周辺はでかい家が冗談のように並んでて、アレは面白い。

この面倒くさい捜査を終わらせるためにも、そっちで犯人を捕まえてくれぇ～。

深海安公

四月十日。

対策本部にようやく、待望の情報がもたらされた。

「ホテル大樹荘です」

東山刑事はメモを開いて答えた。

これが春彦たちが宿泊する施設である。

宿泊ホテルに関しては、選定がもめた。

とにかく夜間の警護をしやすいよう、一ヵ所のホテルに泊まってくれと、こちらが要請を出した。

でも、名家の跡継ぎ、保守派有力議員のご子息や大企業のお抱えの研究者たちは、

「ハイ、わかりました！　ここに泊まっておとなしくしてます。ほかに何か守らなきゃいけないことはありますか？」

とは、言ってくれない。

部屋から見える景色がイマイチだの、ワインセラーがしょぼいだのと、クソみたいな……ではなく、参考になるご意見をおっしゃってくれる。

「大樹荘とは、また超高級ホテルだな～」

伏見主任は苦笑いして答えた。

「うん、良いホテルを選んだものだ。私は何度も泊まっているが、魚料理は日本屈指のものだし、ワインコレクションも素晴らしい。何より庭の景色は最高だね」

紫崎課長は鼻を鳴らして、呟いた。

「実はこのホテルは、三条院家の持ち物なんです」

東山刑事が説明してくれた。

このホテルの土地は、もともと三条院家の邸宅が建っていたそうだ。広さが一万坪もある大邸宅で、それはそれは見事な日本庭園があり、真ん中には誰が泳ぐわけでもない巨大な池がある。そして高価な鯉《こい》が何匹も口をパクパクさせているそうだ。

戦後、海外からの政府高官が宿泊できるよう、高級ホテルに建て替えられたのだという。

「都内に大邸宅を構えていても税金がかかるだけだから、商売できるようにしただけだろ？」

伏見主任が、人が悪そうな笑いを見せた。

「それで、ホテルの警備態勢はどうなんです。外周に塀などは立っているんですか？」

私は質問した。

グレードが高いだけで、警備しにくいホテルなど御免被りたい。

「四方を高さ二メートル以上のコンクリート塀に囲まれていて、内側からは植樹で隠されています。対人センサーが周囲に張り巡らされていて、侵入者がいれば一発で監視センターに捕捉されますよ。出入り口は従業員用も含めて、北側にあり、警備員が二十四時間態勢で監視しています」

おお、さすがは超高級ホテル。ありがたい！

「どうやら春彦は、ホテル大樹荘の自慢話を以前から仲間に繰り返したようなんです。日本で一番素晴らしいホテルだ。泊まってみろって。だからノーマン、スワン、クラレンスの三名も納得したようなんです」

確かに、そこまで言われれば気になるだろう。私なんか「世田谷《せたがや》で一番おいしい大判焼き」と、言われただけで、確実に店の前に並んでしまう。

「ありがたいことに、このホテルの目玉は警備設備なんですよ」

「と、言うと？」

伏見主任が興味深そうに聞き返した。

「監視カメラの数がすごいんです。敷地内の五十ヵ所以上に仕掛けられているんです。だから警官が廊下やホールに大勢立っていなくても、監視センターで一括してホテル内すべての不審者の行動を把握できる。連絡一発で怪しいところに捜査員を送ることができるわけですよ。つまり警備員を大勢配置するとお客さんに不安感を与えてしまう。それを避けるために監視カメラを使って、安全に宿泊してもらえるというのがウリなんです」

「素晴らしい！　さすがはホテル大樹荘だ。並のホテルじゃないな！」

紫崎課長は感嘆の声を上げた。言葉の中に「オレ、泊まったことあるもんね」成分が若干含まれているようだが。

「海外の要人を宿泊させるだけの設備は整っているわけか。どう思う、キック」

伏見主任は、こちらに振ってきた。

「監視カメラでの警備態勢が自慢の施設だとすると、警官が大勢ウロウロして監視することを極端に嫌がる可能性がありますね。これが警備の足かせにならないと、いいんですが……」

「ああ、確かに」

東山刑事が膝《ひざ》を打った。

「ホテル側がなんと言おうと、警官を配置すればいい。我々は国益と人命を守っているんだ。そんなこともわからないのか」

紫崎課長が、バカにしたように頭を振る。

「いえ、それでは三条院家の面子《メンツ》を潰すことになります。我々が表立って監視する計画は、三条院家が手を回して、政府の上層部から却下させる可能性がある」

「かも知れんな……」

伏見主任は、ことのまずさに気づいた。

館内にある多数の監視カメラで、今まで要人の宿泊を警備して、それを成功させてきた歴史のあるホテルである。しかも、それが三条院家の自慢なのだ。

それを否定するような警備計画など、とても通らないのではないか。

「監視カメラは、諸刃《もろは》の剣ですね」

東山刑事は腕組みして考え込んだ。

「量子人間は得体が知れません。ボストンでは倉庫の中に入り込んでいます。そこも塀で囲まれ、監視カメラも設置されていました……」

「でも、わざわざ日本に来て、大勢の警官が見張っている中で、殺人なんてやりますか？」

東山刑事は、疑わしそうに聞いてきた。

「わかりません……」

いや。私の予想は、まるで逆だった。

今回の訪日の中で、何かしてくるような気がしてならなかったのだ。なぜならアンコウの言った通り、犯人が「量子人間」などと名乗っているからである。

彼は、これこそが犯人の唯一表した心理だと言っていた。挑戦的であり、ミステリアスである。

ならば日本での厳重な警備の中というのは、まさに量子人間のための舞台だ。

「一度ホテルを見て回ろう。話はそれからだ。死角があるようなら、埋めるために警備員を配置するしかない。なんせ国益と人命がかかってるんだ。紫崎課長がきちんと三条院家に話を通してくださるさ。なんせ、現場の責任者なんですからな。そうでしょ？」

伏見主任は意地悪そうに、紫崎課長を見た。

「も、もちろんだとも！」

紫崎課長は斜め上の天井を見ながら、弱々しく答えた。

我々の監視する舞台は、美しかった。

桜の花びらが緑の芝生に、抽象画を描いている。

その絵を消すように、庭師たちが竹箒《たけぼうき》を動かしている。

「都内にこんな場所があったんですねぇ～」

ホテル大樹荘の敷地に足を踏み込んだ東山刑事は、庭の見事さに心躍らせている。

「いいなぁ〜、一度泊まってみたいな〜」

「最低でも素泊まりで一泊五万円だよ。財布に響くんじゃないかな？」

「五万？」

しょげる東山刑事を見て、紫崎課長はニヤニヤしている。

「何事にも分相応というものがあるさ」

それにしても五万円か……。帰るときに金貨でも、もらえるんだろうか？

ホテルの下見は、伏見主任、紫崎課長、東山刑事、それに私の四人だけで行った。あまり大勢で押しかけると、犯人に「見て、見て！　このホテルが宿泊場所ですよ〜！」と宣伝しているようなものだからである。

今回の日米貿易交渉では、都内の高級ホテル三ヵ所が使用されることが決まっている。でも視察部隊は八つ組まれ、八ヵ所の高級ホテルで同時に下見を行っている。ダミーを混ぜて、どのホテルが使用されるか、テロを企てる者にわからないようにしているのだ。

「花見に来たんじゃねえぞ〜」

伏見主任はボヤきながらも死角がないか、隅々までチェックしている。その厳《いか》めしい顔とは裏腹に頭脳派警部は、警備計画を頭の中で組み立てているのだ。

心配していた事態は的中し、三条院家はホテル内に大勢の警官を配備することを断ってきた。

「てやんでい、ベラボウめ！　耳の穴をかっぽじって、よ〜く聞きな。自慢じゃねぇが、うちのホテルはその辺のホテルとは格が違うんだ。こちとらお客様に、揺《ゆ》り籠《かご》みてえに静かに安心して宿泊していただくために、どえらい大金を投じて最新の監視カメラシステムを導入してんだ。無粋なマネは止めていただこうか。警備を配置してぇなら、目立たねぇところで、できるだけ少人数でやってもらおうか！」

と、いう意味合いの啖呵《たんか》を、丁寧語を交えて言われた。

もともと人員が足りないので、あちらさんの要望は渡りに船、しかもドリンクつきではある。

しかし少ない人員をなるべく人目を避け、効率的に配置するのは、悩みどころになりそうだ。

「キック、ホテルの平面図はもらってきたか？」

私はコピーした図面を三人に配った。

「先に東山刑事が説明したとおり、この敷地は東西南北の四方を塀に囲まれています。今立っている正面入り口は、国道に面した北側です。人の出入りが多く、警備員が集中的に配置されています」

「守りは北だけ？　ほかの東西と南側はどうなっているんだ？」

紫崎課長が不満そうに聞いてきた。

「図面を見てもらえるとわかるんですが、東西と南側には堀があって、ちょうどこのホテルの敷地をカタカナの『コ』の字を九十度回転させたように囲んでいるのです。直接見た方が良いと思うので、行きましょう。東山刑事、それを運んでもらえますか？」

「この梯子《はしご》ですか？」

柔道の達人である東山刑事は軽々と、三メートルほどのスチール梯子を小脇に抱えた。

我々はまず、ホテル北側の正面入り口から入ってきた。

幅四メートルほどに開いた門があり、二車線の道が十メートルほど続いている。その両脇には駐車場が広がり、高級車が並んでいる。やがて駐車場を抜けると緑の庭が広がっていた。

桜が花びらを散らし、何人もの庭師たちが美しい景観を守るために作業を続けているのだ。

そこを抜けると建物の正面玄関である。

上品なアイボリー色の大理石を贅沢《ぜいたく》に使ったホールに、ふかふかの絨毯《じゅうたん》が敷かれ、こいつが音を吸い取っているせいだろうか、館内は不思議なほどにシンと静まり返っていた。

さすがは一泊五万円だ。でも、金貨が出ないなら泊まらない。

カウンターの奥から黒のスーツを着こなした、背の高い男性が現れた。

「木更津《きさらづ》といいます。このホテルの警備担当をしています」

白髪の混じり始めた髪を整髪剤で隙なく整え、落ち着きと自信を持った表情で我々を迎えた。

「敷地を囲む塀を検分したいので、庭に入らせてください。できれば堀の様子も確認したいのですが……」

「もちろんです。ご案内しましょう」

木更津さんは快諾してくれた。

警備システムに自信は持っているが、協力は惜しまないという柔軟な対応を取ってくれている。ありがたい。

ホテルの建物を南に抜けると、広大な緑の芝が広がる。自慢の日本庭園だ。敷地の九割はこの庭と言っていい。

美しく刈り込まれた芝の上に、リズムを打つように敷石が並べられ、その音楽に舞うように松の木が植えられている。そして中央の池が鏡となって空を映し、まるで庭が宙を浮いているような錯覚を与えていた。

「見事な庭ですね」

東山刑事の感極まった声に、木更津さんが嬉しそうに応えた。

「一度戦争ですべてが焼けてしまったのを、記憶を頼りに祖父が復元したんだそうです」

「ひょっとして、三代続けてこのホテルに勤めていらっしゃるんですか？」

私は聞いた。

「このホテルにと言うより、三条院家に仕えてるんです。今はあまりないような縁でしょうが……」

木更津さんは恥ずかしそうに笑った。

池に架けられた橋を渡り、さらに奥に向かう。庭石の隙間に小さなお堂が建てられていたり、植物を説明する立て札があって、散歩する人を飽きさせない工夫が施されていた。

「こんなことを聞いて良いのか、迷うのですが……春彦様が誰かに狙われているというのは本当でしょうか？」

木更津さんは思い詰めたように、尋ねてきた。

「はい」

伏見主任は淡々と答える。

「そうですか……」

彼の心配そうな様子に、思わず口を挟んでしまった。

「春彦氏は、身の安全を考えてこのホテルを選ばれたと聞いています。信頼されているんですね……」

「名誉なことです。でも、私は心配でなりません。春彦様は三条院家の大事な跡取りなんです。もし、何かあったら私は……」

声が動揺を隠さない。

その言葉に、紫崎課長が素早く応えた。

「任せておいてください。春彦君はこの紫崎が責任者として、必ずお守りします。どうか三条院家に、そのことをお伝えください」

「ええ、もちろんです。ありがとうございます」

無責任なほどの安請け合いは功を奏し、木更津さんはかなり安心したようだ。

巨大な庭石の裏に回り、植え込みをさらに抜けていくと、そこに目的の塀が立っていた。

高さ二・五メートルほどで、庭の雰囲気を壊さないよう築地塀《ついじべい》のデザインがされている。

「梯子をお願いします！」

東山刑事が梯子をかけ、私たちは塀の上に登った。

「これは高さがあるな〜」

伏見主任が感心したように声を上げた。そして塀の向こうに広がる堀をのぞき込む。

「堀の幅三メートル、深さ二メートルです。なので塀の高さと合計すると、四メートル以上の防壁になります」

私は説明した。

「この水はどこから？」

東山刑事の質問には木更津さんが答えた。

「近くに運河があって、そこから引き込んでいます。なので四季を通じて、ほぼこの水位が保《たも》たれています」

堀の周りには桜や柳などが植えられ、水面には蓮《はす》の葉が漂っている。風情のある風景を作り出しているのだが、実は堅牢な防壁なのである。

「ここを越えて侵入するのは難しそうだな。正面にはオフィス街もあるから、堀に飛び込んで渡ろうとするだけで人目につく。ほかの東側と西側もこんな感じなのか？」

「はい。それにこの塀際には対人センサーが張り巡らされていて、堀からこちら側に上がった途端、監視センターの警報が鳴るシステムになっています。あと、あの柱が見えますか？」

東山刑事は、庭を見回した。

「あちこちに、木に隠れて鉄の柱が立っていますね」

「ほとんどは照明用なんですが、いくつかの鉄塔のてっぺんには、監視カメラが据えられています。三百六十度の視界を持っていて、人の動きを察知すると、すぐに映像が監視センターに送られます」

「こりゃすごい。確かに金がかかってる」

伏見主任は、あきれたように笑った。

がいいかもな」


「恐れ入ります」

木更津さんは嬉しそうな顔をした。

「少ない人手で守るなら、堀周辺の配置は薄めにして、建物内を厳重に監視した方がいいかもな」

伏見主任は算段を立てる。

「なんせ広さが一万坪ですからね。敷地全部よりは建物を中心に守るのが得策だと思います」

私も賛成した。

「次は肝心の、建物内を見せてもらおうか」

伏見主任は木更津さんを促した。

「どうぞ、こちらへ」


ホテルは三つの建物に分かれていた。

正面に本館、その西側が別館、東側は催事場となっている。

本館は一般客が泊まる十八階建ての建物だ。最上階にはラウンジや展望レストランが配置され、プールやフィットネスクラブなんかも完備されている。

催事用の建物は五階建てで、主に結婚式場やパーティー用の広間がある場所だ。写真の撮影スタジオや、貸衣装を扱う店も入っている。

そして我々の仕事の舞台となるのが、別館だ。

七階建ての建物で、国際的な会議などがあったとき要人を迎える部屋が用意されている。

木更津さんは、我々をエレベーターに案内した。

中に入ると「6」のボタンを押し、操作パネルの下で光が点滅している出っ張りに、カードキーをかざした。

「ルームキーを持っていないと、エレベーターは動かないようになっています。監視カメラは、正面からと後ろから撮るものが二ヵ所設置されています」

なるほど。こちらの建物はセキュリティーが厳しくしてあるのだ。

ドアが開くと、木更津さんが我々を案内する。

「七階がスカイレストラン、その下の六階がスイートルームの並ぶフロアになっております。春彦様やほかのご友人がお泊まりになるのが、この六階になります」

廊下は、アルファベットの「H」の形をしていた。

Hの真ん中にある棒のところにエレベーターが二基配置されている。

その正面には鉄の扉がついていて、階段室になっていた。火災などの非常事態ではその階段を使って脱出するというわけだ。

エレベーターを降りると左右に廊下が見え、そのどちらにも部屋が八つずつ、計十六個の部屋がある。

我々は右に曲がり、部屋の連なる廊下に立った。

廊下を中心に、左右に四つずつの部屋が見事に対称的に並んでいる。

そして太い柱が部屋を区切るように並び、重厚感を与えている。

ブラウンを基調にした壁には金の幾何学模様が入り、足下には赤い絨毯が敷かれている。左右には等間隔にランプシェードが配置され、その光が金の飾りに静かに反射されていた。

部屋は一番南側が六〇一号室から六〇四号室、その向かいが六〇五号室から六〇八号室。北側の廊下には六〇九号室から六一二号室、六一三号室から六一六号室と並んでいる。

その番号はドアの横にあるインターフォンの上に印されていた。金色のプレートに小さく刻まれている。どこまでも上品だ。

さすがはスイートルーム。見るからに高そうである。きっと一泊五万円じゃ、きかないんだろうな……。

正面にかけてある抽象画でさえ左右対称で、何か不安感を覚えるほどの美しさだ。

「ホラー映画で、こういう場所が出てこなかったっけ？」

東山刑事が落ち着きなく呟いた。

多分あまりにも左右対称のデザインなので、気味の悪さを感じるのだろう。

「監視カメラは、廊下の西側に二台ずつ、合計四台配置されていて、それが一方ずつの壁を写しています。後で監視センターをご覧になると確認できますが、死角はないように設置されています」

なるほど、廊下の端に立って天井を見るとカメラが廊下の左側を写し、もう片方のカメラは右側を写していた。

しかもこのカメラは、廊下の装飾にうまく隠されている。ここまで気を遣っているところに警官を並べると、三条院家もいい顔はしないかも知れない。

木更津さんは、右手奥の部屋の前に立ち、カードキーでドアを開けた。

ジー―、カチャ。

部屋に入ると正面に大きな窓があり、見事な日本庭園が広がっていた。

「こりゃすごい！」

紫崎課長が思わず声を上げる。

一番最初の八畳の部屋はリビングになっていた。大きなソファが置かれ、その正面に巨大な液晶テレビが据えられている。

テーブルの上に空の籠が置かれているが、お客さんがいるときにはフルーツが盛りつけられるのであろう。

リビングの右手奥がベッドルームになっている。立派なカバーの掛けられた大きなベッドが二つ並べられ、そしてこの部屋も、シンメトリーにナイトスタンドや絵画が飾られていた。

このベッドの脇にも日本庭園を見渡せる巨大な窓がある。すべてフィックス窓になっており、開け閉めすることはできない。

ベッドルームからはシャワールームにつながっているのだが、普通のホテルの二倍はあろうかという広さだ。洗面台には、商売をやっているのかと思うほどの歯ブラシやシャンプーなどのアメニティーグッズが並んでいる。

「はぁ〜。自分とは、かけ離れた世界ですね」

東山刑事が肩を落として呟いた。

木更津さんが細かく説明してくれる。

「フロントに直結しているインターホンが、リビングとベッド脇、それにシャワールームの三ヵ所に取りつけられています」

「室内に監視カメラは？」

伏見主任は聞いた。

「もちろんありません」

私は、窓から建物の上の方をのぞいた。

「この上は、レストランですよね。その上はどうなっています？」

「はい。エアコンの室外機や貯水タンク、それに窓拭き用のゴンドラがあります。ですが屋上とは二重ロックの鍵の付いた扉で隔てられていて、出入りはできません」

「ドローン対策はされているんでしょうか？」

私は聞いた。

大きな窓の向こうに視界が開けているのが気になる。こちらが見えるということは、向こうからも見えるということだ。庭から隠れてドローンで危険なものを運ばれては、たまらない。

「考慮しています。電波探知でこのホテルの敷地内をカバーしています。さらにこの建物には音響探知装置が配備されていて、発見次第ドローンガンで撃退するようになっています」

さすがである。

「さて、問題は警備員をどこに配置するかだな。一番良いのは廊下で見張っていることなんだが。できればエレベーターホールの前にも配置したい」

伏見主任は木更津さんに問いかけた。

けれど彼は軽く頭を振り、難しい顔になった。

「私もできるだけ厳重にしてもらい、春彦様を守っていただきたいと考えています。三条院家のご両親も、心からそう思っているのです。でも、このホテルは三条院家の誇りでもあり、その矜持《きょうじ》を守ることも大事なことだと考えているのです。それは宿泊するお客様に、ご心配をおかけしないこと。そのために設備を新しく整え、訓練もしてきたわけなのです」

「わかります。しかし……」

伏見主任が相手を説得しようとした矢先、紫崎課長が割って入ってきた。

「いや、ご心配なく。廊下に警備を配置しなくても、我々は必ずや春彦君をお守りします。三条院家の方々にご迷惑をおかけすることなど、一切ございません！」

こいつ、対策本部では人員配置を三条院家に交渉すると言っていたのに、今度は人員なしで大丈夫だと安請け合いしたよ。信じられない。

「我々はそのためにここを視察して、対策を練りに来たのです！　そうだな？　伏見君」

「はぁ、そうですが……」

主任は青筋を立てて、返事した。

ここが金網デスマッチのリングなら、伏見主任は紫崎課長を有刺鉄線でぶん殴っていたかも知れない。

「で、七夕警部。君ならどんなプランを立てるかね？」

ちょっ……、お前が引き受けたんだろう！

木更津さんは、期待を込めた目でこちらを見ている。

「ここはやはり、空いた部屋に警官を待機させて、モニターで廊下を監視してもらうのが一番だと思います。ほかの宿泊客に見られて、不安を与えることもありませんし、ことが起きたときは、すぐに飛び出せる。モニターには監視センターから映像を送ってもらえるよう、技官に頼めば良いと思います」

制服の警官に目立つところに立ってもらい、犯人を威嚇しても、犯行を抑止する効果はない。けれどももし何かあれば、素早く行動して未然に防げるし、うまくいけば逮捕もできるはずだ。

私の話を聞いて、木更津さんは少し安心したようだ。

春彦氏を心配で守りたいという思いと、それでも目立つところに警官を配置できないというジレンマから少し解放されたようである。

「うん、まぁまぁの計画だな。しかし、私に言わせれば六十点だ。改善点はある」

紫崎課長はバカにしたように笑った。

「まぁ、それしかないか。とりあえずそのセンで、計画を立ててみよう」

伏見主任は納得してくれた。

「さて、それじゃ次は肝心の監視センターを見せてもらおうか」

監視センターは、本館の地下一階にあった。

ドアは無愛想《ぶあいそう》な鉄の扉で、カードキーのほかに暗証番号と指紋認証の鍵がついている。

木更津さんが素早く解錠の作業を行うと、音もなくドアが開いた。

「へぇ！」

私は声を上げた。

映画やドラマでは、狭く薄暗い部屋にモニターの明かりだけが光っているものだが、ここは全然違っていた。

三十畳以上あると思われる広い部屋は、明るくて清潔だった。

正面に大型モニターが八面据えられ、その画面は四×四の十六分割されている。そのどれにも、監視カメラから送られてくる映像が、ひっきりなしに映し出されているのだ。

「この部屋で監視を一手に引き受けています。お客様に安心して過ごしてもらうため、警備会社で訓練を受けたスタッフが二十四時間態勢で監視をしています。設計上は客室内を除いて、ホテル内に死角はありません」

「これは、すごいですね」

東山刑事も驚いている。

大型画面に流れる映像を、手慣れた様子でスタッフがチェックしている。画面に四角い囲みがいくつも現れているのは、顔認証の機能がついているからだろう。

「記録されたデータはサーバーに送られ、一ヵ月間は保存されるようになっています。そのうち、人物の動きが怪しいと判断された動画は、別ファイルに入れられ半年間保存されるようになっています」

「停電の場合は？」

伏見主任が聞いた。

「この棟の地下三階に、ジェットエンジンを利用した非常用の発電機が据えつけられています。都内の明かりが消えても、このホテルの電灯が消えることはありません」

この言葉に、東山刑事が感心した。

「ディーゼルエンジンじゃなく、高出力のジェットエンジンで発電するんですね。このホテルは表の庭もすごいけれど、裏側の見えないところにかけられているお金が違う……」

私にはわからないが、そういうものなのだ。

とはいえ、確認すべきことは、確認しないと。

「ここで働いていらっしゃる方の身元は、確認させていただけますか？」

「必要であれば、名簿をお持ちします」

「この部屋の入り口は、今のドアだけですね？」

「もちろんです」

「空調口はどこになります？」

「その小型モニターの上です」

正面のモニター群がある壁の右上を指した。

「ちょっと、見せてもらいます」

腰に差したマグライトを手にして、ダクトの中をのぞき込んだ。

マグライトとは基本的には懐中電灯なのだが、ボディは固いアルミ合金でできていて、いざというときには警棒に早変わりする。以前伏見主任からもらったものだ。

オフィスチェアを借りて上に乗り、空調口を調べる。

「あ、持っていましょう」

東山刑事が椅子を押さえてくれた。中を照らすと、明かりの中に金網が見えた。侵入者はここで防ぐようになっていたのだ。

「厳重ですね」

感心して言うと、木更津さんは嬉しそうに答えた。

「できる限りのことは、させていただいております」

椅子を降りて、靴を履いた。

「この監視システムが、エラーを起こしたことは？」

「四年前の夏に一度、大きなトラブルがありました。電力不足で空調が行き届かず、熱暴走を起こしダウンしました。以降、対策を取っています。小さな不調は半年に一度くらいでしょうか。しかし現場にスタッフを配置したり、ほかのシステムを代用して警備に支障を来したことはありません。ですが念のために、四日前にこの警備システムを作った会社のメンテナンスを受けています。直後に、そのモニター画面に映る映像の順番がリセットされてしまったらしくて、元に戻すのに苦労しましたが、今は正常に動いています」

なるほど。準備万端というわけだ。

部屋の中には横に長い机が三列並べられていて、二十名ほどのスタッフがパソコン画面に向かって異状がないか目を走らせている。

彼らが宿泊する当日はここに指令本部を置いて、量子人間に目を光らせることになるだろう。

部屋をホテルの会議室に移して、木更津さんも交えての話し合いとなった。

問題は、どこまで警備を配置できて、どこまで隠していくかだ。

「正直言って、本館入り口に二名、別館の一階ホールに三名、七階の最上階にも常時三名は配置したいですね。あと、自由に別館内を動ける人員を四名、監視センターに二名の連絡係を入れたい」

伏見主任が最低ラインを提示した。

合計十四名。外を見回る人間を入れると二十数名の人員が必要である。これが二交代で計約五十名だ。

四人の命を守るのに十倍以上の人員を割《さ》いていることになる。とにかくホテルが広いのだから仕方ない。

木更津さんは恐縮しながら伏見主任の話を聞いている。

「ありがとうございます。春彦様を守っていただくために大勢の方にお力添えしていただいて」

果たして量子人間を防げるだろうか？

ボストンの密室で感じた気味の悪さが、甦《よみがえ》った。

四月十二日。

プラム通商代表以下、五十人のスタッフが羽田空港に降り立った。

この時間帯には空港展望台も閉鎖され、物々しい警備が行われた。

三条院春彦は、恋人のスワン・テイラーと並んで、ノーマン・カーク、クラレンス・ユングは談笑しながら専用機から現れる。

私と紫崎課長が、彼らをVIP専用通路からリムジンへと案内した。

いよいよ、十四日間の警備が始まるのだ。

私たちの緊張感とは裏腹に、四人はかなりリラックスしていた。

「ボストンじゃ、いつ殺人鬼がやってくるかも知れないって言われてさ。出かけるときは警察が同行だし、まともに外に出られなかったからね。日本まで来れば犯人も追いかけてこないよ!」

春彦は嬉しそうだ。

スワンも緊張から解き放たれ、ボストンで会ったときより饒舌《じようぜつ》である。

「FBIは『必ず犯人を捕まえますから』って、言っていたけど全然ダメなんだもん。それで日本に行く話が持ち上がったでしょ? もう、すぐに飛びついたわよ」

「ここで我々に何かあったら、日本の警察は大変な責任を取らされるんだよね?」

ノーマンが私の方を見た。

「おそらく」

「なら、安心だ」

彼は不敵な笑顔を見せた。

「春彦の言っていた『築地《つきじ》の寿司』と『日本酒』ってのを試してみたいな。そんなに美味いものなら、ぜひ味わってみたい」

クラレンスが膝を揺らして、嬉しそうにリクエストを出した。

ちょっと待て。あんなに人の多いところに行くなら、こちらも警備を考えないと。なるべく自重してもらって、警護に協力して欲しいところなのに。

紫崎課長が、さらに余計なことを言い出す。

「東京は世界で一番の都市ですから、どうかお好きな場所をご覧ください。必ず守って見せます。責任者であるこの私が、絶対に保証します！」

「我々の安全を絶対に保証できる人間は、この世にただ一人だと考えるが……」

クラレンスが皮肉な笑みを浮かべた。

「誰です？」

「犯人だよ」

「ははは。面白いジョークだ！　これはいい」

紫崎課長は顔を引きつらせながら、大げさにウケてみせる。

それを見て、スワンが思い出したように言い出した。

「以前、春彦に連れられて寿司屋に入ったとき、生の魚が丸ごとお皿にのって、出てきたのよ。それにナイフとフォークが添えられてて……」

「え、それ、どうやって喰《く》うの？」

クラレンスが目を丸くした。

「そのお店の、定番のジョークだった」

「マジかよ！」

「なんだそれ〜」

こちらの心配を他所に、二十代の笑い声で盛り上がる。街中にいる普通の大学生と大差ない。

私だって、知佳ちゃんや涼ちゃんとバカ話を続けられる。

そして仕事に戻ると、同じ人間の仕業とは思えないほどの、むごい殺人事件を見ることになる。人の命を奪い、犯人は逃げ回る。ようやく捕まえ、裁判で語られるその動機には、あまりの身勝手さに胸が悪くなるようなこともある。

この明るく楽しい世界と、暗く悲しい世界は地続きなのだ。人はその場所を行ったり来たりして、ある日、向こう側に落ちていくことがある。

四人はボストンで許されない罪を犯し、今はその影に追われている。

彼らにも言い分はあるだろう。ひょっとすると、ボストンで四人が集まり、酒を飲みながら、その言い分を積み上げていたかも知れない。

「選んだのはあの女だ。断っても良かったんだ！」

「オレたちが殺したんじゃない、量子人間という奴は、彼女を撃った犯人こそ殺すべきなのだ」

身勝手で、そして相手の魂に響かない、むなしい言葉だろう。

彼らの予想が当たって、量子人間は日本にまで来ないで欲しい。

今は、アンコウがいない。あの派手な案山子《かかし》がいれば、きっと犯人を撃退してくれただろう。

Ｔｏ　深海警部
件名　警護が始まりました
保護対象者四人は、無事に到着しました。
ホテル到着後、真面目に自分たちの職務をこなしていたようです。
春彦、スワンの両名は三条院家の家族と面会して、大型リムジンに乗り、都内観光を楽しみました。もちろん私も同乗です。

ノーマンは通商代表たちとミーティング。こちらには紫崎課長のチームがついて回っています。

クラレンスは製薬会社のチームと一緒に、厚生労働省の方に挨拶に行きました。こちらの方には伏見主任が守りに入ってます。

量子人間は日本にまでやってこないと、彼らは予想しているようです。でも、彼らが日本に滞在している状況は特別だと思うのです。つまり、今までになく厳重な警戒が行われているということです。

量子人間は、最初の殺人をわざわざ密室で犯しています。入り込めるわけがないと考える状況こそが、量子人間を呼び込む結果になるのではないかと心配です。

深海警部は、どうお考えでしょうか？

もし、量子人間が入り込むとしたら、いったいどんな方法でしょうか？

ご意見をお聞かせください。

七夕菊乃

To　キック
件名　レスタ・マグワイヤに関して
フィオナ・オサリバンの夫、レスタ・マグワイヤの足跡を追って、アメリカの西海岸を南下している。

最初オレは、奴は無関係と判断した。

フィオナに関わりのある人間だったが、計画犯罪をしでかす奥行きが感じられなかったからだ。

ところが、気になる情報を掴んだ。

レスタが交通事故に遭い、意識を失うような重傷を負って入院していたのは、以前のメールに書いたとおりだ。

その退院後の足取りを掴むのに苦労したんだが、それには理由がある。

レスタの奴は、電気工事の助手として働いていた。

もちろん車の運転や荷物の持ち運びくらいで、専門知識の必要な仕事に携わっていたわけじゃない。でも、レスタは必死で分厚い専門書を読んで、勉強し、資格を得ようとしていたらしい。

フィオナと子供に、もう一度会うために。

あの粗雑で、暴力的だったレスタがだよ。奴を知る友人たちは事故以降の奴のことをこう評していた。

「人が変わったようだった」と。

過去の自分の行動を恐ろしく悔いていて、ひどく落ち込むこともあった。昔は酒に逃げていたのに。まるで別人みたいらしいんだ。

これが奴を追うのに苦労した理由だ。オレたちは、事故に遭う前の、この世に存在しないレスタを追っていたわけさ。

そして現在はこの電気工事の会社を辞めて、姿を消している。

この事実は引っかかる。

とりあえず対策本部にはこの情報を伝えて、入国管理局の方にはレスタの写真を配っておいた。

今の段階で日本に入り込もうとすれば網にかかるはずだが、事故で顔の雰囲気が変わっているかも知れないし、すでに入国していたら、こっちはお手上げだ。

オレは奴の足取りを追う。

まぁ、そっちも頑張ってくれ。

未来を知りたいようだから、占い程度に答えてやるよ。

元アイドルで、警視庁に勤務している、そこのあなた！

今月は低調です。

面倒なことが次々と起こり、努力しても仲間に足をすくわれ続けます。あなたの知らないところで讒言《ざんげん》が飛び交うでしょう。ラッキーアイテムはマシンガン。思い切った使い方で、運命を切り開きましょう。

深海安公

なんじゃそりゃ！

しかし、レスタの件は気になる。

アンコウが張った警戒網が、間に合ったのかどうなのか。

危険な黒い点がいつの間にか入り込み、東京の人の流れに溶け込んでいるのかも知れない。

四月十五日。

事件が起きたのは、会談三日目の深夜のことだった。

雨が都内に残った桜を、無残《むざん》に叩き落とす。

それが済むと乾いた風が吹きつけて、埃と共に花びらを持ち去った。

「全く……。あんなガキどものお守りをするための警察じゃないんだぞ……」

紫崎課長が退屈そうに、スマホをいじりながら文句をたれている。

私と紫崎課長は午後四時から、ホテル大樹荘の監視センターに詰めていた。

警備部や所轄の捜査員は、宿泊客に気づかれないように配備され、予定通りの監視をしている。完璧とは言えないまでも、そう簡単に侵入者を許すような状況ではない。

午後七時の段階で、春彦、スワン、ノーマン、クラレンスの四人は別館最上階のスカイレストランを借り切り、夕食を繰り広げた。

私は一人だけ、その場の警備に立った。

「は……、春彦様、そのワインは困ります！」

「いいじゃないか、父さんには僕が言っておくから。大事なお客さんが来ているんだ！」

ワインセラーでそんな悲鳴が何度か聞こえ、春彦は数本のワインボトルを運ばせた。

ヴィンテージもので、一本数百万円するらしい。

築地から選んできた海鮮が並び、彼らは話に花を咲かせている。

警備には仕出し弁当が配られ、手の空いた者から順番に食事を取っていた。

「刑事さんもこっちに来て、食べませんか？」

クラレンスが陽気に誘ってくる。

「いえ、仕事中なので」

「犯人が、毒でも入れてると思ってるの？」

ノーマンも、お酒が入って陽気である。

食事はすべて検査済みだ。

もっとも私は、その点は心配していなかった。量子人間がそんな殺人方法を取るとは思えなかったからだ。

午後十一時にはお開きになり、彼らは自室に戻っていった。

念のため、私はスワン・テイラーに同行し、室内を確かめた。

「ありがとう、菊乃」

「いいえ。我々が、ずっと起きていますので、安心してお休みください」

「うん、ボストンじゃ眠れない日もあったけど、殺人鬼も日本まで来るわけないし。だから思いっきりおいしいワインを楽しむことができた」

彼女は日本滞在で、二十代の学生の生活を取り戻しているのだ。

「早く犯人が捕まればいいのに。そうしたら好きな場所に遊びに行けるのに」

「全力を尽くします」

「きっとね」

スワン・テイラーは私の手を握りしめた。

「もちろんです」

彼ら四人は全員、南側の部屋に泊まっていた。つまり、四部屋のすべてが、庭に面している。

その四部屋に東側から順に六〇一、六〇二、六〇三、六〇四と番号が振ってある。六〇一号室には三条院春彦、六〇二号室がスワン・テイラー、六〇三号室がクラレンス・ユング。一番西側の六〇四号室にはノーマン・カークが泊まっていた。

その廊下を隔《へだ》てた対面に当たる、六〇五号室から六〇八号室には宿泊客はいない。

エレベーターのある通路を通って、北側の廊下には六〇九号室から六一六号室までの八室が並んでいる。

そしてエレベーターに一番近い六一〇号室に、警備員が三名待機し、監視カメラからの映像を見ている。ほかの客はもちろん泊めていない。

私と紫崎課長は監視センターに詰めて、モニターを睨んでいた。

春彦たちの部屋で異変が起きたら、この三人が駆けつける態勢だ。

午前零時頃のモニターには、酔っ払った宿泊客が騒ぎながら、庭を歩き回る姿が見えた。何か不穏な動きがあると、警官やスタッフがすぐに駆けつけ、確認をした。

一時を過ぎると、館内には人の姿もすっかりと消え、動きが見えるのはフロントの職員だけになった。

そして午前二時に、対人センサーが反応し、警報が鳴った。

日本庭園からだ。

「どこ？」

スタッフに確認した。

「池の中央にかかる橋の手前です」

私は近くにいる警官に指示を出した。

「何者かが庭園の池の中央部にかかる橋のあたりにいるようです。警備員は至急確認願います」

「な、何があったんだ？」

紫崎課長が赤い目をこすりながら声を上げた。明らかに居眠りしていた様子である。

「まだ確認はしていませんが、庭をうろついている者がいるようです」

外からの侵入者なら、先に塀にある対人センサーが反応するはずだ。とすると、この不審者はホテル内から庭に出たということになる。やはり宿泊客の酔っ払いだろうか？

そうだとしても、池に足を滑らせたら大事である。とにかく係員に確かめさせないと。

紫崎課長は、イライラしながらモニターをのぞき込んでいる。しかし暗くてよく見えない。

「ここの照明はどうなっているんだ。暗くてよく見えん。もっと明るくできんのか！」

「でも、あまり夜中に明るくしますと、睡眠中のお客様にご迷惑が……」

「そんなこと言っている場合か。最大まで上げろ！」

「止めて！」

そう叫んだが、遅かった。

庭の照明が急激に明るくなった。

当然のように本館の宿泊客が驚いて、騒ぎ出した。外の様子を気にしだした宿泊客が、うろつき始める。面白がって庭に飛び出す宿泊客も出る始末だ。

それを制止するスタッフ。文句を言い出す客。それを収めるために、さらにホテルスタッフの人手が必要になり始めた。さらには対人センサーの警告音が、センター内にビービーと鳴り響いた。

予想通りの展開だよ。

「最悪だ……」

思わず呟いた。けれど、ボンヤリ見ている暇はない。

「照明をギリギリまで落として！　それと対人センサーを切ってください」

私は、紫崎課長の指示を取り消した。

「き、貴様！」

彼は怒り狂っているが、相手にしている余裕はない。

そこに係員からの連絡が入った。

「池に架かる橋に来ましたが、誰もいません。代わりに走り去る人影を見ました。追跡して確保します」

嫌な予感が走った。

「六階、警備員へ。保護対象者の安否確認を願います。緊急事態です！」

念のため、四人の様子を確認するよう指示を出した。

「私はこれから、庭の捜索に入ります。チャンネルを4に合わせた無線を携帯しますので、緊急連絡はこちらにお願いします」

監視センター責任者に指示を出すとマグライトをひっつかみ、池の縁まで一気に突っ走った。

ホテルスタッフは騒ぎ出した宿泊客の対応に追われている。捜索をしているのは警官だけのようだ。全くあの悪ギツネは余計な騒動を起こしてくれる。

ピピピ。

警察無線のPフォンに、連絡が入る。

「こちら六階警備。六〇一号室にて三条院春彦、スワン・テイラーが倒れているのを発見しました。すでに心肺停止状態です。救急の要請はすでに行っています。指示を願います」

「え？」

足が止まり、体中の力が抜けた。

「な、なんで……？」

あり得ない。私は間違いなく、監視カメラの映像を見ていた。

六階の南廊下では人の動きは全くなく、誰も出入りしていなかった。

なのに、春彦とスワンが倒れている？

「な……、何かの間違いじゃ……？」

「いえ、二人とも息をしていません……」

事務的な報告が、Ｐフォンから聞こえる。混乱する頭の中で次の指示を探した。

「蘇生《そせい》処置をしつつ、速やかに救急隊員への引き継ぎを願います。なんとしても二人を救ってください」

なんという、稚拙な指示だろう。

スワン・テイラーは守って欲しいと、私に言った……。なのに、それが守れなかった。

私は、任務を果たせなかったのだ……。

「ノーマン・カーク、クラレンス・ユングの二名の様子を教えてください」

「ノーマン・カークは自室にいて無事です。ただ、クラレンス・ユングは部屋におらず、行方がわかりません」

クラレンスがいない？

私は通信機を替えた。

「監視センター、六〇三号室を映していた映像の確認を願います。クラレンスが写っているか……」

そう言いかけたとたん、庭木の陰から黒い影が飛び出すのが見えた。

私は反射的にマグライトの光をそちらに向け、後を追った。

「そこの人、止まりなさい！」

その影は警告に従わず、スピードをさらに上げて逃げる。

「こちら七夕。不審者を発見。現在庭園の南側の壁にむかって逃走中」

応援を要請しながら、私は自分の失敗に気づいた。

このホテルの庭は堀で囲まれていて侵入は難しい。外から見れば三メートル近い塀が取り囲み、堀を渡ろうとすれば目立って見つかってしまう。おまけに塀の上には対人センサーがあり、ここから入り込むことは不可能だと考えていた。

「でも、脱出する場合は違うんだ！」

思わず声に出た。

そう、この堀のある塀から逃げ出すことは難しくないのだ。

庭には木が生えていて、塀の上によじ登るのは簡単だ。そのうえ堀には水が張ってあって、その高い塀を飛び降りることができる。おまけに堀にボートでも用意してあったらどうなる。あそこの水は運河から引いているのだから、海に逃げ込むことも可能なのだ！

私は慌てて警視庁に緊急連絡を入れた。

「対策本部へ。こちら七夕菊乃警部です。ホテル大樹荘の堀に通じる運河に水門があれば、至急閉じてください。犯人が逃走に使う恐れがあります。それと、ホテル南側の堀の向こう岸に、警備員を回してください」

思いつく限りの手を打った。このまま逃がすわけに行かない！

酸素を求める肺にお構いなく息を止め、脚の回転を限界まで引き上げて人影を追い上げた。そして右手を思いっきり伸ばし、人影の上着をなんとか摑んだ。

でも、止められない。振りほどかれそうだ。

「くそっ！」

そう思った瞬間、黒い影がこちらに向き直り、右拳《みぎこぶし》を振り下ろしてきた。

耳元に風切り音が響く。

反射的にかわせた。近くで見ると、二メートル近い巨大な人影である。

顔に奴の膝が飛んできた。思わずバックステップで避ける。体勢を立て直して相手を確認しようとしたとたん、体当たりをかましてきた。

速い！

格闘の訓練を受けている人間だ。ためらいがない。

肋骨《ろっこつ》に強烈な痛みを感じた途端、後ろに吹っ飛ばされた。受け身を取るどころじゃない。地面に芝生がなかったらどんな怪我《けが》を負っていたかわからない。

倒れている私に、黒い影はそのまま突進してきて、サッカーボールを蹴るような構えを見せた。

お腹を全力で蹴り上げる気だ。

体重差を考えると、腕でブロックしたら骨折する。距離を取って避けることもできない。背中を向けても、重傷を負うかも知れない。

諦めた瞬間、自分もためらいのない反射的な動きをしていた。

体を転がして、奴の足下に近づいたのである。距離を縮めた分、蹴りの勢いを殺し、それを背中で受け止めた。

黒い影の真下に回った。見上げると、予想外の動きに驚いている目が見える。

奴の股間《こかん》にキックを決めた。

「ぐあは……！」

人影は体を丸めると、膝から落ちた。

勝負をつけた。

「こちら七夕。不審者を確保しました。応援願います」

痛む背中をさすりながら、Ｐフォンでこちらの居場所を伝える。そして、手錠をかけ、マグライトをあてて、顔を確認した。

「ええ？」

思わず声が出た。

光の中にいたのは、なんとクラレンスだったのだ。

「くそっ、何をするんだよ……。オレは……犯人を追いかけていたのに……」

彼はうずくまり、股間の痛みに耐えながら言葉を漏らした。

「犯人を追いかけていた？」

どういうことだ？

混乱していると、大勢の捜査員と紫崎課長が駆け寄ってきた。

「こいつが犯人か？　私が庭の照明を明るくしたから捕まえられたんだな。本庁へは私が連行しよう」

引き立てようとするのを、慌てて止め、クラレンスに聞き直した。

「今、犯人を捕まえようとしたって言ったわよね。どういうこと？」

「ベッドで寝転んでたら、隣の部屋でごそごそと音がするんで、春彦とスワンがやってるのかと思ったんだよ。酒飲んでよく頑張れるもんだと思って感心してたわけさ。だが、急に静かになって……。それで外を見たら人影があって、そいつが隣の部屋を指さすんだ。嫌な予感がしてスワンや春彦に携帯をかけた。だが返事がない。ドアを叩いたが反応がない。それでふざけた野郎を捕まえようと、庭に飛び出したんだよ。そうしたら、あんたたちが追いかけてきて……」

「じゃあ、なぜ私に殴りかかってきたの？」

「あんたが、そのふざけた野郎だと思ったんだ……」

簡単には信用できない。

「それじゃ、ほかに犯人がいるってこと？　まだ、この庭に？」

「そんなことわかるもんか。とにかく手錠を外してくれ。オレは関係ない」

「黙れ！　下らん言い逃れが通用すると思うなよ」

紫崎課長が有無を言わさず、クラレンスの体を引き上げようとする。だが、悲しいかな体格差がありすぎた。クラレンスの格闘家のような体は、紫崎課長の細い体ではびくともしない。

「こ、こら。貴様らも手伝わんか！」

周りの捜査員を怒鳴りつける。

「待ってください。もし、別の犯人がまだこの庭内にいるとなると問題です。一応捜索してみないと……」

「だったら、お前がやれ！　私はこいつを連行する。それより病院に行って、三条院春彦とスワン・テイラーの容態を確認した方がいいんじゃないのか？　お前のせいで警護は失敗してこの様なんだ」

「は？」

ちょっと待て。この場の責任者はあんただぞ。

そんなことにはお構いなしに、紫崎課長はクラレンス・ユングを引き立てようとしている。

「上層部にする言い訳でも、考えた方がいいんじゃないのかな？」

そう言って、ニヤニヤしながら去って行った。

私は、庭にいるかも知れない不審者の捜索の指示を出し、自分は病院に確認に行くことにした。

そのときPフォンが鳴った。

「七夕警部。明日、警察庁に来て事情を説明してもらえないか?」

古見参事官からであった。

この失態の責任の行方は、私が犯人を追いかけている間に根回しが行われ、すでに決まっているらしい。

心肺停止を確認された三条院春彦とスワン・テイラーは、近くの大学病院に搬送されていた。

病院にはマスコミのカメラが列を成し、ライトが真昼の明るさを作り出している。

表の入り口が使えないため裏口から入ると、待合室から悲鳴に近い泣き声が聞こえてきた。三条院家の関係者であろう。

抱き合って慰める者、ひたすら顔にハンカチを当てて、泣いている者がいる。

「申し訳ありませんでした、私がついていたのに……」

床に額をつけて、謝り続けているのは木更津さんだ。

何が起こったか、察しはつく。

「ダメだったんだ……」

目を閉じた。

あんなにはしゃいでいた二人は、もう生きてはいないのだ。好きだったスキーにもいけないし、結婚して送るはずだった生活も消えた。何もかもが、犯人に奪い取られたのだ。

彼らを守ると約束したのに……。

たとえ、クラレンスを逮捕したところで、なんの言い訳にもならない。失われた命は二度と戻らないのだ。

家族のそばに、伏見主任の姿が見えた。

どうやら親族への説明という、つらい仕事を買って出てくれている。大勢いる家族の一人一人に、真摯《しんし》に対応していた。

やはり伏見主任は、すごい人である。

「七夕警部！」

声をかけてきたのは東山刑事だった。

「会議室に来てください。医師からの検案の説明があります」

その声に、伏見主任がこちらに気づいた。

頭を下げて、感謝を伝えると、「いいから行け」というふうに、手を振ってくれた。

「あの二人、亡くなったんですか？」

念のため東山刑事に確認した。

「はい。警備員が駆けつけて、蘇生を試みたんですが……」

会議室は十畳ほどの広さがあるのだが、そこに二十名以上の人間がひしめいて立っていた。

警察関係者のほかに、外務省や経済産業省の人間も混じっている。皆、事態の深刻さに顔を引きつらせていた。

医師が現れ、事務的に挨拶をする。

「夜間、お忙しい中、ご苦労様です」

一同、頭を下げる。

「本日、四月十六日午前三時〇三分に、当大学病院に搬送された患者につきまして、検案の結果をご説明申し上げます。三条院春彦。男性、二十五歳。死因は薬物中毒による呼吸困難での死亡と見られます。血液を液体クロマトグラフィーで分析した結果、テトロドトキシンが検出されました」

「テトロドトキシン？　なんか聞いたことあるな……」

集まった捜査員が顔を見合わせた。

「ふぐの毒ですよ」

東山刑事が答えた。

「ふぐの毒！　じ、じゃあ、ふぐの刺身を食べて食中毒を起こしただけ？　なんの事件性もなく、ただの事故ってことでしょうか？」

捜査員がざわめいた。

「いいえ」

先走りする質問を、医師はメガネの奥から強い調子で制した。

「首の付根に注射の跡が見られるため、何者かに毒薬を投与されたものと考えられます」

殺人である。

この時点で確定されてしまった。すなわち我々の警備が、なんの役にも立たず、侵入を許したのだ。

そして、この数日間費やしてきた努力がすべて無に終わったことに、全員が落ち込んだ。

「もう一名のスワン・テイラーさん。女性、二十一歳。彼女も同様の死因と考えられます」

「質問しても良いでしょうか」

私は手を挙げた。

「いくら酒を飲んでいた人間相手とはいえ、二人の人間に注射を打つなんて難しいと思うんですが。ひょっとして、薬で眠らされたりしていたんでしょうか？」

「いや、もう少し乱暴な方法を採ったようです。男性の方は左肩前方の首の付け根、女性の方は右腕に、小さなやけどの跡が見つかりました」

「やけど？」

「ええ、おそらくスタンガンを使ったと思われます。高電圧で相手を気絶させて、テトロドトキシンを注射した」

「まだ、二十代だぞ……」

会議室に、やりきれない思いが広がる。

そして犯人の殺意に寒気を覚えた。奴は用意周到に殺人を計画し、ためらうことなく実行しているのだ。

「体温の降下、死斑《しはん》、死後硬直の状況から考えて、死亡推定時刻は午前一時半からの、前後十分ほどと考えられます」

「午前一時半？」

私の問い返す声に、先生がこちらを向いた。

「おかしな点でも？」

「いえ、ホテル大樹荘で、最初に不審者が確認されたのが午前二時です。もし我々の逮捕したクラレンスが犯人だとすると、殺人を犯した後の三十分間、いったい何をしていたのかと思って……」

彼は殺人の後、ずっと部屋に隠れていたのだろうか？

だが、クラレンスの証言が本当だったとすれば、状況には一致する。

つまり、量子人間が別にいて、春彦とスワンを殺害した後、庭に出てクラレンスを呼び出した。そして追いかけさせて、彼が犯人のように見せかけた。それだけの時間が費やされたとなれば、これだけのことが起きていたとしても不思議ではない。

でも納得がいかないのは、監視カメラに不審者の姿が全く写っていないということだ。

「量子人間」という言葉が頭をよぎる。

どんな場所にも入り込んで、殺人を犯し、誰も見ることができない。

まさに犯人が予告したとおりのことが起きたのだ。

「七夕警部。今は、その辺のことを考えても仕方ありません。クラレンス・ユングを取り調べるしかないですよ」

東山刑事の言葉に、私はうなずいた。

「そうですね……」

医師が話を続けた。

「そのほかの目立った外傷は、現在のところ見つかってはいません。これより詳しい報告は司法解剖後となります。死体検案書は明日届けさせます」

我々の任務が取り返しのつかない失敗に終わった宣告が、ほんの十数分で終わった。

廊下に出ると、伏見主任が話しかけてきた。

「明日、警視総監が報告に来いと言ってる。午前十時だ」

「わかりました」

私は病院でちょっとした用事を済ませると、そのままホテル大樹荘に戻ることにした。

クラレンスの言っていた「オレは犯人を追いかけていた」と、いう言葉が引っかかったからだ。

四月十六日、早朝四時。

私は、ホテル大樹荘にとんぼ返りした。

正面玄関には、こんな時間にもかかわらず人が大勢出入りしている。もちろん警察関係者だ。

その騒ぎに野次馬が集まり、携帯で写真を撮ろうとする者もいる。あまりの騒々しさに、宿泊客がスタッフに苦情をまくし立てている場面も見た。

私は庭に出て、捜査員を捕まえ、状況を聞こうとした。

所轄の応援や、ほかの部署から人員を借りているので名前が覚えられない。なので適当に声をかけるしかなかった。

「警視庁捜査一課の七夕警部です」

そう言って身分証を提示。

「現在の様子は？　庭園に潜んでいると思われていた不審者は、見つかりましたか？」

捜査員は首を振った。

「いえ。ですが、間違いなくいません」

「間違いなく、いない？」

あまりに断言するので驚いた。

「どうしてそう言い切れるの？」

「我々捜査員とホテルのスタッフで、この庭に横一列に並んで、くまなく捜索したんです。もちろん庭の照明を最高に明るくしてです。池の中までさらいましたが誰もいませんでした。だから断言できるんです。あのクラレンスって奴は、嘘をついていたんですよ。犯人はあいつです」

なるほど。この夜中にそこまで丁寧な捜索をしてくれたのだ。となると、これ以上の捜索は無駄だろう。

「わかりました。見張り役の警備を残して、撤収してください」

「ええ、その予定で動いています。本庁の紫崎課長からそういう指示をいただいていますので。『犯人は自分が逮捕したので、それ以上捜査する必要はない』って」

犯人は自分で捕まえた？

あの野郎、そんな与太を飛ばしているのかよ。そうなると上層部にも嘘の報告をして、手柄を自分のものにしているに違いない。

明朝の報告が、憂鬱《ゆううつ》になってきた。

「ノーマン・カークの様子は？」

「このホテルにいるのは危険だと言って、プラム通商代表の宿泊する千代田区のホテルに移られました。念のため警備部からSPを呼んで、保護を頼みました」

「ありがとう。よく手配してくれたわね」

「いえ、職務ですから。それより、七夕警部。クラレンスを捕まえたのは、あなただってことの証言が必要なら言ってくださいね。どこにでも行って本当のことを話しますし、我々の仲間にもそう言ってる者はおりますから」

突然の優しい言葉に、胸が詰まった。

言葉を返せないでいると、捜査員は声を潜めた。

「七夕警部の指示も行動も的確だったと信じています。ここだけの話ですが紫崎課長にあの調子で命令され続けるとこちらもつらいので、頑張ってください」

そして少し笑いながら敬礼し、去って行った。

おそらく彼らに証言してもらうことはできない。

もし、若い捜査員を巻き込めば、人事で報復を受けるかも知れないからだ。それくらいのことはやりかねない連中である。

とにかくまだ、できることはある。

事件の真相を究明するんだ！

事件現場の六〇一号室は、すでに鑑識作業が終わっていた。

捜査員が四名、ドアの前で話し込んでいる状態だった。

「なんだキック。戻ってきてたのか」

そう言ったのは伏見主任である。なんと、遺族への説明というつらい役目を終えて、そのまま捜査に来ていたのだ。その横には東山刑事も立っていた。

「明日の査問の準備をしておいた方がいいと思いますよ。おそらく上の一部の連中は、七夕警部に責任を押しつけてくると思うので」

「でも、警備責任者は紫崎課長のはずですし……」

一応、建前を言ってみた。

「まぁ、どんな手を使っても、トカゲの尻尾《しっぽ》切りをやってくるだろうからな……」

伏見主任がアゴの古傷をさすりながら答えた。

「警備の甲斐《かい》もなく被害者を出してしまったのは事実ですし……。あとはできることをするしか……」

事件の起きた部屋に入った。

正面の窓から、かすかな明かりが差し込み始めている。

もうすぐ夜明けなのだ。

戸口のすぐそばには人型にテープが貼《は》られ、その一メートルほど奥にも人型があった。

「手前側がスワン・テイラー、奥に倒れていたのが三条院春彦です。いったいどういう状況でこんなふうに倒れたんでしょうね？」

東山刑事が腕組みをした。

「確か、春彦氏には左肩前方の首の付け根、スワンさんには右腕にやけどの跡があったんですよね……。とすると、こうじゃないですか？」

私は思いついた状況を説明してみた。

まず、東山刑事の後ろに立ち、左腕をねじ上げた。

「こうやって、スワン・テイラーの右腕にスタンガンを押しつけ『騒ぐな、六〇一号室に行って、春彦にドアを開けさせろ』と、言った。彼女はそれに従い、春彦氏の部屋の前に行き、ドアを叩く」

「でも、春彦はドアスコープから、確認をするでしょう?」

東山刑事は聞いてきた。

「だから彼女を前面に立てていたんです、ドアスコープから確認するとスワンさんが見えるように」

「なるほど」

「そしてドアを開けさせる。部屋に入った犯人は、彼女の背後からスタンガンを春彦氏の首の左側付け根にあてて気絶させた。その後スワンさんの右腕に当てて、彼女も気絶させる。入った瞬間に、これをやられたから、声も上げられなかった。こうして、入り口すぐそばの奥側に春彦氏が倒れ、手前側にスワンさんが倒れるという状況が生まれた」

「ああ、なるほど」

東山刑事が手を打って納得してくれた。

「うむ、いい線だな。だが、疑問が残る」

伏見主任は言った。

「スワン・テイラーは、何故アッサリとドアを開けてしまったんだ?」

確かにそこは不思議である。あれほど警戒心を持っていたにもかかわらず。

ホテル大樹荘　見取り図

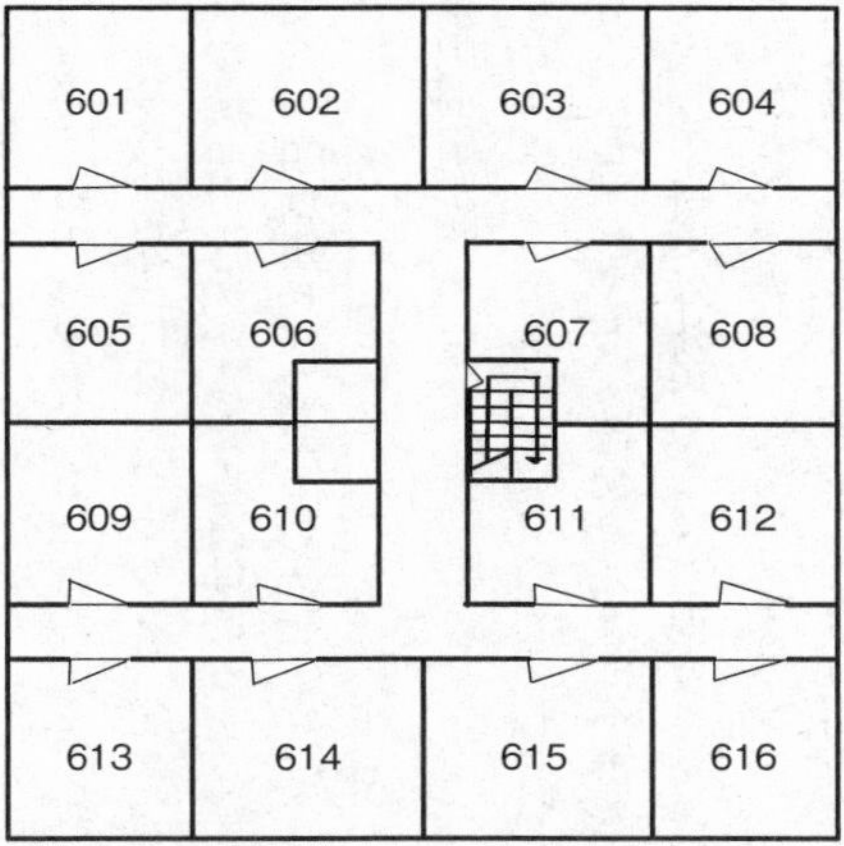
601
602
603
604
605
606
607
608
609
610
611
612
613
614
615
616

601号室

「やっぱり、クラレンス・ユングが犯人だったということでしょうか？　顔見知りだったので油断した」

私は答えた。

「そう考えるのは早計かも知れん。まだ奴が犯人と決まったわけじゃない」

どうやら伏見主任は、クラレンス・ユング犯人説に慎重なようだ。

確かに、引っかかるところはある。

「でも、顔見知りじゃないとしたら、スワンにどうやってドアを開けさせるんです？」

東山刑事が聞いた。

「たとえば、ホテルスタッフの姿をしていたとか……」

「なるほど。じゃあ、監視カメラに不審人物が写っていなかったのはなぜです？　このホテルの自慢は死角のない監視カメラの配置でしょ。なのに不審人物が映し出された様子はなかった。いたら、ベテランスタッフが気づいたはずです。実は我々はもう一度、殺人のあったと考えられる時間帯の監視カメラの映像を確認したんです。全く誰も写っていなかった」

確かに私も、不審者を見なかった。そしてこれは、見落としではなかったということとだ。

「死亡推定時刻が午前一時三十分前後なので、その前後三十分間の映像を確認しました。でもずっと無人のままです。クラレンスさえ写っていないのです」

「たとえば、映像に細工をされたりとか……」

「ノイズも、画面の異常も全く見られません。誰一人、写っていないんです」

こんなバカなことが、あり得るだろうか？

「こりゃ、事件の真相にたどり着くには、時間がかかりそうだな……」

伏見主任が窓の向こうの日本庭園を見ながら、肩を落とした。

さっきより日が昇り、庭の様子全体が見えるようになってきた。

庭を照らしていた照明塔が、今はハッキリ見える。鉄柱の上に巨大なライトが四方に向いていて、それが目立って無粋にならないよう、庭木のそばに配置してカモフラージュしているのだ。

「こんな形をしていたんだ」

彼女たちを守る努力が、犯人の前にアッサリと打ち砕《くだ》かれ、後は敗戦処理のような捜査をするのかと思うと、気が重くなった。

せっかくの美しい夜明けも、なんの慰めにもならなかった。

四月十七日、午前十時。

合同庁舎二号棟の十七階、警察庁会議室にて報告会が行われた。

まぁ、報告会とは名ばかりの「吊《つる》し上げ」だけどね。

柾目《まさめ》の木材を美しく配置した会議室にはフカフカのソファが並び、讃岐警視総監と警視庁刑事部部長、それに警察庁警備局の古見参事官の姿があった。内閣官房副長官や外務省事務次官も並んでいて、難しい顔をしている。

その末席になぜか紫崎課長も座り込んでいた。今回の警備計画の責任者が、なんでそんなところに座り込んでいるんだか。

まず、古見参事官が口を開いた。

「とんだ失態だな。日本国の恥さらしだよ。要人殺害を許すなど考えられん。君は国益を損なったのだ！」

「まぁまぁ、古見参事官。とりあえず、彼女にも弁明の機会を与えないと……。七夕警部、言っておきたいことはあるかね？」

讃岐警視総監が身を乗り出して、聞いてきた。

言っておきたいこと？　ここでどんな釈明をしろというのか。

あの四人を日本に呼ぶことを決定したのは私ではない。あのホテルに宿泊することを決めたのも私ではない。ホテル大樹荘の警備システムに遠慮して人員を配置しなかったのも私ではない。

さらに言えば、警備責任者はそこにふんぞり返っている紫崎課長だし、それを指名したのは古見参事官だ。

もっと言えば、それを承認したのはここにいるお偉いさんたちだし、現場は少ない人手をなんとかやりくりしていたのだ。

「何も言うことはありません。起こってしまった結果に対して、非常に残念に思っています。春彦氏やスワンさんの命を救えなかったのは……」

不意にスワンさんが、リムジンではしゃいでいる姿が思い起こされた。

あのとき彼女は安心していた。ボストンでずっと監視下に置かれていたので、自由に動き回れる喜びに溢れていた。

「責任を感じています。どのような処分も受けるつもりです」

讃岐警視総監や警視庁刑事部部長は、身を引いて顔を見合わせた。

それとは対照的に古見参事官と、紫崎課長は笑顔を隠さない。完全に勝ち誇った顔だ。

「では、後日辞表を提出してもらって……」

そう言いかけた古見参事官の言葉を遮《さえぎ》った。

「ただし、処分は公平に願います。警備はこれで終わるわけではないので、不公平な処分は士気に関わります。それに亡くなった二人にも顔向けができません。命を落とした春彦氏やスワンさんに対して、不誠実な態度を取るわけにはいかないのです」

「何を言うか、生意気な小娘が！　どう公平性を欠いた処分を下しているというのか言ってみろ！」

古見参事官は、赤い風船が破裂するように怒鳴りあげた。

言っておくが人に怒鳴られたくらいで、怯《ひる》む私ではない。

「現場の責任者は紫崎課長だったはずです。いったいどのような処分が行われるのか、聞かせてください！」

「バカ者！　彼はクラレンス・ユングを逮捕した功労者だ。犯人を逮捕して被害者の仇《かたき》を討った人物だぞ。責任はそれで果たしている！　なんの文句があると言うんだ」

「犯人逮捕……。そうなのですか、紫崎課長？」

「も、もちろん私が逮捕し、連行したよ。書類にそう書かれている。読んでみるといい」

彼は目をそらしながら答えた。

「なるほど。では、間違った記述があれば公文書偽造ですね」

私の反撃に目を丸くし、紫崎課長の顔も、みるみる赤くなった。

「なんだその生意気な態度は！　こういう場所で口答えすると、ますます立場が悪くなるんだぞ。おとなしく処分に従え！」

私がそんな言葉に従って生きてきたなら、もう少し楽をしている。

「なるほど。ところで、クラレンス・ユングはどういう容疑で逮捕されたのでしょう？」

私の思いがけない質問に、紫崎課長や古見参事官、ほかのお偉いさんたちも口をぽかんと開けた。

「き、決まっているだろ。三条院春彦とスワン・テイラーの殺害容疑だよ！」

「でも、監視カメラの映像に犯人の姿は残っていないし、彼の所持品も調べたんですよね。何か物証は出てきたのでしょうか？」

「ま、まだ何も……」

紫崎課長は苦しそうに答えた。

「しかし捜査員が、全力で立証してくれる。お前ごときが心配することではない！」

「そうですね。クラレンス・ユングはアメリカの製薬会社にとっては秘蔵《ひぞ》っ子です。無実の罪で留置場に拘束されているとなれば、彼らは激怒して大変な国際問題になることでしょう。証拠の提示は一刻を争う問題ですね」

この言葉に、会議室のお偉いさんの顔色が変わった。

アメリカからの招待客を、証拠もなしに勾留している。自分たちの立場の危うさに気づいたらしい。

「紫崎課長。君は確証があって、彼を逮捕したんだよな。何か証拠はあるんだろうな？」

警視庁刑事部部長の質問に、紫崎課長の顔色は赤から青に変わった。

「い、いいえ。でも彼は現場から逃走していましたし……」

「クラレンスは、怪しい人影を見て追いかけていただけだと、証言しています」

私は補足した。そう証言するに決まっているのだから。

「で、でもきっと捜査員たちが動かぬ証拠を見つけてくれるはずで……」

「それはいつだね。ヘタをしたらすでに彼の身柄に関して問い合わせが来ているかも知れん。引致した理由を明確に示さんと、まずいことになるぞ」

この事態の成り行きに、古見参事官はそっぽを向き始めた。トカゲの尻尾切りの尻尾が、私から紫崎課長に移ったらしい。

「ま……待ってください。今は三条院家のご子息が殺された事件の責任を問うているのでしょう？　この女の口車に乗せられてどうするんです！」

紫崎課長はなんとか、矛先をこちらに向けようとした。

「そうですね。私は責任を取ることになるでしょう。ところで辞めさせられる前に、この診断書はどこに出せばいいでしょう？」

私は医師からもらった診断書を示した。昨日の朝、三条院春彦とスワン・テイラーの死体検案を聞きに行ったとき、書いてもらったものだ。

「診断書？　怪我でもしたのかね」

讃岐警視総監が不思議そうな顔で聞いた。

「はい、クラレンス・ユングがこちらの制止を振りきって逃走し、なおかつ攻撃を加えてきたときに負傷しました。頭部と背中、それに脇に内出血がありました」

「クラレンス・ユングと格闘？」

「はい、逮捕したときに怪我をしました。公務執行妨害ですね」

私の言葉の意味に最初に気づいたのは警視総監だった。そして、周りの官僚たちも重大さを理解し始めた。

次に古見参事官も気がついた。

でも残念ながら、甥っ子の紫崎課長は、まだ気づかない。

「お前は間抜けだから怪我をするんだ。そんな責任をこっちが持つ必要はない。薬局に行って、湿布でも買えばいいんだ。そうですよね、古見参事官？」

残念ながら古見参事官は、うなずいてくれない。

そう。クラレンス・ユングは現在なんの証拠もない状態で拘束されている。となれば国際問題に発展するし、人権問題としても日本が糾弾されかねない状況だ。でも、ここに彼を逮捕した、立派な証拠がある。

私の診断書だ。

事件の直後に医師に書いてもらった、公務執行妨害の証拠である。警官に手を出して逮捕となれば、どの国の誰からも文句は出ない。

ただし、これを証拠として示すには、クラレンスと私の証言が一致しなくてはならない。つまり彼は、私に逮捕されたということだ。決して紫崎課長なんかにではない。

もし彼が逮捕したと強弁するなら、自分たちで証拠を見つけなければならないのだ。でも、私の診断書を証拠として採用すると、別のまずいことが起きる。最初に布石に打っておいた一言だ。

紫崎課長が逮捕していないなら、「公文書偽造」になってしまうのである。

彼らは墓穴を掘った。

反っくり返っていた役員たちは、石の地蔵のように固まってしまった。一体ずつ笠をかぶせてやれば後日、米俵がもらえるかも知れない。

讃岐警視総監は古狸の力を発揮して、この場の不合理をすべて飲み込み、そして言った。

「七夕警部。この件はしばらく保留だ。私が預かる。悪いようにはせん。あとは我々で片をつけるから、それで勘弁してくれ」

この場の落としどころを、この人なら見つけるだろう。

私は信用することにして、敬礼をし会議室を去った。

警視庁捜査一課に戻ると、伏見主任が、あきれ顔八割で感心してくれた。

「キック、お前も官僚らしくなってきたね～。あの時点で、ちゃんと診断書をとったか」

「そりゃ、怖いから証拠を取りますよ。常識外れの嘘をついて、平気で責任転嫁してきますからね」

私は肩をすくめた。

東山刑事は、同情してくれた。

「大きな権力を行使して、仕事をする世界ですからね。大事なやりとりは、極力メモを取ったりしないと、後でどんな責任を押しつけられるかわからないですよ」

「甘いな。証拠があっても、隠滅される世界だよ。お前の持っている診断書、用心してコピーを取っておけよ」

「その点は心配ありません」

私は笑って、コピーを見せた。

伏見主任は笑って親指を立てる。

捜査一課五係には、新しい事件に着手するよう正式な命令が出ていた。

「ホテル大樹荘殺人事件」の捜査である。

つまり、量子人間を捕まえるのだ。

まずは所轄の警察と組んで、捜査本部を立ち上げることになる。

「目撃者捜しと、監視カメラに残っている映像を調べることになるな……。ホテルの宿泊者名簿を押さえて……」

伏見主任が捜査の長い道のりを考えて、憂鬱な声を漏らす。

「でも、近いうちに、大きな動きがあると思います」

私は指摘した。

「大きな動き？」

それが起こると、大きな手がかりになる。

そのときデスクの電話が鳴った。それを伏見主任が受け、何度か返事をした後、受話器を置いた。

「キック、お前の言っていた『動き』が、起きたよ」

「やっぱり！」

量子人間からの手紙が、ホテルに届いたのだ。

ホテル大樹荘は、別館だけを封鎖していた。

一般の宿泊客が利用する建物と、結婚式を行う催事場は通常の営業を行っていたのだ。

これは利用客に、迷惑にならないようにとの配慮である。しかし事件以降、キャンセルは大量に発生したようだ。

「ご希望のお客様には、系列ホテルに半額でご案内しております」

警備責任者の木更津さんは、疲れ切った顔で説明してくれた。連日の、宿泊客への対応に神経をすり減らしている。

だがそれよりも。春彦の死が、耐えがたい苦しみになっているようだ。

「春彦様は、私を信頼して下さっていました……」

「はい……」

それ以上の言葉を、継げなかった。

三代にわたって三条院家に仕え、その跡取りの命を託されていたのだ。でも春彦は、恋人のスワン・テイラーと共に殺された。自慢の防犯システムは機能せず、量子人間は閉ざされた空間に入り込み、またしても殺人を犯したのだ。

「これです」

木更津さんは感情を押し殺して、その手紙を差し出した。

量子人間からの手紙である。

「フロントに封書で届きました。オリジナルは鑑識の方が持って行かれ、これはコピーです」

そう告げると、木更津さんは別の仕事へと移っていった。初めて会ったときの背筋の伸びた後ろ姿は、そこにはなかった。

東山刑事は、封筒を調べる。

「消印は昨日の午後二時ですね。事件当日に、恵比寿《えびす》から出している」

「恵比寿……。ここからかなり距離があるのに、なぜそんなところから？」

伏見主任は不思議がった。

確かに奇妙である。なぜ恵比寿にまで移動して投函《とうかん》しているのか？

東山刑事は考え込んだ。

「犯人のアジトが近くにあるとか、逃走経路の途中が恵比寿だったとか……。とにかく、恵比寿駅前郵便局が回収するポストを調べましょう。監視カメラに何か写っているかも知れない。ポストに近づいている者を調べれば……」

私はその言葉に、犯人の意図が見えた。

「それだ！　恵比寿の郵便局管内を選んだ理由は！」

「なんだ？」

「恵比寿は外国人の居住者が多いんですよ。近くには大使館も沢山あるし。だから、外国人がポストに手紙を入れても目立たないんです。量子人間は、監視カメラの対策を取っていたんですよ！」

「なるほど、考えたもんだな……」

伏見主任は、あきれたように首をすくめた。

量子人間は気味が悪いほどに用心深く、その姿を見せない。

「一番の問題は、この手紙はクラレンスが逮捕された後に投函されていることですね」

私が言った。

昨日の午後二時の消印だと、少なくとも早朝以降の手紙が回収されている。その時点でクラレンスは勾留され、手紙を出すことはできない。

「クラレンスは犯人じゃない。諸々《もろもろ》の事情を考えると、今日にも釈放されるな……」

捜査は振り出しに戻った。

そして、犯人を捕まえるための大事な証拠に、我々は目をやった。

量子人間からの手紙（二通目）

最初の手紙は役に立ったであろうか？

私は犯行の動機も、誰をどんなふうに殺すかも、書き綴ったはずだ。

どこに逃げようと、どこに閉じこもろうと無駄だと告げた。

もう一度名乗るが、私は量子人間だ。

この意味を考えてくれ。

どこにいようと君たちを感じることができる。そしてどんな部屋に逃げ込もうと、その壁を通り抜ける。そして君たちには、私を捉えることができない。

この宇宙には、君たちが信じられないようなことが起こるのだ。

すべてが対称性に満ちているようでいて、そこには破れ目がある。

観測は正確なようで、手の届かない不確定さを残すのだ。

私がこの手紙を送る意味をもう一度よく考えてくれ。すべてが本当のことではないが、嘘でもないのだよ。

ボストンで最初に三人を処分した。知っているよね？　大須寛人と王秀英、そしてシーロ・ゴメスだ。今回は二人。三条院春彦とスワン・テイラーだ。

残るはあと二人。ノーマン・カークとクラレンス・ユングだ。

フィオナ・オサリバンに、わざと危険なマネをさせ、自分たちの将来を守るために殺害した。まさに死に値する罪を犯した者たちだ。

神に課せられた使命を果たす喜びを、君たちは知っているだろうか？

量子人間より

「手紙を書いた意味を考えろ……。いったいどういうことでしょうね？」

東山刑事は腕組みした。

「一つだけなら、見当がつきます」

私は答えた。

「なんです？」

「クラレンスを釈放させることですよ」

「え？」

「量子人間は残り二名の命を狙っている。そのうちの一人が容疑者として拘置所に収監されたら、さすがに手が出せない。だから手紙を出して無実を証明して、クラレンスを解放する」

「なるほど！　て、ことは、また犯人は殺人を実行する気だ！」

東山刑事が叫び、その直後に静寂が支配した。

暗い森の奥に入り込み、木々の隙間から魔物の目が光っていることに気づいたようだった。青白く、殺意のこもった光だ。

「オレも一つ、気がついた」

伏見主任が、苛立たしそうに言った。

「殺人の人数だ。最初は三人、次は二人。と、言うことは今度はおそらく一人……」

「次はカークかクラレンスのどちらか一方が殺されると？」

東山刑事は目を丸くする。

「このクソ野郎は、その予定でいやがる。こんな奴の思いどおりにしてたまるか。なんとしても逮捕してやる！」

「私も、そう思います！」

今度は警備としてではなく、殺人犯を追う捜査一課の本分として量子人間を追う立場になった。周りの捜査員の目にいつもの気合いが入る。狩りに動き出すライオンの目の輝きだ。

量子人間は、命を摘み取る。

でも、彼の周りに立ちこめる霧を払い、謎を解き明かさないと、正体を見ることはできない。

監視カメラの網の目をどうやってかいくぐり、しかもどうやって逃げおおせたのか？

あまりにも奇怪で、謎に満ちた暗闇だ。

アンコウがいてくれたら、少しは光を与えてくれたかも知れない。

Ｔｏ　深海警部
件名　現状報告

警備の甲斐なく、三条院春彦、スワン・テイラーの二名が殺害されてしまいました。

監視カメラと対人センサー設備を誇るホテルで、痕跡《こんせき》を残さず侵入し、犯行に及び、そして逃げ去ったのです。

量子人間からの二通目の手紙が届きました。

この手紙を出した目的は、クラレンス・ユングの釈放にあると考えます、次の犯行が近い気がしてなりません。

さらにこの手紙には、気になるところがあるのです。「対称性には破れ目がある」とか、「観測は不確定さを残す」と、書かれているのです。

前回の手紙には、量子のトンネル効果のことについて触れられていました。

今回も何かを暗示しているのでしょうか？

深海警部のご意見をお聞かせください。

七夕菊乃

To　キック
件名　日本食が食べたい。
もう、いい加減、肉はいらない。フライドポテトにチョコをかけたのも、蛍光色のジュースも欲しくない。伏見のおごりの寿司が食いたい！
そう騒いでいたら、近いうちに帰国できそうだ。

どうやら、そちらのヘマが原因らしい。上層部がオレを捜査に加えるよう、強く圧力をかけたようだ。

相変わらず身勝手な連中だよ。

それまでは、フィオナの夫のレスタ・マグワイヤの捜査を続けることになりそうだ。

と、言っても電気工事の職場から姿を消して以降の足跡がつかめない。職場の友人の話じゃ、アラスカの自然の写真を見つめていることが、たびたびあったとか。ひょっとしたらヒッチハイクをして、アラスカの自然の中に暮らしているってんだ。

あんなところに入り込まれたら、馬に乗って捜査するしかねぇ。グリズリーやムースを相手に戦うことにもなりかねん。

あとの捜査はＦＢＩに任せて、帰ることにする。

さて。質問の件に移るが、量子人間の手紙に書いてあったのは間違いなく「対称性の破れ」の話と「不確定性原理」のことだろう。二つとも量子力学に出てくる、現実の世界ではピンとこないような現象だ。

「対称性の破れ」は量子力学の中でいろいろな形で現れる。簡単にいえば、粒子とそれを鏡に映したような粒子の二つを比べて、物理法則が同じように成立するかという問題だ。一九五〇年代にコバルト60のβ崩壊を利用した実験で、この対称性が自然界で破れていることが初めて観測された。

「不確定性原理」はドイツの物理学者、ハイゼンベルクが見つけ出した。粒子の位置と運動量は、同時に正確には測定することはできないってやつだ。弱い光は位置を測定できず、強い光は相手の運動を邪魔してこちらも測定できなくなる。つまり、位置と運動量は同時に正確には測定できない。不確定な部分が必ず存在するというわけだ。

量子人間はおそらく、この理論が示すようなトリックを使って殺人を行ったんだ。手紙に書いてくるくらいだから、この謎に挑戦しろと言っているわけだな。犯人の要望に応えて、謎解きに挑戦してみてもいいんじゃないか？

深海安公

四月十八日。

午前の捜査本部会議を前に、大型書店に行き「量子力学」の本を漁った。

「わかりやすい」や「アリクイでもわかる」の冠がついた本の中に、ひときわ私の目を引きつけるタイトルがあった。

『イメージを、ザックリつかみたい君のための、量子力学』

それ、私。

こいつを買って、コーヒースタンドに直行した。

まずは「不確定性原理」である。

量子力学が生まれたとき、同時に不確定性原理も生まれた。粒子の運動は位置と速度を同時に観測できない。測定は常に干渉を起こし、必ずプランク定数分の誤差が生まれるからだ。

うぉおお!

わけわからん。本のチョイスを間違えたか。

でも、続きがあった。

まあ、こんな説明を始めたら「本のチョイスを間違えた!」と嘆く読者の方もおられるであろう。なので、ザックリと説明すると、こんな感じである。

暗闇に、ボールが動いているとする。

ボールの位置を確かめたいときは、明るい光を当てることを想像するといい。明るければ明るいほど、ボールの位置も動きもハッキリわかる。

現実世界だとこれで問題ないのだが、とても小さなボールだと様子が違ってくる。

あまりに強い光を当てると、光の粒が邪魔をして、小さなボールはスピードを落としてしまうのだ。つまり、位置をハッキリ捉えようとすると、相手の速度を変えてしまうのである。

じゃあ、速度を正確に捉えるために光を落とすと、今度は位置がわからなくなる。

だから、粒子の位置と速度は同時に観測できない。これが「不確定性原理」というわけだ。

この誤差はある範囲内に収まっていて、これを「プランク定数」という。

結局人間はこの「プランク定数」より下のスケールの世界を、正確に見ることができないのだ。

「ふむ」

ザックリとはイメージできた。

次は「対称性の破れ」だ。

宇宙開闢のシーンを想像して欲しい。

言葉が難しい？　要するにこの宇宙が始まったときの様子だ。何もないところから、こんな宇宙ができあがったわけである。何もないところから物質が出てくるなんてあるだろうか。手品じゃあるまいし。

じゃあ、どうやって私たちが実際に見ている物質が生まれたのか？

「物質」と同じ量だけ「反物質」があればよいのだ。物質と反物質がくっつけば対消滅を起こし、消えてなくなりゼロになる。ゼロから物質が生まれるには、反物質があれば帳尻が合うわけだ。

でも、この宇宙に反物質なんてないぞ。

あれば物質とぶつかって、いつも対消滅を起こし、四六時中大爆発をしていなきゃならない。実際にはそんなことは起きていない。反物質なんて実験室で作れるくらいだ。

物質と反物質の量には対称性がない。何故だろう？

ここに「対称性の破れ」が現れている。

この宇宙では、物質と反物質を支配する法則に違いがあるのだ。反物質のほうが先に崩壊して消えてしまった。その後、残った量の少ない反物質は量の多い物質と衝突して消滅。残っているのが、物質だけの今の宇宙というわけだ。

本来、物理現象は対称性の中にある。自然界も左右対称のもので、満ちあふれている。けれど、ミクロの世界で見たとき、ある物質を鏡に映したときに現れる像は物理法則が変わってしまうのだ。

これが対称性の破れである。

なんとなくはわかった。確かに変な世界だ。

量子人間の仕掛けたトリックは、この「不確定性原理」と「対称性の破れ」を利用しているとアンコウは言っていた。

これを参考に、本当に謎が解けるのであろうか？

捜査本部会議が終わって、このことを伏見主任と、東山刑事に話した。

「対称性の破れに、不確定性原理……？」

伏見主任は、眉間にグランドキャニオンのようなしわを寄せた。

「量子人間は、この謎を提示しているというのが、深海警部の意見です」

東山刑事も戸惑っている。

「いくら説明を聞いても、ピンときません。本当にこの事件に、そんな妙な現象が関係あるんでしょうか？」

「オレはそういう、洒落《しゃれ》た謎解きは性に合わねえ、現実に起きている事実を積み上げていくだけだ」

伏見主任は量子人間の提示した謎を、アッサリと放り出した。

確かに犯人の勝手な言い分に、耳を貸す必要はない。殺人犯には合理性に満ちた美しい理屈があっても、殺された人間が納得するわけではないし、我々は法に則って行動するだけだ。

「何故、犯人はクラレンスをわざわざ庭におびき出したんだろう？」

伏見主任が呟いた。

この事件の不可思議な部分である。

「ひょっとして陽動じゃないですか？　警備を中庭に集めるためのオトリにして、自分はその間に逃げた」

東山刑事が答えた。

私は、その考えには疑問が残る。

「となると犯人は、南側の庭とは反対の、北側の玄関から逃げたことになりますね。けど、クラレンスは『自分は、犯人を追っていた』と証言している。それとは矛盾します」

「確かに。じゃあ、何でだろう？」

困っているところに、伏見主任が助け船を出してくれた。

「対人センサーを切らせるための細工かもしれんな。クラレンスが動き回ったおかげで、監視センターには警報が鳴り響いた。おかげで警備システムの一部を切ってるわけだし」

「なるほど」

それは、あり得るかも知れない。

「すると量子人間は、塀を越え、堀のあるところから逃げようとしていたわけですね。そのためには対人センサーが邪魔だった……」

でも、待てよ。私は堀の外に警備員も配置したし、水門も閉じた。どこから逃げられるんだ？

まず、落ち着いて考えよう。

クラレンスが走り回った結果、自分たちは何をしてしまったのか。

頭の切れる量子人間は、無駄な行動がない。私たちに何かさせようとしたのだ。

それは何か？

対人センサーを切った。そのほかには……。

次の瞬間、頭の中に、光が差し込むように、答えが現れた。

「……ああ、そういうことか！」

「何が？」

伏見主任が驚いたように問い返してきた。

「量子人間が、どこに隠れていたか、わかったんです。確かにあの手紙にある通りなんですよ！」

「隠れていた？　逃げたんじゃなく？」

「そうです。我々の警戒が解けるまで、犯人はホテルの庭にいたんです。我々の行動を見物して、警備が緩くなったのを見計らって、ゆっくりと逃げていったんです！」

「いったいどこに隠れるところがあるんだ？　確か事件のあったその直後に、捜査員を庭に一列に並ばせて、不審者を捜したんだろう？　そのときは誰もいなかったはずだが……。

　そう、そのとき量子人間は見えない場所に隠れていた。

　不確定性原理に守られて、観測できない死角に。

「庭のライトの真上です！」

「ライトの上？」

「そこはまぶしすぎて、何も見えないんですよ」

　伏見主任も東山刑事も目を丸くした。

「庭の灯《あか》りは目立たないよう庭木の近くに立てられ、カモフラージュされていた。つまり木に登れば、ライトの上に立つことができた。そこはまぶしすぎて、下から見上げたとき、何も見えないんです」

「ああ！」

　伏見主任は驚嘆の息をのんだ。

「犯人はそのライトの真上から、我々の動きを見ていたんです……」

「クッ、だからクラレンスを庭におびき出して、走り回らせたのか！　奴が暴れ回れば、ライトの光度を上げるわけだからな……」

　伏見主任は、天井を見上げて舌打ちをした。

でも、しばらく黙り込んだ後、意外な言葉を口にした。

「まぁ、でもこれで逮捕できるってことだな……」

「何故です？　やっかいな相手ですよ」

私は驚いた。これほどまで頭のいい奴を捕まえるのは、至難の業である。

「考えても見ろ。トリックを使って隠れていたんだから、相手も人間てことだ。化け物や幽霊じゃない。なら、勝ち目はあるさ」

なるほど、そういう考え方もあるわけだ。


四月十九日。

警察上層部で、処分が決まったようだった。

クラレンスが釈放されるに至って、今回の失態は上の人たちの首を飛ばすのに十分な威力があった。

回転して飛んでくる巨大な手裏剣を、皆が刀で弾《はじ》きとばし合っている感じだ。いくら弾いても、手裏剣は飛ぶのを止めない。ひたすら次の首を狙って飛び続ける。刀捌きを間違えた人間が、あの世行きなのだ。

三条院家は、次期当主を失った代償を求めている。

愛するものを失った悲しみを癒《い》やすことはできない。でも、怒りのぶつけ先があるなら、どんな石でも投げてやりたくなる。

順当に考えれば、警察庁警備局の古見参事官が責任を問われる筆頭になる。

なんせ、自分の意見を通した形で、三条院春彦以下四人を日本に呼び寄せたわけだから。おまけに警備責任者に、身内の紫崎課長を据えたのだ。

ところが処分の結果は、意外なものとなった。

無関係な、警視庁刑事部部長が更迭されて、この騒動は幕引きとなったのだ。古見参事官も紫崎課長もお咎めなし。

例えるなら特撮ヒーロー番組で、最後の必殺技が一般市民に当たる。そして悪の総大将が「正義は勝つ、また来週！」と、手を振っているようなシュールなエンディングとなったわけだ。

これが権力争いなのだ。

内閣官房からのご命令で、すべての責任が警視庁刑事局側にあることになり、首相官邸に繋がりの太い人物が警視庁刑事部部長に据えられた。

もちろん、古見参事官とも大の仲良しである。

「刑事局出身の讃岐警視総監は、よくこの幕引きを許しましたね」

東山刑事が不満の声を上げた。

まるで今回の事件は、警視庁刑事局に非があるように見えるのだから、文句も言いたくなる。

伏見主任は苦笑いしながら言った。

「まぁ、あの古狸のことだから、今回の件で官邸に貸しを作ったんだろ。それに使えるカードは温存できたわけだから……」

「使えるカード？　なんですそれ」

私の質問に、伏見主任が笑った。

「まぁ、総監は、そのカードに話を聞きたがるだろうな」

そんな話をしていると、大曾根係長がやってきた。

「キック、讃岐警視総監がお呼びだ」

「は？」

会議室に行くと、相も変わらず警視総監ほか、お偉方がびっしりと並んでいた。

「それで、七夕警部。今の状況と今後の対策は？」

冗談じゃない。なんで私に聞くんだよ。そこに責任者がいるじゃねえかと言ってやりたくなった。

　もちろん言わない。

「鑑識からの詳しい報告が上がってきました。犯行現場の室内に、犯人の遺留物と思われる物は残っていませんでした。髪の毛一本見つからず、どうやらヘアキャップをつけるほど、用意周到だったと思われます。指紋も足跡も残されていませんでした」

「なるほど、手がかりはなしか。手強《てごわ》い相手だな……」

「検視解剖が行われ、犯行状況は最初の検案通りだったことがわかりました。被害者はスタンガンで気絶させられた後、静脈に注射器で毒物のテトロドトキシンを打たれ、呼吸中枢を麻痺《まひ》させられて殺されています。また、監視カメラの映像を犯行時刻の二時間前まで遡り再チェックしましたが、まるで何も写っていませんでした」

「そこがわからん。幽霊でもあるまいし、姿が見えないというのはあり得んだろう」

「たとえばスワン・テイラーの部屋に、犯人は最初から潜んでいたとか。そういうことは考えられないのか？」

「あの日は私が室内を確認しています。不審者はいませんでした。犯人は最初にスワン・テイラーの部屋のドアを叩き、彼女を連れて三条院春彦の部屋を訪れているのです。そして彼の部屋で二人を殺害しています。問題はこの移動さえ撮影されていないということです」

会議室の役員は黙り込んだ。

そして全員が、量子人間の薄気味悪さに戦慄した。

「不思議だな、カメラの故障ではないのかね？」

「犯人どころか被害者の姿さえ写っていないなんて、あり得ないだろう」

「カメラも調べさせましたし、外からハッキングされ、別の映像が送り込まれていないかもチェックしました。しかし異常は見つかりませんでした。仮に犯人がホテルに入り込んで、細工をしていても、必ず監視カメラに写っているはずなのですが……」

量子人間の得体の知れない気味の悪さが、部屋全体を覆い始めている。

その空気を断ち切って、讃岐警視総監が仕切り直した。

「まぁ、いい。その疑問は、通商代表がアメリカに帰ってから考えることにして、当面の警備計画をしっかり立てないと。二度とこんな犯行を許すわけには行かんからな」

「でも犯人は、もう一度狙ってくると思います」

会議室がざわめいた。

「何故？」

「量子人間の手紙が届くのが、早すぎるからです。もしアメリカに戻って犯行を繰り返す気なら、クラレンスが疑われ収監されている間に国外に逃げた方が得策です。でも、そうせず彼を釈放させている。つまり、もう一度日本国内で殺人を実行する気です」

警視総監は観念したように腕組みをして、天井を見上げた。

「続けてくれ……」

「今回の犯行は警備の隙を突いて、計画的に行われています。ここで不思議なのは、犯人はカメラの位置を知っているところです。ホテル側は気を遣ってカモフラージュして隠しているのにです」

「ふむ、確かに」

「つまり量子人間は、ホテル大樹荘を使うことを、事前に知っていて、警備システムを調べていたことになります」

「なっ、事前に情報が漏れていたということか！　責任問題じゃないか！」

急に古見参事官が、声を上げた。

情報漏れが起きて、警備を失敗したとなればそれは自分のせいではない。責任を押しつけられそうなものを見つけた途端、彼は元気を取り戻した。

「スパイを見つけ出すんだ、徹底的に！」

「そうです、参事官！　現場にいた人間を一人ずつ尋問して、問いただしましょう！」

紫崎課長も怪気炎を上げる。

自分がその場の指揮官だったことを、覚えているのだろうか……。

話が大きくそれ始めたので、元に戻す。

「違うんです。思い出してください。このホテルを使うことが決まったのは宿泊する直前です。この時点で情報を知ったところで、内部を探り、犯行計画を立て、工作するのはほとんど不可能です。つまり犯人は、この日本滞在が計画されるより、もっと以前からホテル大樹荘の存在を知っていたんですよ」

「ずっと以前から？」

会議室内が再びざわついた。

「ホテル大樹荘は、三条院家ご自慢のホテルです。だから、春彦氏も留学先で自慢していました」

讃岐警視総監が目を丸くする。

「なるほど、情報漏洩《ろうえい》は春彦君がアメリカでやっていたってわけか！　友人に自分のホテルのことを防犯設備の状況も含めて話していた。犯人はその中にいるということか！」

「そうです」

ようやく私の考える犯人像が伝わった。

「まいったな……」

警視庁警備部部長が天を仰いだ。

「これは事前に考えておくべきだった。三条院家の推薦を蹴って、ほかのホテルにしておくべきだった……」

「それは今悔やんでも仕方ない。それで七夕警部はこれを踏まえて何をすべきだと？」

「事前にホテル大樹荘の警備状況を知り得た人間を、ノーマン・カークやクラレンス・ユングから聞き出すのが良いと思います。三条院春彦の友人の中で彼から、そんな話を聞いていそうな人物を挙げてもらう。もちろん任意で協力を仰ぐという形ですが……」

「それはダメだ！」

外務省と経済産業省の官僚からほぼ同時に反対の意見が出た。

「今回の事件で我々の信用はガタ落ちなんだ。日本警察は、予告殺人を防げなかった無能だと思っている。アメリカ政府がとても協力なんかしてくれるものか！」

「それはわかっています。でも、信頼を回復するために、犯人を捕まえなくてはなりません」

「ダメだ。絶対に受け付けてくれない」

外務省は、かたくなである。

「事態をハッキリさせようじゃないですか」

古見参事官が居住まいを正して、発言を始めた。

「そもそも、発端の殺人事件はアメリカで起きたもので、我々の管轄外だ。それを親切で守っているのだ。協力しないというなら結構だ。好きにすればいい。我々はできることをするだけ。犯人逮捕など無関係なのです」

ずいぶん極端な意見である。

「さらに言えば、悪目立ちのする捜査員が一人いるようだが、今回の指揮権は私の隣にいる紫崎君にある。長々と意見を述べているようだが、非常に不愉快であり、越権行為だ。どうやら、これからは少し分をわきまえた行動を望みたいものだね」

どうやら、私のことらしい。

「警視総監。今回の警備活動は官邸の命を受けて行っているものであり、我々の行動にはそれなりの配慮をお願いしたいものです」

「なるほど、心にとめておこう。古見参事官の意見を尊重したいと思う。それで、どうするつもりだ？」

警視総監が、意地の悪い古狸の目つきに変わった。

「紫崎君、君はノーマン・カーク氏とクラレンス・ユング氏の事情聴取に行くんだ。手はずは私が整える。官邸を通して、アメリカ政府に頼んでみるよ」

「わかりました。お任せください」

紫崎課長は、深々と頭を下げた。

古見参事官は「これでよろしいか？」という目で、会議室を見回した。

もちろん文句はない。こちらは犯人捜査に集中できるというものだ。

こうして面倒な会議は終わり、あと六日間を乗り切ることとなった。

四月二十日、早朝。

特別捜査本部からの緊急呼び出しで、起こされた。

「キック。悪いが、ノーマン・カークとクラレンス・ユングのところに行ってきてくれ」

伏見主任は、すまなそうに切り出した。

「でも、今日は遅番で、午後から聞き込みに回る予定ですが……。そもそも二人から話を聞く役は、紫崎課長だったはずですけど」

「ああ。だが、紫崎課長はノーマンやクラレンスと親しいという前提だった。ボストンで二人に会い、事情聴取をして信頼関係を築いていると……。だが二人とも紫崎なんて知らないと、断りを入れてきたんだ」

「ああ、なるほど」

ボストンに出張したとき、紫崎課長は病院のベッドにいて、二人には面識がない。けど日本に帰って提出した報告書に、事情聴取してきたと嘘を書いていたのだろう。

今回それが、バレたわけだ。

「あのバカの嘘で、昨日は大混乱が起きた。二人は七夕って警官以外、覚えがないって言ってな。それでお前に、話が回ってきたのさ。運転は東山刑事にさせるから行ってくれ」

「了解しました。直行します」

ノーマン・カークとは、都内のホテルロビーで会うことになった。

クラレンスは、別の場所に宿泊しているらしい。

「奴のことが、信用できないんだよ」

ノーマンは、仲違いの理由を語り始めた。

「最初の事件では三人殺された。今回の事件で二人殺された。となると次は一人だ。私は犯人じゃない。ということは私が殺される側になる」

「どういうことでしょう？」

「わかるだろう？　犯人はクラレンスだと言ってるんだ！」

察しはついていた。

クラレンスが犯人だと推理する根拠は、十分にある。

ボストンで事件があったとき彼は、大須寛人、王秀英、シーロ・ゴメスの行動を把握していた。そして海兵隊上がりのシーロを殺害するだけの体格もあった。

二番目のホテル大樹荘の殺人に関しても、彼はこのホテルが宿泊先になることをかなり早い段階で知っていたし、その警備状況も三条院春彦から聞き出せる立場にあった。

おまけに犯行現場のすぐ近くにいて、警察相手に逃走劇を繰り広げている。

ノーマンにとって、クラレンスは最有力容疑者だ。

「でも、彼が逮捕された後に、犯人からの手紙が投函されています」

「そんなもの、人を使えばいい。誰にだって、できるトリックだよ」

なるほど。でも、今ひとつこの説に乗れないところがある。

「彼が犯人とするなら、動機はなんでしょう?」

これまで五人の人間を殺害し、量子人間を名乗る人間像に、クラレンスが重ならない。

もし犯人なら、理由は何か?

「フィオナ・オサリバンを、あのコカイン取り引きの場所に送り込んだ理由と同じだよ。奴の経歴の中に薬物をやっていた歴史があるのは不都合だ。だからその証人すべてを殺そうとしてるんだよ」

思わず身をひいた。

秘密を共有する者同士なら、口を閉ざすと考えそうなのに、クラレンスはそうしないというのだろうか?

「あいつは完璧主義者だ。私たちが生きていては、気が休まらないのさ。量子人間なんてのは奴が作り出したキャラクターだよ……」

ノーマンの推理は、それなりの説得力を持っているように思えてきた。

では、そこまで危機感を持っていて、なぜ帰国を申し出ないのだろう？

「アメリカに戻る選択をしないのは、なぜです？」

「向こうに戻って、殺されないという保証があるのか？」

「保証はありませんが、クラレンスから距離を置くことはできます」

私の言葉を聞いて、ノーマンは少年のように悔しそうな顔になった。

「……。父さんには言ったんだ。もう帰りたいって……！」

「お父様は、なんと言われたんです？」

「政治家が命を狙われるのは、当たり前だ。影響力のある政治家になればなるほど、信念を見せれば見せるほど、命を狙う相手は増える。大統領にでもなれば一生シークレットサービスに囲まれて生きることになるんだ。警備を信じろ。怯むんじゃない。逃げることは許さん。だとさ……」

なるほど。政治家の一族は考え方が違う。ここで逃げることは、敗北になるというわけだ。

ノーマンは、信頼していた家族から、見捨てられたような気分になっているのだ。

「あんたたちを信じて、大丈夫だろうな？」

「必ずお守りします」

そう答えたが、これは殺されたスワン・テイラーにも伝えた言葉だった。

クラレンスは、静岡《しずおか》に逃げていた。

製薬会社の用意した、役員用の別荘に身を潜めていたのである。

富士山の麓《ふもと》にあるコンクリートと強化ガラスで作られたモダンな建物だ。すぐそばの渓流が別荘の真下を流れ、清雅を演出する豪華な作りである。

入り口には身長二メートル近いガードマンが立って、近づく私を怪しそうな目で睨みつけた。

カードキーと暗証番号を打ち込んで中に入ると、しわのないシャツに、きちんとネクタイを締めたクラレンス・ユングが現れた。

「来てくれたか。良かった……」

彼は思いもかけないほど弱った声で、話しかけてきた。ここまで、憔悴しているのに、身だしなみはきちんと整えている。

「座ってくれ、何か飲むか？」

「いえ。大丈夫です」

彼は冷蔵庫からビールを出すと、水の代わりのように一口飲み下した。

「あんたがガードしてくれたら、少しは安心できるんだけどな」

ボストンではあんなに自信に満ちた態度だったのに、春彦が殺されて、かなり怯《おび》えているようだ。

「犯人の正体は見当がつきましたか？」

私は聞いた。

「今更何を……。ノーマンしかいないだろう。あんたたちはオレか奴か、どちらが犯人かわからないだろう。だが、この世でただ一人、オレは断言できる。犯人はノーマン・カークだよ」

「動機は？」

「自分の汚い過去を清算するつもりなんだろう。オレたちまとめて。フィオナを始末したようなものさ。考えてもみろ、あれを言い出したのは、あいつだよ」

「でも、あなたたちも賛成した」

「否定はしない。だが、悪いことは言わないから、あいつを拘束しろ。ノーマンを捕まえなきゃ、また人が殺される」

「ホテル大樹荘で、密室の事件がありましたよね。監視カメラを見る限りでは人の出入りはなかった。その状況を考えると、確かにあなたやノーマン・カークが容疑者として筆頭に現れます」

「論理的必然て奴だな」

「もし仮に、あなたが殺されたとすれば、間違いなくノーマン・カークが疑われます。その状況でも、殺人を実行するでしょうか?」

「間違いなくやる。オレが犯人でも実行するね」

「何故です?」

「だってあんたたち警察は、五人の人間が殺されても何一つ証拠を挙げられていない。もっと言えばどうやって密室を作り上げているのか、全く解明していない。ということは、逮捕できないわけだよな。だからやるさ」

返す言葉もない。

我々がここまで手をこまねいている姿は、犯行の呼び水になりかねないのだ。

残り五日を乗り越えて、なんとしても断ち切らないと。

To 深海警部

件名　山場です

環太平洋貿易交渉団の滞在も残り五日になりました。

明日は農産品の関税を話し合う会議です。食肉の関税に関して話し合いが難航することは間違いなく、ノーマンへの働きかけが活発になるでしょう。

当然彼も、会議には出席することになると思います。

また同時に、クラレンス・ユングの方は、研究発表が行われるのですが、この会場となるホテルが、通商会議場の斜め前に当たるのです。

「目と鼻の先」というやつです。

予定で組まれていたことなので仕方がないのですが、ノーマンとクラレンスのどちらかが最有力容疑者と考えられる今となっては、最悪の日となりそうです。

百人以上の関係者が集まり、その同数以上の警備員が配置されます。

もはや、犯人を割り出して、事件を食い止める以外方法がないように思われます。

深海警部の早い帰国と助力をよろしくお願いします。

七夕菊乃

To　キック
件名　無理っぽい
ロスからいったんボストンに戻り、引き継ぎをやったのが失敗だった。

今、空港は雪だ。

飛行機が飛ばない。帰れない。すまん。

暇だから「シュレディンガーの猫」の説明をしよう。

よく量子力学には「確率的な存在」という概念が現れる。そこに存在するかどうかは確率の波によって表され、観測されて初めて存在が確認される。そいつを表す数式が波動関数だというのだ。

今の言葉で気づいたと思うが、犯人も同じ言葉を使っていたはずだ。

目の前にボールが浮かんでいるとする。普段我々が接するスケールの世界では、そこにボールは間違いなくある。

だが量子力学では、ボールがあるかどうかは確率的にしかわからない。小さな小石をぶつけて跳ね返ってきたとき初めて、そこにあると観測できるというわけだ。

ピンとこないのは、お前だけじゃない。

アインシュタインを含めた、当時の物理学者だって同じだったのだ。

中でもシュレディンガーって学者は、そのボールが存在する確率を表す「波動関数」を作り上げた人物だったんだが、その学者でさえ、式は作ったけれど実際にそんなことが起こるとは思えなかった。だから量子力学を支持する学者たちに問うた。

そのボールが存在するときに毒ガスが発生する装置を作り、猫とその装置を鉄の箱の中に閉じ込めたらどうなる？

猫は鉄の箱に閉じ込められて見えない。

猫は確率的に生きていて、なおかつ死んでいるというのかね？　君たちは猫が「二分の一」生きている状態だなんて言うのかね？　と。

答えは「ＹＥＳ」だった。

猫は確率的に生きているのだ。

生きている状態と死んでいる状態が重ね合わさって存在し、箱を開けて「観測」をしたときに初めてその状態が確定する。確率の波は結果の一点に収束してゆく。事実そうなのだから仕方がない。

日常の生活をしていれば見ることのない奇妙な世界だ。やはりシュレディンガーもアインシュタインも受け入れられない。

そこで生まれたのが有名な思考実験「ＥＰＲパラドックス」だ。

まぁ、こいつの詳しい説明は帰国してから話すことにする。

だが、これは二つの粒子がなぜか「光の速度を超えて連絡を取り合う」という奇妙極まりない話だ。

現在、殺人予告リストの中で残っているのは二人だ。

量子人間は、このパラドックスを利用する気がする。

つまり光速を超えて、二人同時に何かが起こるのだ。

オレは帰ることができないから、伏見たちになんとか食い止めるよう伝えてくれ。

腹が減ったから、何か買ってくる。

深海安公

Ｔｏ深海警部

件名　Re　無理っぽい

状況は了解しました。

ぐだぐだ言ってないで、自分で滑走路の雪かきしてでも帰って来い！

七夕菊乃

Toキック

件名　ReRe　無理っぽい

お前が飛行機の後ろで、押しやがれ！

チョコバーで飢えを癒やす、深海安公

夕方からの捜査本部会議は、明日の難所を乗り切る気合いに満ちていた。

いや、半分悲壮感が混じっていたかも知れない。

ノーマン・カークは、霞が関の農林水産省内での会議に出席し、クラレンス・ユングも都内の帝都ホテル会議室にて学会の発表が行われる。

つまり二人とも、閉じこもっているわけには行かない日なのだ。

できることなら鉄の箱にでも閉じ込めて、そのままボストンに送り返したいところだが、そうも行かない。

もし、その鉄の箱の中で死んでいれば、それこそ量子力学の中に出てくる「シュレディンガーの猫」である。

「いくら何でも、人手を増やしすぎだろう」

不満そうに呟いたのは、伏見主任だった。

ホテル大樹荘では機械に頼って失敗したため、今度は人の力だと、大増員がかけられたのだ。

人手が増えるのはありがたいが、その分、指揮は難しくなる。

「ここで指揮官を、ハッキリさせなきゃならんと思うんだ」

紫崎課長がおもむろに話を始めた。

「警察はその組織をもって、任務に当たる。団体行動こそが、我々の力の源であると言って良い。ことがあれば素早く応援を要請し、有益な情報は共有する。だからこそ憎むべき犯罪と戦うことができるわけだ！」

全く、そのとおりである。

だから、後ろから仲間を撃つ癖は止めてもらいたい。

「しかるに、その分を超えて行動しようとする者がいる。手柄が欲しいのか出世がしたいのか、その卑しい行動は目に余るものがある。もう一度確認しておくが、命令は私が下す。そこのところを覚えておけ！」

最後は私を睨んで、鼻息を荒くした。

「それで、警備の割り振りはどのように？」

伏見主任が皮肉を込めるように聞いた。

「割り振りとは？」

紫崎課長がイライラした調子で聞き返す。

「つまり、誰がノーマン・カークを警備して、誰がクラレンス・ユングを守るかと言うことです」

「それは決まっている。私と警視庁警備部の者、そして七夕警部を加えてノーマン・

カークを守る。君たち刑事部の者はクラレンス・ユングをガードするのだ」

捜査本部内に、軽い驚きの声が響いた。

紫崎課長が得になる配置を提案してくるのは、誰もが予想していたことだ。

もちろん、ノーマン・カークはアメリカ上院議員の息子なのだから、政治的な影響力を考えれば彼につく方が得ということだ。

ホテル大樹荘で三条院春彦とスワン・テイラーが殺されたとき、クラレンスが容疑者としていったん逮捕された。その直後に犯人からの手紙が届いているが、完全には信用できない。

つまり、犯人である疑いの濃厚なクラレンスを刑事部に押しつけ、政治的に得なノーマンの警護を紫崎課長が取るのは目に見えていた。

意外なのは、私をその中に入れたことだ。

「紫崎課長は、七夕警部の力を買っているんですね。自分の陣営に取り込んだ方が得だと考えたんでしょう」

東山刑事が耳打ちしてきた。

「違うと思います。失敗したときの責任の押しつけ先を用意したんですよ」

彼ら警視庁警備部だけで警護をして、もしノーマンに何かがあったら、その責任のすべては警察庁の紫崎課長に行く。それを避けるには生贄《いけにえ》を用意しておけば良い。

つまりそれが私である。

つまるところノーマンが殺されたとなれば、私を背後から撃って、その後私の死体に銃を握らせれば事件解決という話である。

説明を聞くと、東山刑事の顔色が青くなった。

「大丈夫ですか？　言ってはなんだけど、味方がいない状態ですよ」

そう言われても、やるしかない。


四月二十三日、環太平洋貿易交渉の最終日。

春の光線が叩きつける中で始まった。

スーツに身を固めたエリート官僚が、次々と農林水産省に吸い込まれてゆく。

交渉官と、そのスタッフたちだ。

出口の見えない交渉に神経を削られ、疲労の色が浮かんでいる。

報道でも伝えられているとおり、アメリカ側は農産物と食肉での例外のない関税撤廃を求めている。そして日本側は農林畜産業を守るため、それをなんとか阻止しようと突っぱねているわけである。

ヘタをすれば交渉決裂かという、煙が立ち始めていた。

一方、公園を挟んだ帝都ホテルにも、人が集まっている。

徒歩でやってくる教授風の人や、高級車で乗りつける製薬会社の重役風の人。

あちらではクラレンス・ユングの参加する発表会が行われようとしていた。そして伏見主任や、東山刑事が警護をしているのだ。

皆きっと頑張っている。

「来ました。ノーマンですよ!」

捜査員が指さした先に、警察車両に挟まれて要人警護用の送迎車が現れた。

ノーマン・カークが見える。インターンシップ中の政治家スタッフにしては異例の扱いである。

車両から降りたノーマンは、少し太めの体型になっていた。念のため防弾チョッキを着てもらっていたのだ。

「結構重いな……」

着用したノーマンは不満そうだったが、受け入れた。友人が五人も殺されているのだ。

ノーマンは、交渉官が集まるスタッフルームに入った。

様々な統計データを端末から拾い集め、提案を示す。妥協点など存在しないかのような交渉に、激論が繰り返され、「NO」の一言ですべてが覆され、そしてもう一度話し合いが行われてゆく。

お互いが引かない。それゆえに、終わらない交渉となった。

最初に異変が起きたのは、クラレンスであった。

東山刑事からの一報が入り、彼が気分が悪いと言い出したというのだ。

「研究発表が一通り終わって、いったん休憩しました。その後質問を受け付ける予定になっていたんですが、急に気分が悪いと言い出して……」

顔色は蒼白になり、ひどい汗をかき始めたというのだ。そして胸を押さえソファに倒れ込んでしまったと。

心臓病だろうか？

でも彼は元レスリングの選手だし、先日はホテル大樹荘の庭を駆け回り、私と格闘までやってのけた。

「何か毒物を、飲まされたかも知れません」

背筋を冷たいものが走った。

彼が口に入れるものに十分注意を払ってきた。それでも毒を紛れ込ませる隙があったということか？

「タクシーに乗せて、すぐ近くの猫の門病院に送りました。我々も急行します」

そう。ここから五百メートルも行けば、国家公務員の共済で運営されている大きな病院がある。

私は会議場内の、ノーマンの様子を見た。

どうやらクラレンスが倒れた情報は、ノーマンの携帯にも届いたようだ。目を見開いて呆然《ぼうぜん》とし、そしてこちらを見た。

Pフォンを受けている私と目が合い、近づいてくる。

「クラレンスが倒れたって……。いったい何があったんだ？」

「わかりません。ですが日本でも最高の設備の整った病院に運ばれました。今はこれ以上のことはわかりません」

答えられることは、本当に何もない。

でも、ふと思った。

これでクラレンスが死んだら、ノーマンは最有力容疑者である。しかし、ここ数日一切接触していない。彼が犯人とすれば、いったいどうやって毒を盛ったのだろう？

それと同時に別の考えも浮かんだ。

毒殺なんて、量子人間の犯行らしくない。あいつは不可能な密室状況で殺人を実行し、警察をあざ笑う。

毒殺では、あまりに乱暴な方法ではないだろうか？

そう考えていると、アンコウのメールの内容が思い出された。

「二人同時に何かが起こるのだ」

二人同時に？　今から何かが起こるというのか。

だとしたら、何ができる？

ノーマンをどこかに避難させるべきなのか？　それともこの陽動こそが量子人間の仕掛けなのかも。

逡巡《しゅんじゅん》していると、紫崎課長にも、クラレンス・ユングが病院に運ばれた報告が入ってきたようだ。彼は動揺している。

「なんで、向こうが狙われるんだ！」

目算が外れたのはわかるが、声に出して言うなよ！

「と、とにかく私は病院に行ってくる」

ふざけるな！

医者じゃないあんたが駆けつけたところで、役に立つか。

それより、ノーマンのガードがガラ空きになるのを、犯人が狙っているかも知れないんだ。自分の持ち場を離れるんじゃないよ。

「紫崎課長。クラレンスのことは、向こうの捜査員に任せましょう。隙を突かれてノーマンが狙われる可能性もありますから」

私は小声で紫崎課長を制した。

「隙を突いて、ノーマンが狙われる？」

わざわざ聞こえないように小声で伝えたのに、このバカは大声で口にした。もちろんノーマンの耳に入り、彼の顔色が変わった。

「私も狙われる？」

明らかにうろたえ、おびえ始めた。

そのとき再びPフォンが鳴った。

私は近くにいた警官を呼び、彼を椅子に座らせて、まだ封を切っていないペットボトルの水を与えるよう指示し、その場を離れて受話器に耳を当てた。

東山刑事からだった。

「大丈夫です。クラレンスは診察を受けて、毒物は飲んでいないことが判明しました。どうやらストレスで胃腸炎を起こしたようです。殺人犯に狙われている中での研究発表でしたからね。レスリングでいくら体を鍛えていても、内臓はついて行けなかったってところでしょう。現在薬を飲んで眠っています。目が覚めたら再検査するということです。ただ、胸が痛いと言っているので念のため、心電図をつけておくことになりました」

「とにかく、無事で良かった」

心配しすぎだった。

ノーマンにその報告を伝えると、顔には赤みが差し、生気を取り戻したようだった。

「ありがとう、このまま仕事に戻るよ」

ホッとして彼は、スタッフの輪の中に戻っていった。

そして十二時となり、いったんランチタイムの休憩が取られた。

再びPフォンが鳴った。

「七夕警部、東山です」

そう名乗る言葉は緊張感に溢れていた。殺人現場に立ったときの事務的な話し方と言ってもいい。

まさかクラレンスが殺されたのか？

「どうしました？」

返ってきた言葉は、私の予想外のものだった。

「クラレンス・ユングが消えました」

「三秒待って」

そう答えると、素早く警官にノーマンにつくよう指示を出し、部屋の外に出た。彼に見られたら、また動揺させてしまう。

「消えたって、どういうことです？」

「病室から姿を消したんです。逃げられました……」

「なんでそんなことに。見張りをつけていたんじゃ」

「ええ。でも、薬で眠っていたし、心電図をつなげた状態でした。この機械は心臓が止まったり、電源を落としたりするとアラームが鳴るんです。つまりクラレンスに何かあればすぐわかる状態だったのです。だから見張りの警官は一人だけでした。でも、お昼過ぎに見回りに行ったとき、クラレンスはいませんでした」

「だってアラームが鳴るはずじゃ……」

「ベッドに眠っていたのは見張りの警官でした。体に心電図のパッドが貼られ、クラレンスの代わりにベッドで寝かされていました」

「寝かされていた？」

「ええ、どうやら薬物抑制されたようです。医者の話ではケタミンかチオペンタールを注射されたのかも知れないとのことでした。眠らされた警官は意識がハッキリとしなくて、正確な証言が取れません。伏見主任が中心になって、捜索しているところです」

クラレンス・ユングが量子人間だったのだろうか？

それとも別の犯人がいて、クラレンスを誘拐したのだろうか？

「病室に、クラレンスの服は残っている？」

「いいえ、着替えて出て行ったようです」

まずい、自分の意思で動いている。

病院からこの建物までは、五百メートルほどしかない。とにかくノーマン・カークを避難させる方が先決だ。

紫崎課長にも同様の連絡が届いている。

周りの捜査官は警備態勢に迷っていた。前に起きた殺人方法が未だに解き明かされていないため、量子人間がどんな手を使ってくるかわからないからだ。

「このまま会議場で、警護していていいんでしょうか。別の場所に移動させた方が……」

「しかしそれが、敵側の狙いかも……」

「とにかくクラレンスを確保してくれれば。向こうの連中は何をやっているんだ。いっそ応援に回った方がいいのかも！」

捜査官は動揺し、混乱し始めた。

嘘だろ！

自分たちの持ち場を離れてどうするんだ。とにかく人の出入りの多いこの部屋からノーマンを連れ出し、守りやすい部屋に移す方が先決だ。

ところが紫崎課長は、持ち場を離れるというバカげた作戦を本当に選択した。

「確かに君の言うとおりだ。今考えられる最善の警備方法は、行方のわからない容疑者を探し出すことだ！」

自分の耳を疑った。

「ちょっと待って……」

「ノーマンの警護は君たちに任せる。米田、青木、戸川は私についてこい。量子人間逮捕に向かうんだ！」

私が止めるのも聞かず、紫崎課長は大勢の部下を連れて、行ってしまった。

誰かを守る仕事と、殺人犯を逮捕する仕事。どちらが手柄になるか考えればわかる。彼はその、わかりやすい答えに飛びついたのだ。

ノーマンの周りに残った警官は自分を含めて九人だ。この手駒で量子人間からノーマン・カークを守らなくてはいけない。

私は手早く二名を呼び、空いている会議室でも何でもいいので、ドアが一つで静かな部屋を探し出すよう指示を出した。

「まず部屋の安全を確保してください。ソファや大きな机など、人が隠れられそうなものは放り出しても構わないから。五分以内でやって！」

捜査員は手頃な部屋を見つけ出し、ノーマンに避難してもらった。

「防弾チョッキを着せましょうか？」

捜査員が言った。

見るとノーマンは、最初に着せておいたものを脱いでいた。

「着せてください！」

地上五階にある職員用の仮眠室だった。バス・トイレのないビジネスホテルの部屋のようである。窓の外には公園が広がっていて、狙撃《そげき》されるようなことはなさそうだ。捜査員二名を扉の外に立て、窓のカーテンは閉め切った。

八畳ほどの部屋で、中のベッドは取り払われ、残っているのは小さな机と椅子だけである。

ノーマンはその小さな椅子に座り、緊張のためか息苦しそうにしている。

「この防弾チョッキを脱いでいいか。重くてたまらない」

見ると冷や汗をかいている。額に手を当てると妙な冷たさを感じた。

なんとかリラックスさせたいが、この閉ざされた密室では無理だ。

「首のところを少し緩めましょう」

警官が、気を利かせる。

「冷たい水はどうです？」

もう一人の警官が、ペットボトルの水を持ってこさせて、紙コップで水を差し出した。

「ありがとう」

そう言いながらコップを取る手は、わずかに震えている。

警官六名がそれぞれ部屋の隅に立ち、あらゆる空間に注意を払っている。

時計の音が、コツコツと大きな音を立てて時を刻んでいるように錯覚する。

長い。クラレンス・ユングに付いた捜査員たちは、彼をまだ発見できないのか。私はポケットのPフォンを、もう一度見つめた。

早く連絡が届いて欲しい。

そのとき静寂が破られた。

「あ！」

ノーマンが驚きの表情を浮かべ、何かを指さしたのだ。

その動作を見て、部屋中の警官全員が、彼の指さす先を見た。

しかし、そこにあるのは廊下に続くドアだけである。

パン！

破裂音が響いた。

ノーマンが指さした方向には音と共に、白い煙が現れ、揺らめく。

何もない空間に、突然幽霊が現れたように見えた。

「なに？」

今起きていることが、まるでわからない。

「がっ、あああ！」

振り返るとノーマンは胸を押さえて悶絶《もんぜつ》していた。側にいた警官が慌てて防弾チョッキを外すと、そこから血が噴《ふ》き出していた。

あり得ない！

防弾チョッキを着ていたにもかかわらず、彼は胸を撃たれていたのだ。

何もない空間から銃声が聞こえ、見えない弾が飛びだし、防弾チョッキを着ていたノーマンの胸を貫いたのである。

自分の見ている光景が信じられなかった。

「彼を病院へ、急いで連絡を！」

無駄とわかっていても声を張り上げた。ノーマンはすでに息をしていなかった。

「早く！」

銃撃事件が起きて、五分も経たないうちに、その知らせは入った。

クラレンスが発見されたのだ。

彼はなんと、病院の屋上で気を失っているところを発見されたのだ。彼にも薬物が打たれ、眠らされていた。

ノーマンのいた農林水産省の建物から猫の門病院まで、距離は五百メートル。

彼が犯人なら、ノーマンをどうやって殺害したのか？

犯行現場の部屋は素早く封鎖された。

鑑識課の捜査員が床を丹念にライトで照らして、証拠品を捜している。

伏見主任と合流したとき、その連絡は届いた。

病院からのノーマンの死亡報告だ。

至近距離で銃を撃たれ、弾は心臓に当たり、ショック死したとのことだった。

「いったいどうやって？」

思わず声が出たが、伏見主任は冷静だった。

「キック。お前はその現場にいたんだろう？　検視じゃ、ノーマンは至近距離で銃を撃たれたと言っている。お前の目の前に犯人がいたはずだぞ。見てないのか？」

見ていない。

「あのときはノーマンが、突然ドアの方向を指さしたんです。だからそちらを見て。それと同時に破裂音がして。でも、ただの空間で誰もいませんでした。次の瞬間にはノーマンは声を上げていて、防弾チョッキの胸のところを押さえていたんです。一瞬、心臓発作か何かを疑いました。顔の血の気が引いて、真っ白になってゆくのがわかったからです。そしたらズボンのベルトあたりに血が見えて。それで防弾チョッキを外させたら、胸を撃たれていたんです」

「防弾チョッキに、仕掛けでもあったんじゃないのか？」

伏見主任は後ろを振り向いて、鑑識に尋ねた。

「いえ、なんの細工もありません。警官なら誰もが使う、普通の防弾チョッキです」

「たとえば被害者は、脇の下から撃たれたとか？　防弾チョッキが守っていない部分から銃口を差し込まれて、殺されたんじゃ……」

「いえ、弾は正面から、まっすぐ心臓に達しています」

伏見主任は常識的解決の進路を塞《ふさ》がれ、再び謎の海に沈められた。

「破裂音を立てたのは、こいつですね」

鑑識は手のひらに載るくらいの、ロケットのようなものを見せてくれた。

「なんですこれ？」

「運動会のとき使うピストルがあるだろう。火薬の紙を入れて、撃鉄がぶつかると大きな破裂音をさせる。あの火薬をこのロケットの先に入れるんだ。そしてどこかに投げつけると、先端が地面や壁にぶつかったとき、火薬が潰されてやっぱり破裂音がするんだ」

六十歳くらいの鑑識の人が近づいてきて、興味深そうにのぞき込んできた。

「ああ、懐かしいな。こういう玩具《がんぐ》を昔駄菓子屋で売っていたよ。壁や地面にぶつけてパンパンと、音を立てて遊んだんだ」

「音を立てて、どうするんです？」

私は聞いた。

鑑識のおじさんは、しばらく考える。

「うん。音を立てて楽しむだけだよ」

「なるほど……」

よくはわからないが、犯人はどうやら、このおもちゃで破裂音を立てたようだ。

「なぜそんなことをしたんでしょうね？」

東山刑事が入り込んできた。そして、頭をひねる。

「空中から銃が発射されたように見せるための演出か。それとも部屋の中にいる人間の、気を逸《そ》らせるための陽動とか？」

破裂音がしている方を振り向いているうちに、量子人間がノーマンを射殺した……。いや、これはない。

「陽動ではないです。なぜなら、私たちがドアの方を向いたのは、ノーマンが指を指したからです」

「て、ことはノーマンはドアに何か見たんだな。いったい何だ？」

「わかりません……本当に我々には、何も見えなかったんです」

量子人間の手紙に書かれていた。

どこにでも入り込んでくる。そして、姿を見ることはできない。もし、観測できたときは、その人物が命を落とすとき……。

「それで、クラレンス・ユングの方は？」

伏見主任に聞くと、瞬時に眉間にしわを寄せた。

彼は最有力容疑者である。しかし、犯行があった時刻、彼は別の場所にいた。

完全にアリバイが成立している。でも、今回の一連の殺人は、そのアリバイさえ関係のないような、異様な現象が起き続けているのだ。

この摂理に支配された宇宙の中で、本当にこんなことは起こるのだろうか？

「何もわからないと言っている。病院のベッドで寝かされていたと思ったら、気がつくと床の上に寝ていたんだと。目の前には心電図につながれた警官がいたんだそうだ。そして手に、メモを握っていることに気づいた。そこには『屋上に来い』と、書いてあった。それに従って屋上に上り、そこで気を失った」

「メモは？」

「これだ」

見ると確かにワープロで「屋上に来い」と書かれている。

「気絶していたんですか？」

「本人はそう思っているが、医者の話だと、薬を打たれているようだ」

東山刑事は、クラレンスの証言に怒りを爆発させる。

「白々《しらじら》しい。なぜ、クラレンスばかりが犯人の指示を受けることになるんだ？　絶対に奴が怪しいですよ。逮捕状を取りましょう。きっちり話を聞かないと納得できない。早くしないと、奴はアメリカに逃げてしまいますよ！」

普段温厚で、慎重な東山刑事の発言とは思えない。でも、確かに怪しい。

伏見主任は、この感情的で非現実的な考えに釘《くぎ》を刺す。

「アリバイがある人間の逮捕状が、取れるわけないだろう」

そのとおりだ。

不可能なものは、不可能なのだ。

アンコウの言葉が示唆していた。

量子力学の世界では、不可能に思えることが実際に起こる。「量子のもつれ」は、二つの粒子の間に、たとえどれほどの距離があろうと、光の速さを超えて情報を伝え合うのだ。片方の粒子が観測されたとき、もう片方の粒子に何かが起こる。

そして、アンコウの予言は当たった。

あの極彩色に聞かないと、何が起こったのかを知ることはできない気がする。

いよいよ明後日《あさって》には、アンコウが帰ってくる。


四月二十四日。

殺人現場に伏見主任や東山刑事と集まって、細かく検分する予定だった。

でも、私だけが警察庁に呼ばれた。

事件をすぐそばで見ていたということで、意見が聞きたいというのだ。

会議室は、さながらシェイクを続ける缶コーラのようだった。密閉された缶の中で炭酸ガスがこれでもかと湧《わ》き上がり、破裂寸前である。

外交に絡む重要人物が、国内で三人も殺された。殺人予告が出ていたにもかかわらずである。手に負えない大惨事だ。

当然、今回の通商会議は事件で中止となり、日本政府はアメリカ側に対して大きな借りを作ってしまったことになる。官僚が国益を損なう行為をしてしまったのだ。

確実に何人かの首は飛ぶ。交される言葉は、自分ではない誰かの首を差し出させようと、熱を帯びている。

「アメリカ政府は我々の責任を問うているが、そもそもは自国内で起きた事件が、日本に飛び火した結果じゃないか。ＦＢＩだって、解決できなかった問題だろう。そこまで責められる覚えはないぞ」

「それを、アメリカ政府に正式に伝えるかね？」

できるわけない。

亡くなった人には気の毒だが、この事件は外交カードに早変わりしている。日本の非を責めて、自分たちに有利な条件になるように圧力をかけてくるだろう。利用してくるのは間違いない。

「そもそも、今回彼らを日本に呼び寄せて警護しようと言い出したのは、警察庁警備局の方じゃないか」

古見参事官の責任を問う声が上がる。

「それに今回の警護の責任者も、警備局が引き受けたはずだろう」

紫崎課長を問責する声も上がる。

まぁ、この辺が落としどころだろう。古見参事官はこの件を出世に利用しようとして、ヘタを打った。この結果にはケリをつけるべきである。

もちろんこんなところで揉《も》めていても、犯人が逮捕できるわけではないが。

「いや、待っていただきたい」

古見参事官が、静かに声を上げた。

「そもそも、ノーマン・カークが殺された現場で指揮を執っていたのは、警視庁刑事部側の刑事ではないのかね」

私を横目で睨みつけた。

「それさえ阻止できていれば、こんな事態にはなりえなかった」

彼はどす黒い霧を吐くように、責任転嫁をして見せた。

なるほど。この会議に私を呼んだ理由が見えてきた。私に爆発しそうなコーラ缶を投げつける気だよ。

「そもそも、ホテル大樹荘で殺人事件が発生してるんだから、以降の事案は捜査一課が担当しているはずだ。警察庁警備局に文句を言うのは筋違いだと思わないか！」

「我々は最初から、そこにいる七夕警部の捜査一課への配属には疑問を持っていたし、実際反対もしたはずだ。なのに事件を担当させた途端この様だ」

「待ってくれ。こちらはそんな話、全然聞いてないぞ！」

このご都合主義のストーリーに、外務省が乗り始めた。

警視庁が、能力が問題視されていた新人女性警官に事件を担当させた。だからこんな無残な結果となってしまった。我々はそんな人物だとは知らされていなかった。

自分たちが責任回避するには、悪くないシナリオである。

「我々も、そんな資料はもらっていない！　どういうことなのか説明してもらいたい！」

経済産業省も乗り始めた。

私の方に、どす黒いものが寄ってきた。

「現場には、いつも彼女がいた。にもかかわらず犯行が防げなかったのだ！」

この流れで押し切ろうと、警察庁警備局の方から声が上がる。

そういえば、野生の世界では一番弱い動物が狩られて、圧力の上がった容器は一番弱いところから壊れる。

まずい流れになりそうだ。

「新人警官を捜査一課に配属したのが、そもそもの間違いだ！」

「全くそのとおり。任命した側の責任が問われるべきだ！」

ここを潮だと判断した古見参事官が、讃岐警視総監に振り向いた。

「どう思われますか、讃岐警視総監？」

そうだ。私を捜査一課に配属するための再テストを提案したのも、ボストンに送ってこの事件の担当になるように任命したのも、総監である。

私にすべての責任があると裁定が下れば、彼だって無傷ではいられない。

相変わらずの古狸フェイスで、考えを読ませない。

「今……」

古狸は少し笑いながら、話し始めた。

「七夕警部の責任を問うて外したところで、この事件にケリをつけられるのかね？　我々に残された道は犯人逮捕以外にあり得ないと思うが……」

要するに、私を外してこの事件が解決できるのかと、問うているのだ。

大暴言である。もちろん、ほかの警察関係者は顔を真っ赤にさせた。

「無論、こんな新人捜査員の力など必要ありません！　我々が犯人を逮捕して見せます！」

声を張り上げたのは、紫崎課長だ。

「むしろこんなお荷物を背負わされていたから、こんな事態になってしまったのです。言ってはなんだが、これでようやく自由に捜査ができるというものです！」

「そうだ、そのとおり！」

警察庁警備局の意気が上がる。

しかし、この熱気とは真逆の反応が現れた。

「しかし、讃岐警視総監の言われるとおり、犯人逮捕が事態を好転させる鍵ではあるわけだし、ここで刑事局側だけに責任を問うと、士気が下がるかも知れませんな」

内閣官房副長官である。

「確かに。憎むべきは犯人であって、現場の捜査員ではない」

外務省が急に、船を乗り換えた。

なるほど。ほかの省庁は、紫崎課長がこのまま先頭に立てば、犯人逮捕はおぼつかないと見たのだ。

犯人逮捕が長引けば、更なる責任者捜しが始まるかも知れない。と、なればこの場にいた自分が巻き込まれるかも知れないと判断したわけだ。

讃岐警視総監の一言はそこを突いて、会議室内の意見を分断したわけである。さすがは古狸である。

「その心配には及びませんな。犯人は必ず逮捕されます」

古見参事官が反撃した。

「そうなのかね？」

讃岐警視総監が問い返す。

「犯人はクラレンス・ユングです。間違いありません」

古見参事官は腕組みをして、話し始めた。

「だいたい、二件の殺人事件で両方とも、犯行時刻に怪しい動きをしている。素人でも奴が犯人だとわかる状況だ。そもそも、この事件をきっかけにアメリカ側が通商交渉を有利に進めようとする態度が気に入らない！」

この考えには経済産業省や、首席交渉官も首を縦に振る。

「クラレンス・ユングが犯人ならば、それはアメリカ側の方に犯人がいたということで、我々には責任がないと言えるんじゃないでしょうか！」

古見参事官は机を叩き、周りには賛同の声が漏れる。

すかさず讃岐警視総監が質問を挟んだ。

「彼は、犯行現場からずいぶん離れた場所にいたと聞いているが……。つまりアリバイがあると」

「つまらないトリックですよ。きっと何か方法があるはずです。たとえば交渉団の中に協力者がいたとなれば。それを解き明かせば、彼を逮捕できる。自信があります！」

会議場の大勢の人間が拍手した。

私は慌てた。

さすがにこの状況はマズい。

「クラレンスが怪しい状況は確かにありますが、まだ、そうと判断するほどではないと思われます」

会議場に満ちた喜びの空気に、冷や水をぶっかけた。

なぜだか、讃岐警視総監は嬉しそうな顔をしているが。

そして古見参事官の額には、日本アルプスのような見事な青筋が立った。

「君は、クラレンス・ユングが犯人ではないという、確たる証拠でもあるのかね？」

「彼はホテル大樹荘での事件でも容疑者に挙げられ、勾留までされています。そして、釈放された。この上、アリバイがある状態で、明確な証拠もなく、二度目の逮捕をすることなど不可能です」

「その証拠を集めるのが君たちの仕事だろう。まったく最近の若い奴は動こうとしないで、屁理屈《へりくつ》ばかりこねおる。そんなことで公共の安全が図れるわけがないだろう！」

おいおい。このおっさん、自分が無茶な提案をしておいて、そのすべてを他人がやるのが筋だとか言い出したよ。

讃岐警視総監が、さすがに見かねて割って入った。

「今、具体的な策を示さないことには始まらんな……」

身も蓋もない言い方だが、何も決まらないことはマズいのもわかる。時間を稼ぎたいなら、代案を示せと言うのだ。

会議の参加者たちは黙り込んだ。他人に火の粉を押しつけるために来たのであって、解決策を提案しに来たわけではないというわけだ。

「七夕警部。意見は？」

讃岐警視総監は「お前がなんとかしろ」という目で聞いてきた。

「ホテル大樹荘の事件で、クラレンス・ユングの釈放のきっかけとなったのは、犯人からの手紙でした」

「ふむ」

「あの手紙のおかげで、状況が逆転してしまった。今、迂闊《うかつ》に何かを決定すると、手紙が出てきたとき、またひっくり返される恐れがあります。なので、しばらく手紙を待つ時間を作ってはいかがでしょう？」

「うん、それはいい！」

讃岐警視総監は眉を開き、大きくうなずく。

「確かにその方が賢明だ。どのような状況で犯行が行われたかを確認するため、手紙を待つ。使える理由だ！」

外務省の人間も、アメリカ側に説明できる説得材料を得たようで、喜んでこの案に乗ってきた。

「そうだ。とにかく時間をおいて、犯人の手紙を待とう！」

会議の流れが、変わった。

「いや、待っていただきたい」

古見参事官が手を挙げて、この流れを止めた。

「犯人からの手紙を待つのは良いとしましょう。しかし、クラレンス・ユングが犯人だとわかる証拠が出てきた場合、七夕警部はどう責任を取るつもりかな？」

「責任？」

「そのとおり。この会議においてクラレンス・ユング容疑者を追い詰める決意を君はくじいたのだ。もし後から、クラレンスが犯人だとわかった場合、君は捜査を妨害して、ここにいる皆の時間を無駄にしたことになる。その責任をどう取るつもりか聞かせて欲しい」

しびれを切らしたか、袈裟《けさ》の下から鎧《よろい》を出してきた。自分が好き放題やってきた責任を、私に取れと、ハッキリ言ったのだ。

完全に頭にきてしまった。

「では、クラレンス・ユングが犯人でないとわかった場合、古見参事官が責任を取られるのですね？」

周りが一気に凍《こお》りついた。

紫崎課長は目を丸くして、口をぽかんと開けている。

讃岐警視総監は、おもちゃ売り場に飛び込んできた子供のような顔になっている。

古見参事官は拳を握りしめ、その手が震えだした。

「い、今の言葉。忘れんからな……」

「忘れても大丈夫ですよ。メモに取っておきますから」

古見参事官はこちらを睨みつける。

「これで決まりだな」

讃岐警視総監は会議を締めた。

とにかく、量子人間からの手紙を待つことになる。

明日にはアンコウが帰ってくる。あいつが捜査に加われば、きっと犯人が逮捕できるはずだ！

その日の夕方。

私は、アメリカで当然起こるであろうことを見落としていた。

ノーマン・カークが日本で殺害されたとなれば、ＦＢＩは現在最有力容疑者として追っているレスタ・マグワイヤの出国を疑う。

空港の監視カメラに収められた映像を一週間前から遡り、顔認証システムで洗い出しが行われることになった。

当然のことながらアンコウは空港から引き戻され、解析作業に加わることになったわけである。

つまり、日本に帰って来られなくなったのだ。

Ｔｏ　深海警部

件名　捜査に行き詰まっております

捜査は、行き詰まっています。

私は実際に、ノーマン・カークが撃たれた現場に立っていました。私の目には空中から弾が飛び出し、ノーマンの着ていた防弾チョッキを貫通して、心臓に直撃したように見えたのです。ありえない話なのはわかっていますが、そう見えたのです。

現場検証では、ドア付近で起きた破裂音は「紙火薬」と呼ばれるものを利用したようです。

犯人の狙いは、なんなのでしょう?

なぜこんな、手の込んだ殺人方法をとってくるのでしょう?

警察庁や対策本部は、犯人がクラレンス・ユングだとの見方を強めています。でも、その考えには疑問があります。

強い根拠とは言えないかも知れませんが、犯人がこの犯罪で示そうとしている何かを、クラレンス・ユングからは感じられないのです。

犯人はまるで、この世界には人が信じられないものが存在するのだと示したがっているような。そんな気がするのです。

七夕菊乃

To　キック

件名　ラーメン食べたい

月宮軒のラーメン食いたい。

早く日本に帰りたい。S&Sドーナッツを食いながら、モニターを眺《なが》めるのはもう嫌だ。

いいかキック。「強い信念」とは「賭《か》け」の別名だよ。

自分は信じていると言いながら、未来に起こる何かに賭けているに過ぎない。不安だから美しい言葉で飾るが、起こることが現実だ。お前が何を強く信じようと、事実はいつか現れる。それは、ほかの誰でも同じだが。

お前が何を信じるかより、現実には何が起きたかを考える方が遥《はる》かに大事だ。

量子人間は意味があって、その行動を起こしている。

奴の細かい計算された計画を考えてみろ。密室で殺害することにも、姿を消すことにも、クラレンスがうろついていることにも意味はあるのだ。そのすべての謎が一つの方向に向いたとき、指し示す先に犯人がいる。

とりあえず、後しばらくは帰れそうにない。

全米の空港から取り寄せた動画を解析して、レスタ・マグワイヤのアホ面を探す作業が残っているんだ。

まぁ、あまり上の連中とケンカしないようにな。

得はないぞ。

深海安公

「お前が言うか！」

四月二十五日。

貿易交渉団はアメリカに帰っていった。

ノーマンの遺体も棺に納められ、空港から飛び立った。

あとは、この事件にどうケリをつけるかという、とんでもない責任の残土が残されていた。これを使えば、東京湾が埋まるんじゃないだろうか。

「誰か切腹してみせりゃ、いいんじゃないか？」

目の下を黒くして徹夜を続ける交渉官の口から、不謹慎な冗談が出てくるのも無理はない。

実際、それくらいしか解決方法が思いつかない。

プラム通商代表は事件を盾にして、関税引き下げの要求を強めている。古見参事官の唱える「クラレンス・ユング犯人説」に沿って事件を解決した方がどれだけ楽だろうという空気も流れ始めた。

その空気は次第に濃くなり、警視庁捜査一課にもそれとなく、古見参事官の説で捜査を進めてはどうかという圧力がかかり始めた。

伏見主任をはじめ、五係の捜査官はもちろん相手にしない。真犯人を捕まえる方が、遥かに大事なことだからだ。

刑事は、犯人を捕まえたものが勝ちである。

そして事件から四日後、ついに届いた。

量子人間からの手紙である。

量子人間からの手紙（三通目）

君たちは自分の見たものを信じられるかね？
また一人、哀《あわ》れな悪魔が私の手によって始末されただろう。
今度は君たちの目の前でだ。
残るは、あと一人。
フィオナ・オサリバンを追い詰めた罪を全員にあがなわせるのだ。
彼女のために。

量子人間より

この手紙が届いたのは、農林水産省だった。
消印は八王子の郵便局だ。

投函されたのは昨日。つまりクラレンス・ユングが帰国した次の日だ。彼が投函するのはまたしても不可能であった。

やはり彼を最有力容疑者としなくて正解だった。もし、身柄を拘束していたら、どんな問題が起きたかわからない。

ところがこの手紙を前にして、捜査本部の意見は割れた。

やはり、クラレンス・ユングが犯人ではないかとの意見も出たのである。

「だって、量子人間から犯行ごとに手紙が届くこと自体がおかしいと思いませんか？　これは犯行後に、犯人がクラレンスに見えないようにするための細工ですよ。きっとアメリカに帰国後に、八王子で手紙を出す手段があるんです！」

所轄の若い捜査員は力説した。

アンコウは、犯人の行動のすべてに意味があると言っていた。手紙を出し続ける理由が、これで説明がつく。しかし、ピンとこない。

「犯人はこれほど大がかりな警備の中に入り込んで、殺人を実行している。なのにわざわざ現場で姿をくらまして、そのアリバイを証明するために手紙を使うなんて。そんなちゃちな手を使うでしょうか？」

私は聞いた。

「それも、犯人の計算のうちかも知れない！」

私は、この世界で起こりえない犯罪を見たのだ。目に見えない犯人が銃を撃ち、防弾チョッキを着た被害者を殺害するところを。しかも大勢の警官と一緒に。

そんな簡単に答えになど、たどり着けない。

あのウアジェトの目を持った、極彩色の男以外は。


四月三十日、アンコウの帰国が決定した。

無事飛行機が飛び立ったと報告が入った。

明日には対策本部に合流して、事件解決に加わってくれることに、本部内の捜査員は安堵《あんど》の顔になった。

「良かった〜」

私も思わず呟いた。

「ようやく、この迷宮から出してもらえそうだ」

伏見主任はホッとした様子で、熱いお茶を飲んだ。

警視庁内でも頭脳派として知られる名刑事からして、この言葉である。

確かに取り付く島もない事件だ。解決への糸口さえつかめないのである。でもアンコウなら、なんとかしてくれる。

そう思っていたところに、私の携帯が鳴った。相手の名前を見て驚いた。

「ジェイムス捜査官？」

そう、アメリカのボストンで世話になった、ＦＢＩの特別捜査官である。

嫌な予感が走った。まさか、またアンコウを足止めするような事件でも起きたのだろうか？

ところがその予想は、大きく外れた。しかも、とんでもない方向に。

「クラレンス・ユングが……自殺した」

ジェイムスの報告は、捜査本部にも衝撃をもたらした。

「いつ？」

「四月三十日」

帰国六日目のことだ。

「いったい何が……？」

ジェイムス捜査官は、事態を正確に伝えるため、ゆっくりと状況を説明し始めた。

クラレンス・ユングは帰国後、下宿に閉じこもり、買い物も友人に頼んで外に出ようとしなかったのだそうだ。

窓に板を打ち付け、棚で塞ぐようにし、学会との連絡も一切絶っていたとのこと。

「こちらの用意する警官も寄せ付けなかったんだ。自分で銃を用意して、監視カメラを玄関につけて閉じこもっていた。殺人予告を受けた七人のうち六人が殺された。そして、最後の一人も必ず殺すと予告されたわけだし、警官が役に立たない現場を見ているわけだから、こちらも諦めていた……」

かなり精神的に、追い詰められていたようである。

「我々も、何か特別な保護プログラムが用意できないかと話し合いを始めていたんだ。そんなときに、食料の買い出しを頼まれていた友人が、二日ほど連絡が来ないと言ってきた。近くのパトカーを向かわせたところ、クラレンスは、銃で頭を撃っていたんだ」

「銃って……護身用に買った銃ですか?」

「いや、それが……今まで犯行に使われた銃と旋条痕《せんじょうこん》が同じなんだ。ベレッタM九二で、九ミリのホローポイント弾を撃ってる」

事件に使われた銃で、自殺?

本当に自殺なのか? ひょっとしたら量子人間の仕業ではないか。

話を聞いている分には密室だ。量子人間の好きな状況だ。

「アンコウ……じゃなかった。深海警部にこのことは伝えましたか？」

「ああ。だが、奴は太平洋の上で映画の『ビートルジュース』を楽しんでる最中だよ。戻ってこれやしない。だから自分の代わりに、七夕警部をボストンに呼べと言っている」

ちょっと待て。また、飛行機に乗れってことか？

「とにかく早く来てくれ。うちのボスが警察庁には話を通すと言ってたよ」

電話を切った後、しばらく呆然とした。

「行くのか？　ボストンに」

あまりの状況に、伏見主任が目を丸くして聞いてきた。

「伏見主任、お寿司をおごってください！」

「うん。少し落ち着いた方がいいな」


五月二日。

アンコウが日本に戻り、対策本部に合流した報告を聞いたのは、ボストン・ローガン空港であった。

「キック、こっちだ！」

ジェイムス捜査官の大きな体は、人混みの中でよく目立つ。

「少し休むなら、ホテルまで送るけど……」

「いえ、現場に連れて行ってください」

クラレンス・ユングが死んだ状況を、早くこの目で見たかった。

高速を走り、市内に入る。

「フィオナの夫・レスタ・マグワイヤの出国は確認できなかったんですか？」

「そもそもが、無茶な検索だよ」

ジェイムス捜査官は大げさに肩をすくめた。

「レスタの顔写真はずいぶん昔のものしか残っていなかった。それを使って顔認証で解析していた。大体奴は事故に遭って『人が変わったようだ』と言われていたんだ。ひょっとしたら顔の印象が変わっているかも知れないのに。とにかく、通商会談の始まった四月十三日から過去一週間に遡って、監視カメラにレスタ・マグワイヤの姿は確認できなかった。でも、もう必要なかったけどな……」

「何故です？」

ジェイムスは大きく嘆息した。

「いや、現場に着いたら説明する」

「ひょっとして、犯人が捕まったとか？」

「まさか。でも、現場に着いたら納得するよ」

私はうなずいた。

「なぁ、キック。ちょっと聞きたいんだが……」

「なんです？」

「お前さん、深海のことをどう思っているんだ？」

あまりにも、唐突な質問である。

「何故？」

責めるような口調になってしまった。

「いや、プライベートを詮索したいわけじゃないんだよ。ただ、深海はあまり他人を信用するタイプじゃなくてさ。教官の頃も淡々とした印象が強かったんだよ。それが、あんたと一緒だと妙に楽しそうだし。それに信頼しているように見える」

「それは、便利に使える部下を持って、はしゃいでるからじゃないですか？」

「うん……。なるほど……」

ジェイムスは煮え切らない表情をしている。

「それでキックは、奴のことをどう思う？」

「信じられないくらい、頭のいい人です」

「わかるよ。ほかには？」

「あの服は止めて欲しい」

ジェイムスはハンドルを叩いて笑った。

「ハハハ！　確かに。それは言えてる！」

広い公園沿いを南下し、大学の建ち並ぶ街に出た。学生が大勢行き交っている。

「ここだ」

三階建ての白い家の前に車を止めた。クラシックなデザインの木造の建物だ。

ドアを叩くと、巻き毛の青年が現れた。少し汚れたメガネをかけた、細身の白人青年である。

「ルームシェアをしていた、リアンだ」

私は握手を交わし、三階に通された。

「僕は二階の部屋を、クラレンスは三階の部屋を使っていた」

「ひょっとして、あなたがクラレンスの買い物をしてあげていた……」

「ああ、日本から帰ってきて、あいつかなりおかしくなっていたんだ。とにかく家から出たくないから、食べ物を買って来てくれって。それに郵便物を取ってやったりもしていた」

階段を上り、ドアを開けた。

2LDKの作りで、入ってすぐにダイニングキッチンがあり、奥の二部屋がベッドルームと書斎になっていた。

きれいに整頓《せいとん》された、しゃれた作りの部屋で、シンプルな花柄の壁紙が貼られ、白い腰板が部屋を囲んでいる。薪ストーブまで設置されていた。

「今でこそ掃除されているけど、オレたちが踏み込んだときは、ゴキブリが這《は》い回っていたよ……」

ジェイムスは、現場写真を見せてくれた。

「これは……」

ひどい状態だ。「TVディナー」と呼ばれる冷凍食品の容器や、ビールの缶が床一面に投げ捨てられている。服も何日も洗濯せず、床に積み上げた状態だった。

あの、紳士然としたクラレンス・ユングの部屋とは思えなかった。

「彼はこの部屋に閉じこもって、何をしていたんです？」

私はリアンに聞いた。

「プロレスを見ていたよ。ドアのところまで、音が漏れ聞こえてきていた。あいつ好きなんだ」

三階の窓の外には足場になるような場所はない。なのに写真の中ではバリケードが築かれている。

「よほど量子人間を恐れていたんですね」

「それは、どうだか……」

ジェイムスは気のない返事をした。

ダイニングキッチンの床のところに人が倒れていた形が、テープで示されている。

現場写真では、クラレンスの頭は上半分がなくなっていた。

彼が普段着にしていたスウェットの上下が真っ赤に染まり、彼の破片は床一面に広がっている。

果たして自殺なのか。それとも量子人間の密室殺人なのだろうか？

「悪いがリアン。ちょっと席を外してくれないか？」

ジェイムスはリアンを部屋から出て行かせ、階段を降りる音にしばらく耳を澄ました。そして、上着の内ポケットから小さなビニール袋を取り出した。

ジェイムスが現場で話すと言っていた、重要な証拠のようだ。

「これは……？」

焼《こ》け焦げたSDカードが入っている。

「台所のオーブンに捨てられていたのを、捜査員が見つけたんだ。これが修復できる範囲で取り出したデータ」

Ａ４サイズの写真を十数枚。顕微鏡写真のようだ。

「なんの画像でしょう？」

「専門家の話じゃ、クラレンス・ユングの論文に使われた画像データだそうだ。ウィルスが人間の細胞にとりつくときに使う鍵穴のようなものを塞ぐ研究を、奴はしていた。免疫をコントロールするらしいんだが、詳しいことはわからない。だが、その鍵穴を塞ぐという証拠写真に、編集が加えられていることがわかるそうだ。つまり研究結果の捏造《ねつぞう》だと……」

「捏造？」

いったいどういうことだ？　彼は先進的な研究を成功させたのではなかったのか？

「彼は、捏造した資料を基に、論文を発表したということですか？」

「ああ」

「このSDカードには、その証拠が入っていたと？」

「そのとおり」

ジェイムスは、深くうなずいた。

クラレンス・ユングは、こんな秘密を抱え込んでいたのか。

彼の将来を約束していた革新的な研究結果。でもそれは嘘の上に建てられた、砂上の楼閣だったのだ。

「なぜこんなバカなことを……。ほかの研究機関が追試を始めれば、いずれバレることなのに」

「いつか必ず来る破滅の日を、おびえながら奴は生きていた……。仲間たちは大学で勉強し、明るい未来が待っている。でもクラレンスは違った。自分には『いつか終わる未来』が待っている。無邪気な仲間たちを憎んだはずだ。だから仲間の未来を奪おうと考えた。そして……量子人間は生まれたのさ」

ジェイムスは窓の外を見ながら話を続けた。

明るい日差しの中で、子供たちが声を上げて遊んでいる。

「クラレンスは、麻薬を一緒にやっている仲間を全員殺すことにした。そのきっかけとなったのが、フィオナ・オサリバン殺害事件だ。犯人像を誤魔化すため、事件を利用して、復讐劇というストーリーを作り上げた」

窓から木漏れ日が差し込んでいる。

「最初の密室事件はサウスボストンの倉庫で起きた。そこから始まる事件で死んだのは大須寛人、王秀英、シーロ・ゴメスの三人だ。そして大須寛人は誰もいない倉庫で殺された。でも考えてみてくれ。クラレンスは、彼らが倉庫に薬を取りにいくことを知っていた。だから車で後をつけて、敷地内に忍び込み、目を盗んで倉庫に入り込めた。あの倉庫が密室だったと証言したのは三条院春彦だけなんだ」

なるほど。確かに最初の事件の目撃者は、三条院春彦ただ一人しかいない。

現場が密室だったというのは、彼の思い込みだったかも知れないというわけだ。

「春彦が言っているだけで、密室はなかったのさ。そして事件は予定外な方向に向かう。つまりシーロが王秀英を殺害したことだ。奴は州立公園に二人を埋め、その後犯人に射殺される。このとき疑問だったのは、犯人はどうやってシーロの居場所をつかめたかってことだった。でも、クラレンスならそれは可能だった」

「確かに」

「そう。クラレンスは、奴らが麻薬を処分しにいくことを知っていた。だからその後をつけて、シーロを殺害することもできたんだ。そして、量子人間という架空の犯人を作り出し、手紙を書いてシーロのポケットに入れた」

ジェイムスは私の反応を確かめるために、こちらを見た。

私は黙ってうなずく。

「二件目の密室は、日本で起きた。ホテル大樹荘だ。監視カメラが死角なく機能していたホテルで、姿を撮られることなく殺人を実行した。でも、三条院春彦はこのホテルを自慢して、大勢の人間にセキュリティシステムについて話していたかも知れない。それに、宿泊することも予想できた。さらに言えば、このホテルの構造を調べることができたろうし、防犯システムに侵入して記録を妨害できただろう。人の手の作ったものだ。人の手で壊せないわけはない」

一理ある。

「では、三件目の密室事件は？　ノーマン・カークが殺害されたとき、彼は遠くの病院の屋上にいた。とても殺人を犯すことなんてできなかった」

ジェイムスはうなずいて、同意した。

「確かにその謎を解くことは、今はできない。でも、クラレンス・ユングが犯人なんだ。間違いない」

「どうしてそんなにハッキリ言えるの？」

「この現場で見つかったんだよ。量子人間からの四通目の手紙が」

量子人間の四通目の手紙？

「見せてください！」

私は、死のにおいのする手紙を広げた。

量子人間からの手紙（四通目）

まずは安心して欲しい。

殺人事件はこの六人で終わり。この先、私に殺される者はいない。

強いて挙げるなら、七人目の被害者は私だ。

そう、私は私自身に殺されることになる。

この手紙を読んでいるときは、連続殺人がなぜ引き起こされたか、その動機を知ることになるだろう。そうとも、すべては私の欺瞞《ぎまん》から始まったことだ。いずれこの捏造はバレて、築き上げた信用は崩れ落ちる。

道連れがほしかった。

本当にお疲れ様。

すべてが終わったことを、喜んで欲しい。

これからは体液の流れ出した人体を見る不快さも、不可解な殺人現場に頭を悩ませることもない。

でも、ことあるごとに、この事件の謎を思い出し、ランチがまずくなることがあるかも知れない。口の中で噛んでいるチキンソテーが、みるみる味気ないものに変わってゆくのだ。それは仕方ない。

なぜなら君たちは、凡庸だからだ。

私は今頃、神の裁きを受けているだろうね。間違っても君たちのような奴らからじゃない。

君たちは何一つ理解できない。

密室がどのように現れたのか、知ることはもうないのだ。

上層部に送るはずの報告書は、その部分がいつまでも空白だ。

私は今成すべき事を為《な》し、人生で最高の幸福の中でこの手紙を書いている。

君たちに祝福を送ろう。

量子人間より

「信じられない……」

「でも、今まで量子人間の手紙に嘘はなかった。そしてそこにはクラレンス・ユングが犯人であり、自殺で終わると告白している」

確かにそのとおりなのだ。でも、何かが引っかかる。

「クラレンス・ユングが犯人とすれば、なぜ『量子人間』なんてキャラクターを作り出す必要があったの？」

「そうだな。たとえば……クラレンスはいつか来る破滅におびえているわけだ。論文の捏造がいつかバレる未来に。その恐怖の象徴が量子人間なのさ。得体の知れない犯人像を作りだし、密室という謎の方法で殺人を行う。ひたひたとやってくる恐怖を演出するためだよ」

ありうるかも知れない。

でも、何かが違うと訴えかけてくる。事件現場を写した写真の束が、別の真実を照らしている気がする。

なんだろう？

アンコウは言っていた。犯人が残した足跡は「量子人間」という言葉なのだと。量子人間である人物こそが、犯人なのだ。

そして、あることに気づいた。

「でも、この殺人の告白はあり得ない」

「何故？」

「だって、絶対におかしいからですよ」

ジェイムスは困った顔になった。首を振って、子供に語りかけるような話し方に変わる。

「今まで君を誤解していたのかも知れない……。本当にＦＢＩに誘いたいような人材だと思っていたんだ。でもそういう感情的な判断は、いただけない。論理的な根拠を示して、説明してくれなきゃ納得できない」

「根拠はあります」

「どこに？」

「今、あなたが手に持っています」

「？」

私は彼が手に持っている写真の中から、クラレンス・ユングが倒れている現場写真を取り上げた。

「この手紙の中でも、彼は量子人間を演じて、私たちを見下した態度を示しています」

「まぁ、そうだね」

「そして、クラレンス・ユングは普段からきちんとした身なりと、態度を示していました。友人たちの家庭が裕福だったのに対して、彼の家庭がそうではなかったことへの、コンプレックスがあったように思えます。高級時計を常に腕に携え、イタリア製の磨き上げた靴を履いていました」

「うむ、まさに量子人間の姿に重なるじゃないか」

ジェイムスは、まだこの違和感に気づかない。

「そうなんです。もし仮にクラレンスが量子人間とするなら、彼はそのキャラクターを最後まで演じたと思うんです。なのに見てください、この写真……」

そこに写っているのは、ゴミ屋敷《やしき》と化した汚い部屋で、部屋着で倒れているクラレンス・ユングだ。

「量子人間じゃない」

「はぁ、なるほどね……。しかし衝動的に自殺したのかも知れんよ。そのときスウェットを着ていただけかも……」

「もし、クラレンスが量子人間ならば、自殺は衝動的ではありません」

「なぜ、そう断言できる？」

「だって、遺書となる『量子人間からの手紙』を書いています。彼はその文面を書き上げた後、自殺しています。つまり用意周到に」

ジェイムスは何か、深く納得したような顔になった。

「なるほど。つまり遺書を準備して、気高く死のうとしている人間が、ゴミの中で普段着で死んでいる状況が変だというわけか」

「犯人は、クラレンスじゃありません」

彼は何度もうなずき、そして笑った。

「深海はもう、アメリカに戻ってこないだろうな」

「そうですね。かなり食事が合わなかったようですから」

ジェイムスは、声を上げて笑った。

To　深海警部
件名　四通目の手紙が出ました

ボストンのクラレンス・ユングの下宿に行ってきました。

日本からの帰国以降、この部屋から出なかったようです。

買い物はすべて、二階に住む友人に頼んでいました。

そんな状況で、犯行に使った銃で自分の頭を撃ちました。

部屋の窓もドアも、鍵がかけられ、そんな状況で発見されました。そして同時に量子人間からの四通目の手紙も出てきました。現物をスキャンしたデータを、添付して送付します。

それから現場写真も添付します。私が問題だと感じた部分です。

もし、クラレンス・ユングが犯人で量子人間ならば、この状態で自殺するとは考えられません。

彼の普段の生活と手紙の内容から考えて、スーツ姿で自殺していてもおかしくないと思えるのです。

この状況はどう見ても、クラレンス・ユングは量子人間におびえて生活していた。

そして犯人はその罪を、彼になすりつけようとしているように思えます。

振り返って考えると、量子人間の手紙には嘘がありませんでした。でも、この四通目で初めて嘘をついています。

犯人は最後の最後に、クラレンス・ユングを犯人に仕立てるために、この手紙を書き続けていたのではないでしょうか。

私は犯人が、ほかにいるような気がします。

七夕菊乃

To　キック

件名　お前も余計なことを言ったもんだ

キック。上の連中の前で「クラレンス・ユングが犯人だという証拠が出たら、責任を取る」なんて言ったの？

もう、警察庁の古見参事官と紫崎課長が喜んで根回ししているよ。

犯人は、クラレンス・ユングで決まり。

奴がしでかしたことなら、責任をアメリカ側にも押しつけられるからな。警備局の案を官房側もほかの省庁も喜んで採用するよ。なんせ、証拠となる手紙は存在するわけだし、何より死人に口なし。どんな濡《ぬ》れ衣《ぎぬ》が着せられようと、クラレンスは反論してこないからな。

そして、次のチャンスはもうないだろう。

量子人間の犯行はここで終わりだ。

多分、讃岐警視総監も、今回は助け船を出さないだろうな。オレの予想じゃどこかに出張して、しばらく会議には出てこないだろう。

まぁ、覚悟しておいた方がいいかもな。

深海安公

五月五日。

アンコウの予言は、見事に当たることになる。

羽田空港に着くとすぐ、警察庁に呼び出された。

いつもの会議室ではなく、もう少し小さな部屋へ。

「君の新しい配属先だよ」

「『警視庁警務部、教養課通訳センター』ですか……」

「そうとも。我々は今回の君の働きを、大変評価しているわけだ」

「これから沢山の外国人が日本にやってくる。そんな中で公共の安全を守るには、やはり通訳の力が大事というわけだ」

「君はボストンで、その英語力を駆使して捜査に当たってくれた。その力をもっと生かせる部門に行ってもらおうと思ってね！」

要するに私を、捜査一課から追い出すということだ。

別にこんな連中を相手に出世競争を続けたいとは思わないさ。でも、捜査一課から外されると、この事件の犯人を捕まえることはできない。

スワン・テイラーやノーマン・カークたちが信頼してくれていたのに、守れなかった。せめて真犯人を捕まえて仇を討ってやりたいけど、それもできなくなる。

「まぁ、君もまだ若いんだから、自分の立ち場をしっかりわきまえて、努力することだ」

こいつらは本気で、この茶番をやっているのだ。

失態を繰り返した身内をかばい、犯人を取り逃がそうとしている。

要警護人物を守るために、休みも返上してアメリカと日本を往復した。捜査もした。どこから撃たれるかもわからない恐怖にも耐えてきた。

「正式な辞令は、一週間後に出される。それまでは現在の持ち場で精一杯仕事に励むように……」

理不尽だ。

なんでこんなものに、耐えなくてはならないのか……。

「了解しました。七夕菊乃、戻ります！」

敬礼をし、部屋を出た。

私は、負けたのだ。

捜査一課の大部屋に戻ると、伏見主任や東山刑事、それにアンコウが話し込んでいた。

「キック、帰国早々、呼び出されたんだって？」

伏見主任が、気の毒そうに話しかけてくれた。

でも、警察庁での話をすると、その調子は怒りに変わった。

「なんで、責任者でもないお前が飛ばされるんだよ！」

「七夕警部は何も反論しなかったんですか？」

東山刑事も、私のために腹を立ててくれた。

「すいませんでした。私の力不足で。せっかく推薦してもらって、捜査一課に入れてもらったのに……」

悔しい。

「たった一ヵ月しか……働けなくて。皆の力になれなくて……」

涙が出てきた。

私を信じてくれた人を、裏切ってしまった。

春彦氏もスワンさんも、ノーマンも……。

「私は……」

皆を守りたかった。

「まぁ、量子人間の四通目の手紙が出た時点で、こうなるのはわかっていたけどな」

アンコウは肩をすくめた。

「深海警部！　なんとかならないんですか？」

東山刑事が胸ぐらを掴んで、アンコウに迫る。返答次第では豪快な一本背負いが飛び出しそうだ。

「そりゃなるさ。なんとかする方法だって、お前ら全員がわかってるじゃないか」

彼の返答に、その場の全員が目を丸くした。

「そんなの、あるんですか？」

「当たり前だろう。オレたちは刑事なんだ」

その言葉に伏見主任も答えた。

「確かに刑事だ。だから、相手に勝ちたいときはどうするか？」

そうだ。どんな状況でも、一つだけ言える。

四人の声が揃った。

「刑事は、犯人を捕まえたもんが勝ちだ！」

第三章　最後の手紙

五月九日。

ゴールデンウィークが明けて、テレビの中で、量子人間の事件解決が盛大に発表されていた。

紫崎課長がテレビカメラの前に立ち、記者たちの質問に次々と答えている。

「亡くなられた被害者の方々、そしてご遺族の方々にも心より、お悔やみを申し上げます。殺された方たちの無念を晴らす意味でも、犯人を生かしたままで逮捕したかった。しかし事件はすべて終わりました。今はこの結果こそが、最善であると私は考えております」

紫崎課長の背後には、古見参事官がにこやかに立っている。

「今後はアメリカの捜査機関と情報交換を密にして、事件の全容を探るよう、努力してゆく所存です」

「そのクラレンスという青年が犯人だという証拠はあるのですか？」

記者の問いかけに、待ってましたとばかりに、紫崎課長はあのSDカードを取り出して見せた。

「これです。今朝アメリカから届いて我々も解析しました。この中にはクラレンスが研究論文を捏造した証拠が入っているのです。犯人の手紙とも合致する事実です」

「アメリカの捜査機関がそれを送ってきたんですか？　ずいぶん協力的ですね」

「もちろん。この事件解決を機に、日米の協力関係を深めていきたいと考えています！　このSDカードは、その象徴のようなものですよ」

会場はどよめき、喜びの空気が広がった。

この後、駐在アメリカ大使を呼んでの会食が予定されているのだとか。

殺人事件のせいで、環太平洋貿易交渉は冷え込んでしまった。だが日米両国にとって経済成長戦略に組み入れられた大事な計画である。ここで停滞させるわけにはいかない。

なのでパーティーを派手に開いて、和解ムードを盛り上げようということらしい。

「全く、こういうことには手回しがいいんだよな……」

華やかな舞台の裏で、私は何もやることがなく、喫茶店に座って本を読んでいた。

通訳センターへの配属まで、あと三日。

犯人逮捕につながる手がかりが、そう簡単に手に入るはずもなく、時間だけは過ぎてゆく。

量子人間とはいったい何者だったのか？

壁で囲われた密室でも、大勢の警備陣を敷いても、奴は入り込んで殺人を犯す。そしてその姿を見ることはできない。

犯人はなぜ、「量子人間」と名乗っていたのか？

アンコウは、犯人の心理がこの言葉に表れていると言っていた。ただの虚仮威しの言葉ではない。犯人の思いが、きっとこの言葉に宿っているのだと。

私は喫茶店に居座って、例の量子力学の本を読んだ。

もちろん項目は「量子のもつれ」の項目だ。

量子は確率的でぼんやりしていて、観測されて初めてその正体を現す。

ちょっとしたモンスターを想像するのも悪くない。煙のようにぼんやりしていて、それを見つけたときにだけ、その煙のようなものが集まりハッキリとした実体を現す。

これを「確率的存在」と考えた。

この説に対して猛反対を唱えた有名な学者がアインシュタインだ。

彼は「神はサイコロを振らない」と言った。

つまり確率的なん存在なんて、そんないい加減なものを神様は創っていない。もっと実体のあるハッキリとしたものだと、反論したわけだ。

これにボーアが反論する。やはり神はサイコロを振るのだと。

やがて二人の論争が始まり、有名な「ＥＰＲパラドックス」なるものが提示される。

量子力学の中で粒子は、コマのようにスピンをしている。でもそれが、右回りなのか左回りなのかは観測するまでわからない。

ここにスピンがゼロの粒子があり、それが二つに分かれたとする。このときどちらかが右回りのスピンとなり、もう片方は左回りになる。

でも、それは量子力学の中では「確率的」なもので、観測されるまでは「どちらに回転しているかは決まっていない」。右に飛んでいったものが観測されたとき、初めてスピンの回転方向がわかり、なおかつ左に飛んでいったものが逆回転していることがわかるのだ。

アインシュタインは問うた。

それじゃあ、右に飛んでいったものを観測したとき、まるで左に飛んでいった粒子に信号を出したようにスピンの向きが決定していることになるぞ。しかも、その信号は光速を超えている。そんなバカなことはあり得ない。相対性理論に反している。

でも、アインシュタインの方が間違っていた。

量子力学の世界では、二つの粒子はまるで連絡を取り合ったかのように振る舞い、しかもその信号の速さは、光速を超えているのである。

実験で証明されている事実なのだから、仕方ない。

このとき、二つの粒子は「量子のもつれ」の状態にあるという。

この奇妙な現象は、今なお科学者の間で議論されている。

なんだかよくはわからないが、やはり離れたところにある物体が、自分たちの常識とかけ離れた形で繋がり合うらしい。

本当に、この宇宙には信じられないことがあるものだ。

「ああ、ここにいたか」

声は聞き覚えがあるのだが、見慣れない奴が近づいていた。

黒い髪を流すように整え、その小さな顔には灰色の鋭い鷹の目をたたえている。背筋はきちんと伸びて、きれいな肩のラインが、紺色のスーツのラインときれいにマッチしている。ネクタイもグレーの縞柄《しまがら》をきちんと合わせている。

「どなたです？」

「お前の冗談は、面白くない」

ん？

「アンコウ！　……じゃなくて、深海警部？」

「お前、大丈夫か？　捜査一課を外されるのが決まって、おかしくなったんじゃないか？」

いや、おかしくなったのはあんただよ。だって、まともな格好だし。

「どうしたんです、その服？」

「変装だよ変装！　ちょっと記者会見に潜り込んできたんだ。紫崎課長の調子に乗ってるとこを見にな」

「あの記者会見の中に、いたんですか！」

まぁ、普段が普段だから、この格好をしていたら絶対にバレないとは思う。

「でもなんで、そんなとこに？」

「決まってるだろ。量子人間を捕まえるんだよ」

こいつは何を言っているんだ？

今までここまで皆で苦労して、その姿さえつかめない相手だ。いや、手口も全くわからない。なのにアンコウは、砂浜でハマグリを拾うみたいに、犯人を捕まえに行くと言っている。

「伏見や東山刑事も現場に向かう予定だ。お前も変装しろ」

「変装？」

「しょうがないだろう。お前が一番現場にいて、犯人に顔を見られてるんだから」

代官山のヘアサロンを紹介してくれたのは、知佳ちゃんだった。

思い切ったイメージチェンジをするときは、そこがいいのだとか。

まず、貸衣装屋に寄ってパーティードレスを選んだ後、そこに服を持ち込んでトータルでコーディネートしてもらった。念のため、伊達《だて》メガネをかけ、ウイッグで髪の長さも変えた。

「まぁ、これで行くか……」

アンコウはどこか不安そうな顔で、私の姿を見た。

「なんならオレのメガネを貸してやろうか？」

「お断りします。仮装パーティーに行くんじゃないんですよ」

古見参事官や紫崎課長の仕切る、日米友好のパーティーは午後六時より始まる。どうやら二百人ほどが参加するらしい。そこに紛れ込もうというのだ。

取りあえずアンコウを助手席に乗せて、私は車を会場のホテルに向かわせる。

「でも、なんで犯人がこの会場に来ると思うんですか？」

アンコウに聞いた。

「思うんじゃなくて、来るんだよ。オレがそう仕組んだのさ。来なきゃ量子人間の野郎の計画にほころびが出る。それを我慢できる奴じゃないさ」

そうはいっても、このパーティーには警察関係者がかなり来るはずだ。アメリカ大使が出席するとなれば、警備部は張り切って人員を配置するだろう。

「でも警官が沢山いますよ。本当に現れるんですか？」

「もちろん。喜んでくるだろうね」

「計画に、ほころびが出るって？」

「よし、それじゃ順番に考えていこう。仮に量子人間とクラレンス・ユングが別人だったとする。なのに、クラレンスは第二、第三、第四の密室事件で犯人のような行動を取っている。自分が命を狙われているかも知れないのに、なぜそんな行動を取ったんだ?」

「……。脅されていた?」

「いいね。ネタは?」

「ああ! 論文の捏造データだ!」

「そのとおり。量子人間は、クラレンスが発表した論文に捏造データがあることを見抜き、それを使ってクラレンスを脅した。『このデータを返して欲しければ、ホテルの庭に出てこい』とか『データは病院の屋上にある。自分で取りに行け』とかな」

なるほど。クラレンスの奇妙な行動は、脅迫されていたからなんだ。

「そして、第四の密室事件のとき、犯人はとうとうデータをクラレンスに返して、彼を殺害した。犯行に使ってきた銃で頭を撃ち、その銃を彼の手に持たせた。遺書となる四通目の手紙も残した。前の三通には犯行に関して事実が書かれている。警察は四通目も事実だと思い、自殺と断定するだろうと考えた。おまけにあの密室だから、状況は完璧なわけさ。死んだ人間の服装を気にしてやる、お節介《せっかい》な女刑事が現れなきゃな」

「いや、服装は気になるでしょう」

「オレは服より、燃えたSDカードの方が気になったね」

「何故？」

「量子人間の手紙には、『連続殺人がなぜ引き起こされたか、その動機を知ることになるだろう。そうとも、すべては私の欺瞞から始まったことだ』と書いてあった。とすると犯人は、クラレンスにあのSDカードを渡して殺害した。そして予定では、すぐに警察が見つけるはずだったんだよ。ところがクラレンスは犯人が知らない間にオーブンにそれを放り込み、燃やそうとしていたんだ。自分が用意してきた手紙とは違う、予定外のことが起きたのさ。つまり、あの燃えかけたSDカードこそが、犯人が、別に存在するという証拠なんだよ。クラレンスが犯人なら、燃やすはずがない。手紙の通りに、そのまま警察に見つけさせればいいだけなんだからな」

　確かに、そのとおりだ！

「ちょっ……、なんでそれを早く言ってくれないんですか！　それを会議で言っていれば、捜査一課から追い出されずに済んだのに！」

　アンコウは笑いながら答えた。

「そんなことしたら、犯人が捕まえられねぇよ……」

　どういうことだ？

「オレがどういう苦労をしたか、これっぽっちもわかってないな。ＦＢＩに連絡して、大事な証拠のＳＤカードを日本の警視庁に送らせたり、わざわざこんな変装をして記者会見に潜り込んで、紫崎課長にＳＤカードをテレビに映させたりしたわけだよ」

「え？　それ全部、深海警部が裏で手を回してたんですか？」

「犯人を捕まえる罠《わな》を張るためだよ！　量子人間の野郎はテレビの記者会見を見ていたはずだ。そして腰を抜かしたさ。犯行現場に置いてきたはずのＳＤカードが燃えている。いつか誰かが、このことから犯人がクラレンス・ユングではないと気づくはずだ。あの完璧主義者は絶対にＳＤカードを取り戻しに来るはずだ」

「本当に？」

「来なきゃお前は、捜査一課を首になる」

「じゃあ、来てもらわないと困ります！」

明治通りを南に下りて、広尾にあるホテルに到着した。

厳重な警戒態勢の中を黒塗りの高級車が次々と入ってゆく。アメリカの大使館職員や、日本の外交官が大勢いる。

「キック、こっちだ」

伏見主任が、玄関ホールの脇から声をかけてきた。

スタッフしか入れない廊下には、東山刑事も待っていた。

「わぁ！　七夕警部。パーティードレス、似合ってますね！」

東山刑事の言葉に、アンコウが憮然《ぶぜん》とした。

「お前はここに、何しに来たんだよ！」

「だって……」

「そんなことより伏見主任。中の様子は？」

私は聞いた。

「ありがたくねえことに、人が大勢いるよ。立食パーティーの形式になっていて、出入り口は北の廊下側に二つ、支度《したく》部屋に通じるのが南側に一つだ。南側には舞台が設《しつら》えられていて、その脇にSDカードが置かれている。なんで大事な証拠をあんなところに晒《さら》すのか……。まぁ、紫崎課長ご自慢の戦利品てとこなんだろうなぁ」

その戦利品が届いたのは、アンコウの罠とも知らないで。

「とにかく大勢の人間が集まってる。これを機会に上層部と仲良くなって、出世しようって連中も含めてな。あの中から犯人を探すなんて大事だぞ」

「捜査員は、何人配置したんです？」

私は聞いた。

「オレと東山刑事。あとはキックと深海だけだよ」

「たった四人？　どういうことです深海警部！」

私の質問にアンコウが不機嫌そうに答えた。

「大勢だと情報が漏れて、せっかくの罠が台無しになるんだよ。どうせ犯人は一人だし、目的はＳＤカードだけなんだ。四人で十分だよ」

伏見主任も、うなずいた。

「キックと深海はパーティー会場に入り込め。変装が効いてるから、ＳＤカードの近くまで行けるだろう。東山刑事は廊下を塞ぐ。オレは支度部屋のドアを押さえる。無線はここでは使うな。奴に傍受されている恐れがある」

扉をくぐると広い会場に大勢の人間がいた。

本当にこの中に、量子人間が紛れ込んでいるのだろうか？

人がせわしなく移動し、挨拶を交わす。

名刺が交換され、至るところで笑う声が響く。

交わされる言葉は、やがて一つにまとまって音になり、パーティー会場に流れ続けている。

「きっと大事な政治の話も、どこかでは交わしているんでしょうね」

「それより、あそこのローストビーフ、美味そうだな」

アンコウと私は、柱の陰に隠れてSDカードの置かれている台を見張った。

「ところで、犯人を捕まえたところで、起訴できるんですか？　我々は量子人間の仕掛けた密室の謎を何一つ解いていないんですよ」

「それはねぇだろ」

え？

「ひょっとして、解けるんですか？」

「でなきゃ、捕まえたって意味ねえじゃん」

確かに、この事件の謎を解けるのはアンコウだけだと思っていた。でもこれほどヒントも何も見えない状態で、量子人間の仕掛けたトリックが見破れるなんて。

「そ、それじゃあ、まず、第一の密室事件は、どうやって起こったんです？」

私は勢い込んで聞いた。

「……。あのローストビーフ、やっぱ美味そうだよな……」

私は皿にローストビーフを二切れ取ってきて、アンコウに渡した。

「うん、美味い。さすが高級ホテルだよな～」

「それで、第一の密室は……。あのボストンの倉庫であった事件は、どうやったんです？」

「慌てるな。そもそもこの事件の一番の本質は、最初の密室事件にあるんだ。量子人間からの手紙をもう一度思い出してみろ。奴はいつも密室で殺害したことを誇示して、い、い、い、い、い、い、いる。とにかく密室で殺人を続けたことに、トリックの意味があるんだ。その中心が最初の密室だよ」

要するに、第一の密室事件は、とても重要だということか。

「じゃあ、二番目の密室殺人はどうやったんです？　ホテル大樹荘で起きた殺人事件。ホテル中に監視カメラを配備していたのに、その姿が写らなかった」

「それはメールで送ったとおりだよ。対称性を利用したんだ」

対称性？

そう言えば、量子力学の話で「対称性の破れ」の話が出てきていた。

「お前は自分で言っていたじゃないか。あのホテルの廊下は対称的にできていて、左右が同じ作りになっているって。アレを利用したんだよ」

「左右対称をどうやって利用するんです？　それで犯人の姿が監視カメラに写らないんですか？」

「そのとおり。写らないんだよ」

そんなことが、あり得るか？

「まず、事件現場のあった六階の廊下を考えてみよう。左右対称のデザインの廊下があって、それに面して北側と南側に四つずつの部屋が並んでいた。廊下の突き当たり西側にカメラが設置され、片方のカメラは廊下の北側、もう片方のカメラは廊下の南側を撮影していたわけだ。こんなふうにな……」

アンコウは、監視カメラからプリントアウトしたと思われる写真を見せてくれた。

「そして事件のあったのは南側の部屋の一番奥だ。つまり、下の写真の一番奥に見える部屋になる」

「はい、間違いありません」

そうだ。量子人間は奥から二番目の部屋にいたスワン・テイラーを連れ出し、一番奥の三条院春彦の部屋に連れて行き、そして殺害した。

「もし犯人が監視センターに入り込んで、中のモニターに細工して、画像をこんなふうに左右反転させていたら、どうなると思う？」

正常

北側と反転した南側

アンコウは別の写真を並べて見せた。

「あ！」

思わず声を上げた。

廊下のデザインが左右対称なせいで、北側の部屋の画面が二つあるように見える！

エレベーターに通じる中央の廊下は柱で隠れてほとんど見えない。

「まるで同じカメラの映像を映してるように見えます」

「だろ？　犯人は最初にこれを仕込んだんだ。ホテル側は春彦が宿泊するからって、警備システムのメンテナンスをしただろう。そのとき犯人が入り込んで、こんな細工をしたんだ。警備責任者が『最初は調子が変だった』みたいなことを言ってたが、モニター画面に北側の画面が二つ出たんだ。でも実際は、南側の画面が反転しているだけだった」

「でも、責任者の人はメンテナンス明けの不備が見つかった後、『元に戻した』って、言っていたはず。この反転した画面を元に戻したんじゃないですか？」

「いや、違う。このモニターには、廊下の北側の画面を流したのさ。こんなふうに」

「なるほど、元に戻ったように見えますね」

北側と反転した北側

「でも実際は上の画面も下の画面も北側の部屋を映している。事件のあった南側の部屋は一切見えていないんだ。だから犯人がいくら廊下を行き来しても、監視員には見つからなかったわけさ」

モニターの画面を反転させる！

たったそれだけのトリックで、監視カメラのシステムに死角を作り出したのだ。

「どうして同じ画面が出てることに、誰も気づかなかったんです？」

「いいところに気づいた。実はこのトリックにはポイントは二つある。両方ともに、このシステムの死角を突いているんだ」

「ポイントが二つ？」

「まず一つは、モニター画面を見ている人間にある。画面を見ている監視員は、画面の中の人間がおかしな行動をしたとき、初めて変だと思う。つまり風景を見ているんじゃなく、中で動く人間の行動を見ているわけさ。だから、人が映らない画面は常に『異状なし』なのさ」

そういえば、監視センターの職員は常に人の動きを見ていた。

となれば、ずっと人がいない「北側の部屋」を映す映像は、異状なしの状態だと認識されるわけだ。

「だったら、メンテナンスに来た技術者を調べましょう。きっと監視カメラに写っているはずですよ」

アンコウは首を振った。

「このトリックの二つめのポイントだよ。ホテル大樹荘に、監視カメラが設置されていない場所が二つある。一つは客室だ。もう一つがわかるか？」

客室以外に、カメラのない場所……。あそこは死角をつくらないようにカメラが配置されているはずだ。もし、設置してない場所があるとすれば、監視の必要がないということで……。

あ！

「監視センターだ！　監視する自分たちのいる部屋に、カメラはない！」

「そう。犯人の野郎はそこも計算してトリックを仕込んだ。だから、量子人間が画面に細工をしている姿は、どこにも残っていない」

そこまで考えて……。

でも、そこまで仕組んだからこそ、あの謎の密室は生まれたわけだ。

「でも、監視カメラがメインだったとはいえ、警官もいたわけですよね。よく入り込めましたよね」

「それは逆だよ。警官が大勢いたから入り込めたのさ」

「？」

「警官に変装していたんだよ」

「そんな！　いくら何でも、すぐに見つかりますよ」

「そうか？　あの事件の日は大勢のアメリカからの交渉官が来ていて、警備の人手が足らず、所轄から応援を求めてたんじゃないのか？　初めて見る警官が大勢いたはずだぞ」

そういえば、そうだ。

「犯人は、それも計算していたんですか？」

「ほかにもあるぞ。犯人に恐ろしく有利な条件が」

「なんです？」

「花粉症だよ」

「は？」

「花粉症の警官が大勢マスクをしていたろ。だから顔が見えなかった」

「確かに！」

そういえば、配備された警官は大勢マスクをしていた。あの中に犯人が紛れ込んでいたら、見分けがつかない。

私は事件当日のことを、頭に思い浮かべた。

「警官の姿で、春彦たちが泊まっている六階に行き、最初にスワン・テイラーの部屋のチャイムを鳴らした。あのとき彼女がためらいもなくドアを開けたのは、相手が警官の姿をしていたからだ。彼女をスタンガンで脅し、次に春彦の部屋を訪れ、二人をテトロドトキシンで殺害した。そのあと、クラレンス・ユングに連絡を入れ、論文の捏造の件で脅して、庭に呼び出した。あとは、紫崎課長が庭の照明を明るくして騒動が起き、その間に犯人は庭の照明塔の上に登った。そこにいれば、明かりが邪魔をして姿が見えない。奴は上からクラレンス・ユングが逃げ回り、捕まるのを見ていた。そして庭が徹底的に調べられ、警備が解かれた後に、ゆっくりと外に出て行った」

「そのとおり。そして翌日、警官の姿で監視センターに入り込み、モニターの反転とカメラの接続を元に戻した。あの日は大勢の警官が出入りしていたからな」

アンコウは、ローストビーフの最後の一切れを噛みしめながらうなずいた。

「もう、手が出ませんね……」

あまりにも深遠な計画である。

「え、逆じゃねぇか？」

アンコウは目を丸くした。

「逆？」

「これだけの計画を立てた相手なら、かえって犯人像がハッキリするはずだぞ」

「いえ、見当もつきませんよ」

「じゃあ、三つめの密室を解いて見せたら、少しはわかるかな……」

第三の密室！

ホテルの一室でノーマン・カークが撃たれた事件だ。空中から銃弾が飛び出し、防弾チョッキを着ていたノーマンの胸を貫いた。

アンコウはこの異様な殺人方法を、奇術師がハンカチから鳩《はと》を取り出すように解き明かすという。

「いったい、どうやったんです？」

この謎が、本当に解けるのか？

「あ……、早くしないと寿司がなくなる」

「は？」

「だから、今度は寿司が食べたい」

私は急いで、握りのセットを持ってきてやった。

「お茶も一緒に……」

私はアンコウのすねを蹴飛ばした。

「痛てっ！　しょうがねえな……。さっきも言ったとおり、量子人間は警官の姿をして事件現場に潜り込んできていた。三度目の密室なんて、量子人間のために用意した舞台のようなもんだ。監視カメラでの監視が失敗した反動で、さらに大勢の警官を集めたからな。おまけに指揮官が紫崎課長だから、とにかく動きやすかっただろう」

なんてことだ。

「ひょっとして、応援の警官が増えることも、量子人間は読んでいたんでしょうか？」

「多分な。そして、ノーマンの警備の輪の中にいた」

「え？」

私のすぐそばに、いたと言うこと？

誰だ？　全く顔が思い出せない。数名がマスクをしていたし、あのときは警備の入れ替わりが激しすぎた。

原因は、クラレンスとノーマンの、どちらかが犯人だという先入観があったためだ。

紫崎課長がノーマンについたりクラレンスを探そうとしたりして、人を動かしすぎたのだ。しかも、二人のうちのどちらかが犯人だという考えに縛られたせいで、警官にまで目が行かなかった。

私たちは、奴の手のひらの上で踊らされていたのである。

「犯人はまず、クラレンス・ユングに手紙を残した。『屋上に来い』とね。だがクラレンスは当然『論文に添付された偽データの証拠を、病院屋上に取りに来い』という意味に解釈した。奴は急に苦しくなったと言い出して、病院に運ばれた。そして、犯人は、農水省の建物に移動し、ノーマンの警備に加わった。殺害の機会を狙うために」

あのときの状況が思い出される。

クラレンスが病院に運ばれ、そして病室から姿を消した。

紫崎課長は部下を連れて、クラレンスの捜査に向かってしまった。こちらの警備は手薄になり、職員の仮眠室にノーマンを囲う。

しかしそのとき、量子人間は一緒にいたのだ!

アンコウは話を続ける。

「ノーマンを守る警備は手薄になった。量子人間の思うつぼだ。奴は、しゃあしゃあと言ってのけた。『防弾チョッキを着せましょうか？』そして、細工の入った防弾チョッキを着せた。つまり、心臓のところにプレートが入っていない、役立たずの防弾チョッキだ」

「なっ？」

あのとき声をかけた警官が、量子人間？

「そして部屋に入ってからが、奴の巧妙なところだ。量子人間はノーマンに、マスクを外して自分の顔を見せたんだ。ノーマンは驚いた。そこには自分の知っている人間が立っていたからだ」

自分の知っている人間？

「ノーマンは、心臓が止まりそうになったはずだ。そして思わず、その人物に指を指した。量子人間は狡猾《こうかつ》にも、後ろを振り向いて見せた。まるでノーマンの指さした相手が、自分の後ろにいるように見せかけたんだよ。そこにいた警官全員が、キックも含めてそちらを向いた」

そうだ、私はノーマン・カークの指さす方向を見た。

そこには誰もいなかった。

いないはずである。ノーマンはすぐ目の前にいた警官を指さしていたのだ。

「警官全員が向いたその先に、火薬の入ったおもちゃを投げつけ、破裂音をさせた。その瞬間犯人は自分の銃を抜いて、ノーマンを撃っていたんだ」

犯人の行動がつながってゆく。

その場にいた警官が全員、誰もいないドアを見つめ、そして破裂音に驚いている。その隙に犯人は銃を抜いて、ノーマンを撃った。

アンコウは続ける。

「火薬で音を鳴らしたのは、空中から弾が出たように見せるためでも、気を逸らせるためでもない。真後ろで発射された拳銃《けんじゅう》の音を誤魔化すためだ。人間は耳が頭の両側についているから、左右のどちらから音がしたかは判断しやすい。だが、前後は判別しづらいんだ」

あのとき私たちはノーマンとドアの間に、盾になるように立っていた。だから真後ろで起きたはずの銃声に気づかなかったんだ！

「一人の警官が気を利かせるように、苦しんでいるノーマンの防弾チョッキを脱がせた。そのとき細工された防弾チョッキを脱がせたのが、警官に化けた量子人間だ。そして目の前には、あるはずのない銃創と血の海だ。現場の警官は大混乱した。その間に犯人は、自分の着ていた防弾チョッキと、ノーマンの物をすり替えたのさ。そこにできあがったのは、空中から銃弾が飛び出し、防弾チョッキをすり抜けるあの奇妙な密室だよ」

あまりにも鮮やかで、あまりにも怪奇な殺人だ。

なぜ、量子人間はここまでの緻密《ちみつ》な計画を立て、実行し、現場の警察官を幻惑させなければならない？

面白半分に、警察をからかっているのだろうか？

それにしては犯行が執拗《しつよう》である。予告した殺人名簿の人間をすべて、殺害しているのだから。

何故？　なんのためにこれほどのことを……。

「さて、キック。ここまで来たら量子人間の一つの特徴が見えてくるはずだ」

そうだ。一つ確かなことがある。

「犯人は日本人です」

「そのとおり！」

アンコウは笑った。

警官に化けて、周りの人間と流暢《りゅうちょう》に会話する。

日本の警官の制服を手に入れて、その行動も仕草も知っている。そして、春の花粉症の時期にはマスクをしていることをよく知っているし、おまけに外国人の居住者の多い恵比寿で手紙を出したりもしている。これだけの情報を掴んで、計画に組み入れている。

犯人は日本人だ。

でも、いったい誰だ？　この事件に絡む日本人で、フィオナ・オサリバンの復讐を果たすような人物……。

アンコウは寿司を平らげると、こちらを向いた。

「まぁ、犯人の正体がわかれば、第四の密室は難しいわけじゃない」

「あの、クラレンス・ユングが殺された事件がですか？　でも、あの状況はシンプルですけど、かなり難解な状況ですよ。窓にもドアにも鍵をかけていて、壊された様子もない。クラレンスはおびえて部屋に誰も入れなかったのに、殺されたんですから」

「そう。だが、あの部屋のドアを開けたのはクラレンス自身なんだ」

「何故？　殺されるかも知れないのに」

「そのときドアを叩いたのが、『この人物だけは、量子人間じゃない』と、確信を持てる人物だったからさ。この地上にいる誰一人信用できないが、そいつだけは犯人ではないと確信できた。いや、ただ一人の味方に見えたかもしれん……」

「誰です？」

「焦らなくても、舞台のそばまで来てるよ……」

見ると、警官の制服を着た男が、顔にマスクをして、舞台脇にあるSDカードに近づこうとしていた。

「皆様、今日はお忙しい中をお集まりいただき、ありがとうございます」

古見参事官の挨拶が始まった。

会場中の人間が、彼の方を見つめた。

いや。若干名、人の挨拶に耳を貸さない不届き者がいる。

一人は会場に展示されたSDカードを見つめ、数名がその一名を睨みつけていた。

私は、奴のホルスターを確認した。からっぽだ。

「大丈夫、銃は持っていないようです」

奴が犯行に使った銃はクラレンスの手元に置いてきている。

アンコウは、その偽警官に近づいた。

「キック。舞台袖《そで》で左右から挟み撃ちにするぞ」

「はい」

果たして挟み撃ちになるだろうか？　私は少し不安になった。

「事件でお亡くなりになった方や遺族の方に、心よりお悔やみ申し上げます。犯人を生きて捕らえることはできませんでしたが、事件を解決できたことが、何よりの供養になったことと、私は信じております……」

偽警官は壁を背にして少しずつ、ＳＤカードに近づいている。周りの様子に警戒し、その目はせわしなく動いている。

「どこかで見た覚えがある……」

やせた細面なその男を、私は確かに見ている。

私とアンコウは柱やテーブルの陰に隠れながら、ゆっくりと近づいた。

戸口の伏見主任と東山刑事を見やると、握りこぶしを固めて身構えている。

「今更悔やんでも仕方のないことですが、警備局だけでことに当たれば、もう少し事態を早く収拾できたようにしか思えません。刑事局がとんだ新人を担当に据えたもんですから、我々も大いに難儀したものです。しかし、新人でも我々警察の仲間です。決して見捨てるようなことはありません。その子には今後、身《み》の丈《たけ》に合った仕事をできる配慮をする。これこそがチームワークだと考えております」

これ、私のことだよな……。

そう思った刹那《せつな》、量子人間がSDカードに手をかけた。

「これを奇貨として、日米の友好親善を深め、どうか貿易交渉の締結に皆様ご尽力を……」

伊勢《いせ》エビのでかいのや、よくわからないチーズの並ぶテーブルの陰に身をかがめ、そして顔を上げた。

SDカードを手にした量子人間と、バッチリ目が合った。

相手の目は驚き、私もびっくりした。

「それでは次のご挨拶を、米国駐日大使の……」

司会の声より早く、私は舞台に飛び上がった。

はじかれたように、警官姿の量子人間は逃げ出す。

反対側からアンコウが飛び出した。予定通りの挟み撃ちだ。

当たり前のように、量子人間はアンコウの方に飛びかかっていった。

そりゃそうだ。量子人間は、私がクラレンス・ユングを倒したところを見ている。

こっちに来るはずがない。

挟み撃ちではなく、とっくみあいが始まった。

「な、なんだ？」

た。

会場に配備された警官が、次々とこちらに飛びかかってくる。タックルで倒そうとしてくる巨大な男たちを、左右のステップでかわして、量子人間に飛びかかろうとした。

「た、七夕警部だ。誰かあいつを押さえろ！」

そして、紫崎課長が気づいた。

会場中がざわめき始めた。

「誰だ、あいつは？」

正面から飛び込んでくるアンコウに、量子人間は豪華な料理を並べたテーブルをひっくり返して応戦する。

宙に飛び交うフォアグラ、天ぷら、鶏《とり》の唐揚《からあ》げ。実に脂っこい。

見るとアンコウが、料理にまみれて倒れている。

「追え、キック！」

言われなくても！

伏見主任は犯人に気づかれないよう、出口を塞ぐ位置に走り込んだ。

「貴様、自分の立場をわきまえろ！」

紫崎課長が部下を引き連れ、飛びかかってきた。

量子人間は、クリームたっぷりの巨大なケーキを投げつけてくる。

避けた途端、真後ろの紫崎課長の顔面に直撃し、なめらかなクリームが大理石の床に飛び散った。

追いかけてきた警官が次々とクリームで足を滑らせ、転び始める。転んで蹴り上げたクリームが、次の被害者を出す。

会場中の客も次々とひっくり返った。

「七夕警部、なんてことを！」

「貴様、こんなことをしてただで済むと思っているのか！」

量子人間は戸口の伏見主任に気づき、落ちていたナイフを手に取ると、回れ右して私に向かってきた。さすがに伏見主任の体格を見て、挑む気にはならなかったようだ。

量子人間はナイフを振り上げる。

それより先に、私のキックが奴の顔面にクリーンヒットした。

崩れ落ちる警官姿の犯人。

「あ、あの女、警官を蹴り倒した！」

「こ、公務執行妨害だ」

その声を無視して、私は量子人間に手錠をかけた。

古見参事官がクリームに足を取られながら近づいてくる。

「き、貴様は首だ！　懲戒解雇だぁ！」

会場中は険悪な空気に満ち満ちている。

私は一応、敬礼を返し、そして言ってやった。

「やれるもんなら、やってみろよ！」


取調室には、量子人間が座っていた。

そして目の前の紙に、懸命に何かを書き綴っている。

連続殺人犯であり、あの異様な密室殺人を組み上げた頭脳の持ち主である。

その隣の部屋に、私とアンコウ、伏見主任。そして東山刑事と大曾根係長が集まっていた。

マジックミラー越しに、奴の姿が見える。

「なるほど、クラレンス・ユングも、この男が現れたら、部屋に入れただろうな」

伏見主任が呟いた。

量子人間の正体は、大須寛人であった。

一番最初に倉庫で、死んだはずの男である。

「奴が作り上げた殺人計画は、こうだ……」

アンコウが話し始めた。

「密室殺人にこだわった理由は単純だ。量子人間という犯人は密室で殺人を行うというパターンを見せて、自分が一番最初に密室殺人で死んだように見せたかったのさ。BもCもDも密室で殺された。だからAも密室で殺されたと思わせたかった。パーティー会場で言ったとおり、このすべての犯罪は、第一の密室殺人から始まっているんだ……」

取調室の中で、大須寛人は懸命に何かを書き続けている。彼の癖だろうか、書いている言葉通りに唇が動いている。

「三月十二日にサウスボストンの倉庫に、大須寛人と王秀英、シーロ・ゴメス、三条院春彦が麻薬を処分しに行った。最初に大須寛人が入り、戻ってこないので次に王秀英が入った。その間、誰一人中には入っていない。破裂音がしてシーロが入ると、中には血まみれの大須寛人がいた。頭にすぐ血が上るシーロ・ゴメスは王が麻薬を横取りするために殺したと思い込み、彼を射殺した」

「でも、大須寛人は生きていた」

東山刑事が彼を指さした。

「そう、倉庫内で奴は、頭を撃たれて倒れていた。おそらく頭には銃で撃たれたように見える、特殊メイク用のマスクをかぶって、その上から血糊でも塗りたくったんだろう」

「ずいぶん手の込んだことをしたんですね」

東山刑事が驚いた。

「必要だったんだよ。頭を撃たれたように見せることが」

その言葉で私は気づいた。

「そうか。頭を撃たれたように見せれば、確実に死んだように見える！　ほかの部分を撃たれていると、シーロが息があるかどうか確かめに来てしまうんだ」

アンコウがニヤリとして、人差し指を立てた。

「そのとおり。だからどうしても、頭を撃たれたように見せる必要があった」

「そこまで計算して、犯行を企てたのか……」

伏見主任は嘆息した。

「大須寛人は死体のふりをして、倉庫の中で王秀英が使いに出されるのを待った。グループ内の序列を考えれば、次に使いっ走りにさせられるのは、間違いなく王秀英だったからな。そして計画通り彼が倉庫に入ったところで、自分の持っていた銃を撃ち、派手に音を立てた。飛び込んできたシーロは当たり前のように、王秀英を疑い、調べることもなく撃った。ここに三条院春彦が飛び込んできて、死体の始末の話になった。これも予定通り。なんせ大須寛人は死体運びに最適なスーツケースを放り込んでおいたわけだ。こうしてシーロは量子人間の脚本通りに、死体の始末を始めた。大須寛人は生きたままスーツケースに入れられ、車のトランクに放り込まれた。銃を握ったままで……」

監視カメラに誰も写らなかったことも、密室事件が起きたことも、倉庫内で銃が見つからなかったことも、すべて説明がつく。本当に誰も出入りしなかったのだ。

「シーロは死体を埋める場所に州立公園を選んだ。車でスーツケースを運び、穴を掘る。そのとき、大須寛人が現れ、後ろからシーロを撃った。元海兵隊員のシーロが、あっさりと後ろから撃たれた理由はこれだよ。あるのは死体だけだと思い込んでいたからさ。ところが大須寛人も銃がうまいわけじゃない。肩に当ててしまう。必殺のホローポイント弾を込めていたにもかかわらず、致命傷にはほど遠かった。振り返るシーロ。大須はシーロが銃を撃ってくるとわかっていた。だから腹に何発も撃った」

凄絶な光景である。夜の森で血の惨劇が繰り広げられたのだ。

「シーロを殺した後、最初に王秀英の入っているスーツケースと、自分の入っていたスーツケースを、穴に埋めた。シーロが用心して見つからないように掘った穴だ。未だ発見されていない。シーロを、今度は見つかりやすい場所に隠し、その近くに奴の車を移動させた。そして最後に『量子人間からの手紙』を添えて、完成だ」

そうだ、シーロの死体が発見されやすい場所にあったから、「量子人間からの手紙」も見つかったのだ。

死体発見の現場で謎であったことが、次々と解き明かされる。

「こうして、まるで密室殺人で自分が殺されたように見せかけて、姿を隠した。そして残りの仲間たちを、次々と殺していったわけさ……」

最初の密室は「トンネル効果」を見せた。

ホテル大樹荘で「対称性の破れ」と「不確定性原理」を模《も》した原理で密室を作る。

ノーマン・カークを「量子のもつれ」に例えて殺害。

そしてクラレンス・ユングが犯人であるかのように、自殺に見せかけた。

「クラレンスは、量子人間に殺されるんじゃないかとおびえていた。部屋を塞ぎ、誰にも会おうとしなかった。けど、大須寛人は違う。彼は量子人間に殺されかけた人間としてクラレンスの前に現れたんだよ。埋められていたのを命からがら逃げてきたと。クラレンスはもちろん知りたがった。量子人間の正体を。だから彼をアッサリ部屋の中に招き入れたのさ……」

なるほど。すべての密室の謎が鮮やかに解けていく。

「考えてみれば大須寛人は、安全管理を行う会社のシステムエンジニアでしたね」

東山刑事が指摘した。

「そうだ。守る専門家。つまり、守る側の弱点を誰よりも知っている。監視カメラのシステムも、警察側の配備も、通信も熟知していたのさ。それに拳銃や偽造パスポートを手に入れたり、警官の制服を手に入れたりする裏ルートにも精通していた。奴はあらゆる情報にアクセスする術を持っていた。でなきゃ、ここまでの計画犯罪は無理だろうがね……」

今思えば、量子人間になり得たのは、大須寛人だけだったのだ。

「でも、わからねぇな……」

伏見主任がアンコウを見やった。

「なんで大須寛人は仲間を殺したんだ。動機はなんだ？」

「手紙に書いてあったとおりだよ。フィオナ・オサリバンのためさ……」

「女のため？」

私は突然、ある事実を思い出した。

「そうだ！　大須寛人は一番『使いっ走り』をさせられていたんだ。そしてチャイナタウンのフィオナのところに麻薬を買いに行っていたのも彼だ！」

「そのとおり！」

アンコウはうなずいた。

「店の婆《ばあ》さんが言っていたろ。フィオナは付き合っている相手を『奇妙な男』と、呼んでいたと。それが大須寛人だったわけさ」

なんてことだ。大須寛人はフィオナのところに通い、いつか付き合い始めていたんだ。

動機のすべてが見えてきた。

フィオナを撃った犯人に復讐せず、ノーマンたちに刃を向けた理由も説明がつく。寛人自身が見たのは、仲間の六人が彼女を殺す計画を立てたところだからだ。ノーマン・カークやクラレンス・ユング、三条院春彦たちが自分たちの将来を考えて、フィオナ・オサリバンを始末しようと企《たくら》んだ。

危険な場所のコカインを仕入れさせようと。

その話を大須はイライラしながら聞いていたに違いない。そして使いっ走りをやらされ、フィオナにすべてを話した。彼女は「買いに行く」と答えたのだろう。子供のために。寛人は止めた。危険な場所には送りたくなかった。

フィオナは殺された。

この六人こそが憎むべき相手だ。

そして復讐は始まったのだ。

「どうかこの手紙を届けてくれ。そうすれば何でも話す」

大須寛人はそう切り出した。

取調室で対面したそのときから、何故かその体つきが一回り小さく見えた。

「自分は、もう助かろうとは思っていない。だからこの手紙をフィオナの娘に届けて欲しいんだ。中を読んでも構わない。僕には、もう隠すものはないんだから……」

「フィオナのために殺したの？　本当に？」

私は正面から疑問をぶつけた。

この一連の殺人事件が、何か悪趣味なものに彩《いろど》られている気がして仕方なかったのだ。なぜ執拗に量子力学に絡めて殺人を行う必要があるのか。ただの愉快犯ではないかという疑念があるのだ。

フィオナのためのように見えて、ただの自己満足の部分が隠されているかも知れない。

「そうだ、もちろんだ。彼女が望んだんだ」

「望んだ？　何を……」

重大な真相がまだ奥に潜んでいる。彼の言葉を聞かないと。

「僕はフィオナに言ったことがある。君が信じられないことが、この宇宙では起きるんだって。ものは壁を通り抜け、触れてみないと、見えなかったり、見てしまうと、その真の姿が変わったりしてしまうことがあるんだって」

ああ、量子力学の中の「トンネル効果」や「確率的な存在」や「不確定性原理」のことだ。

「彼女は、とてもこの話を喜んだ。そんな超人的な力が本当にあったら、自分はアデリンを幸せにできるだろうって。こんな麻薬なんか売らなくても、アデリンの喘息を治してあげて、スキーにだって連れて行けるし、アフリカで動物だって見せてあげられるって……。でもね、もうできないんだよ。そんな優しい気持ちを持った彼女は死んでしまった。どんな力やお金があっても、もう何もしてあげられない……」

「……それで、フィオナは何を望んだの？」

「……三人で海水浴に行く約束をしたんだ。彼女がようやく休みが取れて、僕が運転して海に行くって。でも、中止になった。アデリンが喘息の発作を起こして、病院に連れて行ったんだ。ものすごくお金がかかって、僕もお金を貸した……」

「……残念でしたね」

「僕もそう言ったけど、フィオナはそんなことどうでもいい。アデリンの苦しみをとにかく止めてくれって、ずっと泣くんだ。あの子の痛みが自分にも伝わっていて、死ぬほど苦しいんだって……。こういうのは、あんたの言う奇妙な力でなんとかできないのかって……」

大須寛人も、自分が苦しいかのように泣き始めた。

「そのとき『量子のもつれ』の話をしたんだ」

分裂した二つの粒子が、時空を超え、光の速さも超えて信号を送り合う不思議な現象だ。

「フィオナとアデリンは、最初に一つだった魂が二つに分かれてるんだ。そういう魂は時間や空間を超えて、悲しみや痛みを伝えるんだって。そう言ったらフィオナは『本当に愛し合っていたら、痛みは伝わるんだ』って納得した。確かにそうだった。愛している人が苦しんでいると、自分も苦しい」

「………」

「フィオナは少し喜んだ。『自分にもその不思議な力があるんだ』って。その彼女が、今度は僕に痛みを伝えようとしたんだ」

痛みを伝える……。まさか！

「僕が本当に彼女を愛しているか、死ぬ間際に試したんだよ。マシンガンで撃たれて苦しんでいる中で、自分の首にナイフを突き立てたんだ」

「なんてこと……！」

フィオナが自分の首にナイフを突き立てていた謎の死は、大須寛人へのメッセージだったんだ！　この苦しみをわかって欲しいと。

彼にしかわからない言葉が、痛みだったのだ！

「彼女のために、不思議な力を見せてあげなきゃいけなかった。その力であいつらを始末しなきゃいけなかったんだ……。でなきゃ、フィオナが信じてたものがなくなってしまう。彼女が望んだから僕は、実行しなきゃいけなかったんだ……」

あの、奇怪な密室殺人はすべて、自分の言葉を彼女に証明するために作り上げていたんだ！　誰も入り込めない壁の中に入り、姿の見えないものが現れ、その姿を見たものだけが死を迎える。

彼女への愛を証明するために、量子人間が生まれたんだ！

「この復讐が終わったら、少しは楽になるかと思っていた……。フィオナが死んでから、ずっと首が痛い。彼女を思い出すたびに刺されたように痛くなる……」

大須寛人は目を閉じ、そして見開いた。

「でも……。消えなかった……」

梅雨の雨が書類鞄《かばん》をぬらす頃には、事件の全体像がわかり、そしてボストンでは王秀英の遺体も掘り出された。

事件現場にあった血液は、自分のものを注射器で抜いて、使用したと自供。

拳銃は米国で手に入れたものをばらし、機械部品として東南アジアに送り、さらにほかの機械部品に混ぜて船便で送ったのだとか。

警察の制服やパスポートも、暴力団絡みで横流しされたものが裏市場に出ていて、それを手に入れたとのこと。

ホテル大樹荘の監視センターへは、友人のシステムエンジニアのツテをたどって、中に入り込んだ。その友人は、彼が米国で殺されたというニュースを知らなかったそうだ。

「直接本人に話を聞きに行きましたが、ひげを生やしっぱなしで、フロにも入れない。ニュースなんか見てないよって言ってました。よほど忙しいんでしょうね」

今回の捜査も、検察に書類を送り、終わりを迎えようとしていた。

大須寛人が最後に書いていた手紙は、審査を経てアデリン・オサリバンに届けられることになった。彼女は、アイルランドの親戚《しんせき》に引き取られることになったそうだ。

アデリンへ。


君のお母さんについて語りたい。

彼女が君に伝えたかったことを、どうしても書かなければならない。

彼女は優しい人だった。

彼女は美しい人だった。

彼女は勇気ある女性だった。

そして君を愛していた。

君がお母さんを思い出し、さみしくてたまらなくなったときは、どうか君が楽しいことを見つけて欲しい。

海に遊びに行くのでもいい。動物園に行くのでもいい。とにかく楽しいことをするといい。その楽しさは時空を超えて、お母さんに届くんだ。たとえ死んでいても、本当に届くんだよ。お互いがどんな世界にいようと、君たち二人の魂はもともと一つで、分かれあった特別なものなんだ。

君がお母さんを愛していれば、それは必ず伝わるんだ。

少なくともお母さんと僕は、それが本当なことを知っている。

いつかきっと、お母さんの沢山のことを知って、痛みが伝わる日が来るだろう。

それはとても、素晴らしいことなんだ。

奇妙な男《クウエイントマン》より

さて、もちろんのことだが、私は捜査一課に残ることになった。

やはり、捕まえたもん勝ちである。

一方、大勢の前で私に懲戒解雇を宣言した古見参事官はどうなったか。

これが、不問である。

「自分はパーティー会場に来ている人たちの命を守るため、強い決意であの場を制しようとしただけだ。なんら責められる覚えはない！」

とは、彼の弁である。

さて、アンコウが気になる話をしていた。

「アメリカで捜査中、ちょうど大統領選挙の予備選が始まっていたんだよ。で、そこに変な候補がいてさ。結構人気があったんだよ」

「それで？」

「そいつが公約に挙げていたのが、環太平洋貿易交渉の離脱なんだよ。アレはアメリカのためにならないって」

「へ〜、変わった候補ですね。当選するんですかね？」

「いや、あの候補が大統領はないだろう！」

量子人間の言葉ではないが、この宇宙では信じられないことがある。だからこの地球にいても「マジかよ！」と、思うことはいくらでもあるわけだ。

それは相手がおかしいんじゃなく、自分が少し外の世界に触れたときなのかも知れない。

自分の価値に他人をそろえてやろうとしたとき、血が流れるような悲しいことが起きるのかも知れない。

三月に、ブルースカイGの定例会があって以降、知佳ちゃんや涼ちゃんとは、携帯でしか話せていない。

忙しくて、ずっと会えない。

あのとき知佳ちゃんは、自分の出した写真集を見せてくれた。ハワイに行って撮った水着の写真集。それを見せて、彼女は何かを言って欲しそうだった。

あのときは何を言っていいのか、見当もつかなかった。

その抜群のスタイルを褒めたらいいのだろうか？　私は彼女の肌が異様にきれいなところが好きだけど。この写真集が結構話題になって売れていることを褒めたら良かったのか？

全然わからなかった。

けど、今ならなんとなくわかる。

知佳ちゃんは自分のやるべきことを一生懸命にやるのが好きで、少しでも自分を良い方に変えていきたいと考える子だ。

そして彼女は水着を着たり、写真を撮られたりするのを極端に嫌がる子だった。ものすごく恥ずかしがり屋で、ダンス部の集合写真では後ろに隠れすぎて、心霊写真のようになったりもした。

その彼女が水着の写真集を作った。きっといろいろなものを乗り越えたのだ。仲の良かった友達が、この宇宙にある信じられないものに今触れたのだ。

知佳ちゃんは、こう聞きたかったのだ。

「これでいいかな？」

今度あったとき、ちゃんと言ってあげよう。

「うん。かっこいい！」

本書は、二〇一七年十月講談社ノベルスより刊行されました。

|著者|加藤元浩　1966年滋賀県生まれ。1997年から「マガジンGREAT」で『Q.E.D.―証明終了―』を、並行して2005年から「月刊少年マガジン」で『C.M.B.森羅博物館の事件目録』を連載。2015年４月発売「マガジンR」１号より『Q.E.D.iff―証明終了―』連載開始。2009年、第33回講談社漫画賞少年部門を受賞！　本書はミステリ漫画界の鬼才による記念すべき初の小説シリーズ第２作。本書続巻として『奇科学島の記憶 捕まえたもん勝ち！』（講談社ノベルス）がある。

量子人間《クオンタムマン》からの手紙《てがみ》　捕《つか》まえたもん勝《が》ち！
加藤元浩《かとうもとひろ》

講談社文庫
定価はカバーに
表示してあります

2020年２月14日第１刷発行

発行者――渡瀬昌彦
発行所――株式会社　講談社
東京都文京区音羽2-12-21　〒112-8001
電話　出版（03）5395-3510
　　　販売（03）5395-5817
　　　業務（03）5395-3615

デザイン―菊地信義
本文データ制作―講談社デジタル製作
印刷―――豊国印刷株式会社
製本―――株式会社国宝社

Printed in Japan

ISBN978-4-06-518650-3

講談社文庫刊行の辞

二十一世紀の到来を目睫に望みながら、われわれはいま、人類史上かつて例を見ない巨大な転換期をむかえようとしている。

世界も、日本も、激動の予兆に対する期待とおののきを内に蔵して、未知の時代に歩み入ろうとしている。このときにあたり、創業の人野間清治の「ナショナル・エデュケイター」への志を現代に甦らせようと意図して、われわれはここに古今の文芸作品はいうまでもなく、ひろく人文・社会・自然の諸科学から東西の名著を網羅する、新しい綜合文庫の発刊を決意した。

激動の転換期はまた断絶の時代である。われわれは戦後二十五年間の出版文化のありかたへの深い反省をこめて、この断絶の時代にあえて人間的な持続を求めようとする。いたずらに浮薄な商業主義のあだ花を追い求めることなく、長期にわたって良書に生命をあたえようとつとめるところにしか、今後の出版文化の真の繁栄はあり得ないと信じるからである。

同時にわれわれはこの綜合文庫の刊行を通じて、人文・社会・自然の諸科学が、結局人間の学にほかならないことを立証しようと願っている。かつて知識とは、「汝自身を知る」ことにつきていた。現代社会の瑣末な情報の氾濫のなかから、力強い知識の源泉を掘り起し、技術文明のただなかに、生きた人間の姿を復活させること。それこそわれわれの切なる希求である。

われわれは権威に盲従せず、俗流に媚びることなく、渾然一体となって日本の「草の根」をかたちづくる若く新しい世代の人々に、心をこめてこの新しい綜合文庫をおくり届けたい。それは知識の泉であるとともに感受性のふるさとであり、もっとも有機的に組織され、社会に開かれた万人のための大学をめざしている。大方の支援と協力を衷心より切望してやまない。

一九七一年七月

野間省一

講談社文庫 最新刊

木原音瀬《このはらなりせ》　嫌な奴
BL界屈指の才能による傑作が大幅加筆修正で登場。これぞ世界的水準のLGBT文学！

鳥羽　亮　お京危うし〈鶴亀横丁の風来坊〉
仲間が攫《さら》われた。手段を選ばぬ親分一家に、彦十郎は奇策を繰り出す！〈文庫書下ろし〉

丸山ゴンザレス　ダークツーリスト〈世界の混沌《カオス》を歩く〉
危険地帯ジャーナリスト・丸山ゴンザレスの、世界を股にかけたクレイジーな旅の記録。

山本周五郎　雨あがる〈映画化作品集〉
黒澤明「赤ひげ」、野村芳太郎「五瓣《ごべん》の椿《つばき》」など、名作映画の原作ベストセレクション！

加藤元浩　量子人間《クオンタムマン》からの手紙〈捕まえたもん勝ち！〉
密室を軽々とすり抜ける謎の怪人からの挑戦状！　緻密にして爽快な論理と本格トリック。

三浦明博　五郎丸の生涯
残されてしまった人間たち。その埋められない喪失感に五郎丸は優しく寄り添い続ける。

石川智健　エウレカの確率〈経済学捜査と殺人の効用〉
自殺と断定された事件を伏見真守《ふしみまもる》が経済学的視点で覆す。大人気警察小説シリーズ第3弾！

蛭田亜紗子　凜
開拓期の北海道。過酷な場所で生き抜こうとする者たちがいた。生きる意味を問う傑作！

マイクル・コナリー　古沢嘉通　訳　レイトショー（上）（下）
ボッシュに匹敵！　ハリウッド分署深夜勤務《ナイトシフト》・女性刑事新シリーズ始動。事件は夜起きる。

さいとう・たかを　戸川猪佐武　原作　歴史劇画　大宰相〈第四巻　池田勇人と佐藤栄作の激突〉
高等学校以来の同志・池田と佐藤。しかし、「次は君だ」という口約束はあっけなく破られた——。

講談社文芸文庫

庭の山の木

庄野潤三

家庭でのできごと、世相への思い、愛する文学作品、敬慕する作家たち——著者のやわらかな視点、ゆるぎない文学観が浮かび上がる、充実期に書かれた随筆集。

解説=中島京子　年譜=助川徳是

しA15

978-4-06-518659-6

明夫と良二

庄野潤三

何気ない一瞬に焼き付けられた、はかなく移ろいゆく幸福なひととき。人生の喜びとあわれを透徹したまなざしでとらえた、名作『絵合せ』と対をなす家族小説の傑作。

解説=上坪裕介　年譜=助川徳是

しA14

978-4-06-514722-1

講談社文庫　目録

川瀬七緒　フォークロアの鍵
かわぐちかいじ／藤井哲夫 原作　僕はビートルズ 1
かわぐちかいじ／藤井哲夫 原作　僕はビートルズ 2
かわぐちかいじ／藤井哲夫 原作　僕はビートルズ 3
かわぐちかいじ／藤井哲夫 原作　僕はビートルズ 4
かわぐちかいじ／藤井哲夫 原作　僕はビートルズ 5
かわぐちかいじ／藤井哲夫 原作　僕はビートルズ 6
風野真知雄　隠密 味見方同心(一)〈くじらの姿焼き騒動〉
風野真知雄　隠密 味見方同心(二)〈干し卵不思議味〉
風野真知雄　隠密 味見方同心(三)〈幸せの小福餅〉
風野真知雄　隠密 味見方同心(四)〈恐怖の流しそうめん〉
風野真知雄　隠密 味見方同心(五)〈フグの毒鍋〉
風野真知雄　隠密 味見方同心(六)〈鵺《ぬえ》の闇鍋〉
風野真知雄　隠密 味見方同心(七)〈絵巻寿司〉
風野真知雄　隠密 味見方同心(八)〈ふふふの麩〉
風野真知雄　隠密 味見方同心(九)〈殿さま漬け〉
風野真知雄　昭和探偵 1
風野真知雄　昭和探偵 2
風野真知雄　昭和探偵 3
風野真知雄　昭和探偵 4
カレー沢 薫　負ける技術
カレー沢 薫　もっと負ける技術〈カレー沢薫の日常と退廃〉
カレー沢 薫　非リア王
下野《かばた》康史　ポルシェより、フェラーリより、ロードバイクが好き〈熱狂と悦楽の自転車ライフ〉
野崎雅人　戦国BASARA3
佐々原史緒　〈真田幸村の章／猿飛佐助の章〉
矢野 隆　戦国BASARA3
映島 巡　〈伊達政宗の章／片倉小十郎の章〉
タタツシンイチ　戦国BASARA3
鏡 征爾　〈長曾我部元親の章／毛利元就の章〉
タタツシンイチ　戦国BASARA3
梶 ようこ　〈徳川家康の章／石田三成の章〉
風森章《しょう》羽　渦巻く回廊の鎮魂曲《レクイエム》〈霊媒探偵アーネスト〉
風森章羽　清らかな煉獄〈霊媒探偵アーネスト〉
加藤千恵　こぼれ落ちて季節は
神田 茜　しょっぱい夕陽
神林長平　だれの息子でもない
神楽坂 淳　うちの旦那が甘ちゃんで
神楽坂 淳　うちの旦那が甘ちゃんで 2
神楽坂 淳　うちの旦那が甘ちゃんで 3
神楽坂 淳　うちの旦那が甘ちゃんで 4
神楽坂 淳　うちの旦那が甘ちゃんで 5
神楽坂 淳　うちの旦那が甘ちゃんで 6
加藤元浩　捕まえたもん勝ち！〈七夕菊乃の捜査報告書〉
梶永正史　銃の啼《な》き声〈潔癖刑事・田島慎吾〉
金田一春彦／安西愛子 編　日本の唱歌 全三冊
岸本英夫　死を見つめる心〈ガンとたたかった十年間〉
北方謙三　君に訣別の時を
北方謙三　われらが時の輝き
北方謙三　夜の終り
北方謙三　帰路
北方謙三　錆びた浮標《ブイ》
北方謙三　汚名の広場
北方謙三　夜の眼
北方謙三　試みの地平線〈伝説復活編〉
北方謙三　煤煙
北方謙三　旅のいろ
北方謙三　新装版 活路(上)(下)
北方謙三　新装版 余燼(上)(下)
北方謙三　抱影
菊地秀行　魔界医師メフィスト〈怪屋敷〉

2019年12月15日現在